Ullstein Krimi

Ullstein Krimi
Ullstein Buch Nr. 10197
im Verlag Ullstein GmbH,
Frankfurt/M – Berlin – Wien
Titel der englischen
Originalausgabe:
Have A Nice Night
Übersetzt von Malte Krutzsch

Deutsche Erstausgabe
im Verlag Ullstein GmbH,
Frankfurt/M – Berlin – Wien
© 1982 James Hadley Chase
Übersetzung © 1983
Verlag Ullstein GmbH,
Frankfurt/M – Berlin – Wien
Alle Rechte vorbehalten
Umschlagentwurf: Atelier
Noth & Hauer, Berlin
Umschlagfoto:
Bilderbox Overath
Printed in Germany 1983
Gesamtherstellung:
Ebner Ulm
ISBN 3 548 10197 6

April 1983

Vom selben Autor
in der Reihe der
Ullstein Bücher:

Rasthaus des Teufels (1751)
Zu hoch hinaus (1930)
Der Schlächter von Dead End (1948)
Die Todespille (1966)
Gleich bist du eine Leiche (1974)
Geier sind geduldig (1984)
Hallo, ist da jemand? (10011)
Der Mann mit dem blauen
Gesicht (10034)
Cade (10046)
Leichen sind lästig (10058)
Einen Kopf kürzer (10079)
Nett wie ein Loch im Kopf (10085)
Gesucht wird: Mallory (10101)
Jeff Barratts Ratten (10113)
Ein Double für die Falle (10122)
Der Mini-Killer (10136)
Keine Versicherung gegen Mord – Alibi
auf Tonband – Ein Ticket für die
Todeszelle (10148)
Trau keinem Schurken (10153)
Keine Orchideen für Miss Blandish
(10163)
Lotosblüten für Miss Quon (10175)
Falls Sie Ihr Leben lieben (10187)

CIP-Kurztitelaufnahme
der Deutschen Bibliothek

Chase, James Hadley:
Was steckt hinter dem Feigenblatt?:
Kriminalroman / James Hadley Chase.
Hrsg. von Bernd Jost. [Übers.
von Monika Wittek]. – Dt. Erstausg. –
Frankfurt/M; Berlin; Wien:
Ullstein, 1983.
    (Ullstein-Buch; Nr. 10197:
    Ullstein-Krimi)
    Einheitssacht.: Hand me a fig-leaf ⟨dt.⟩
    ISBN 3-548-10197-6
NE: GT

James Hadley
Chase

Was steckt
hinterm
Feigenblatt?

Kriminalroman

Herausgegeben
von Bernd Jost

Ullstein Krimi

1

In einer schäbigen, trüb beleuchteten Bar am Ufer des St. John Rivers in Jacksonville saßen zwei Männer an einem Tisch und sprachen in leisen Tönen. Abgesehen von diesen beiden und dem dicken, ältlichen Barkeeper war die Bar verlassen.

Der Mann links am Tisch war Ed Haddon, der König der Kunstdiebe: ein brillanter Schieber, der dem Anschein nach das lupenreine Leben eines wohlhabenden Geschäftsmannes im Ruhestand führte, seine Steuern zahlte und zwischen seinen diversen Wohnungen in Fort Lauderdale, Südfrankreich, Paris und London pendelte. Er war der geniale Kopf einer Gruppe von erfahrenen Dieben, die er planvoll organisierte und lenkte und die einträglich seinen Willen in die Tat umsetzte.

Haddon hätte man für einen Senator oder gar einen Minister halten können. Er war groß und stark gebaut, mit vollem eisengrauen Haar, einem gutaussehenden, rötlichen Gesicht und dem wohlwollenden Lächeln eines Politikers. Hinter dieser Fassade wohnte ein messerscharfes Hirn und ein skrupelloser, gerissener Verstand.

Der Mann zur Rechten war Lu Bradey: nach Ansicht der Unterwelt der weltbeste Kunstdieb im Geschäft. Er war von schmächtiger Statur, um die fünfunddreißig Jahre alt, mit einem schwarzen Bürstenschnitt, scharfen Gesichtszügen und grauen, rastlosen Augen. Abgesehen von seiner Kunstfertigkeit mit jeder Art von Schlössern war er auch ein Meister der Verkleidung. Seine Gesichtshaut war wie Gummi: ein paar Polster in den Mund, und das hagere Gesicht wurde fett. Seine Perücken fertigte er selbst an. Wenn er einen Schnurrbart oder Bart trug, kam jedes Haar einzeln an Ort und Stelle. Durch selbstentworfene gepolsterte Kleidung, die er auf dem dünnen Körper trug, verwandelte er sich in einen Mann, dessen Hauptinteresse im Leben dem guten Essen galt. Wegen dieses bemerkenswerten Talentes zur Verkleidung war er nicht vorbestraft, obwohl die Polizei der ganzen Welt nach ihm suchte.

Diese beiden Männer, die seit einer Reihe von Jahren zusammenarbeiteten, hatten eine Nachbesprechung über ihr letztes Ding gehalten: den Diebstahl der Ikone Katherinas der Großen aus dem Washingtoner Museum.* Beide hatten darin übereingestimmt, daß die Planung brillant gewesen war und die Durchführung des Diebstahls fehlerlos. Es war einfach nur schade, daß die Planung, die Organisation und die Gedankenarbeit sich nicht ausgezahlt hatten.

In aller Ruhe zündete sich Haddon eine Zigarre an, und Bradey, der die Anzeichen erkannte, wartete gespannt.

»Ich habe Geld eingebüßt bei diesem Diebstahl, Lu«, sagte Had-

---

* (siehe: ›Trau keinem Schurken‹)

don, als er sich überzeugt hatte, daß die Zigarre gut zog. »Na schön, das ist Schnee von gestern. Einmal verliert man – einmal gewinnt man. Jetzt wird es Zeit, daß wir absahnen . . . Stimmt's?«

Bradey nickte.

»Hast du was an der Hand, Ed?«

»Ich säße nicht in diesem Bunker, wenn ich nichts hätte. Es wird was Großes, aber es braucht noch Feinarbeit. Ich muß ein gutes Team zusammenkriegen.« Er zielte mit seiner Zigarre auf Bradey. »Du führst meine Liste an. Ich muß wissen, ob du in den nächsten drei Wochen abkömmlich bist.«

Bradey lächelte verschmitzt.

»Ich bin doch immer abkömmlich, wenn du mich brauchst, Ed.«

»Klar.« Haddon nickte. »Dürfte hinhauen. Du weißt, wenn ich ein Ding aushecke, machst du viel Geld. Jetzt paß schön auf. Als ich den Ikonendiebstahl plante, bei dem ich mit dieser Tunte, Claude Kendrick, zusammenarbeiten mußte, stieg ich für drei Tage im Spanish Bay Hotel in Paradise City ab. Es kostete mich eine Menge. Denn dieses Hotel ist ganz was Besonderes. Es ist mit Leichtigkeit das teuerste und luxuriöseste Hotel auf der Welt, und das will schon was heißen. Es hat keine Zimmer, nur Suiten. Es bietet einen Service, wie ihn die Welt noch nicht gesehen hat, und nur Leute mit mehr Geld als Verstand wohnen da; und laß dir gesagt sein, Lu, es gibt immer noch eine Masse blöder Heinis, die *haben* mehr Geld als Verstand, so daß in diesem Hotel nie, aber auch niemals eine Suite leersteht.«

Bradey hob die Augenbrauen.

»Da hast du gewohnt?«

»Richtig. Ich gehe mit den Reichen. So schnappe ich Ideen auf. Na schön, es kostet zwar eine Menge, zahlt sich aber oft aus. Also, dieses Hotel hat mich auf eine Idee gebracht.« Haddon paffte an seiner Zigarre und schnippte Asche auf den Boden. »Das Hotel ist im Privatbesitz eines Franzosen, Jean Dulac, der sein Metier versteht. Er sieht gut aus, hat jede Menge Charme und seine reiche Kundschaft betet ihn an. Sein Personal ist handverlesen: zum Teil aus Frankreich, wo die beste Küche, der beste Hotelservice und das Knowhow für Luxushotels herkommen. An eine Suite im Hotel kam ich nicht ran. Ich wohnte in einem der Pavillons auf dem Hotelgelände – zwei Schlafzimmer, Salon und so weiter, sehr *de luxe*. Die Suiten sind rund ums Jahr ausgebucht. Ich konnte aber im Hotel herumwandern. Ich hatte Zugang zu den Gesellschaftsräumen, den drei Restaurants, dem Swimmingpool.« Er fixierte Bradey. »Sehr, sehr schick und vollgestopft mit sehr, sehr reichen Männern und Frauen.«

Bradey war ganz Ohr.

»Ich brauche dir nicht zu sagen«, fuhr Haddon nach einer Pause fort, »daß, wenn Männer reich werden, ihre Frauen mit den Frauen anderer reicher Männer wetteifern wollen. Das liegt in der menschlichen Natur. Abgesehen von Kleidern, Nerzmänteln und so fort stehen Spitzenjuwelen ganz oben auf der Wettkampfliste. Wenn Mrs. Snook ein Diamanthalsband trägt, setzt Mrs. Pook ihrem Gatten zu, bis sie auch eins kriegt. Dann hängt Mrs. Snook Ohrringe und Armreifen dabei, um Mrs. Pook zu überbieten, die daraufhin ihrerseits Ohrringe und Armreifen verlangt. Diese verzogenen Biester, die nie einen Dollar verdient haben, verlangen und bekommen Edelsteine im Wert von Tausenden. Dinner im Hotel, das ist die Zeit, sich diese Damen im Hauptrestaurant anzuschauen, bepflastert mit Diamanten, Smaragden, Rubinen. Ich war zum Dinner da, und noch nie habe ich ein derartiges Angebot von Schmuck in einem einzigen großen Raum gesehen. Ich schätze, daß an dem bewußten Abend diese stupiden, nichtswürdigen Frauen – alle zusammengenommen – Juwelen im Wert von sechs oder sieben Millionen Dollar umhatten.«

Bradey seufzte.

»Sehr hübsch«, sagte er. »Und?«

»Ja.« Haddon paffte an seiner Zigarre. »Und es kam mir in den Sinn, daß es eine einträgliche Idee wäre, das Spanish Bay Hotel auszurauben.«

»Sechs Millionen?« fragte Bradey, den Blick starr auf Haddon.

»Könnte mehr sein, aber sagen wir mal sechs.«

»Interessant.« Bradey kratzte sich am Kopf, während er überlegte. »Ich seh' das noch nicht, Ed. Das Hotel ausrauben? Was heißt denn das genau?«

»Natürlich siehst du es nicht«, sagte Haddon und lächelte. »So schlau du auch bist, Lu, du hast nicht meinen Grips, deshalb arbeiten du und ich so gut zusammen. Du organisierst den Diebstahl. Die Planung mache ich . . . stimmt's?«

Bradey nickte.

»Also sechs könnten rausspringen«, sagte er und beäugte Haddon. »Was ist für mich drin?«

»Zwei«, sagte Haddon. »Ich zahle die ganzen Unkosten. Noch fair?«

»Sehr hübsch«, meinte Bradey, »und wenn wir die Beute kriegen, wer übernimmt sie?« Sein Vertrauen in Haddons Planung war derart, daß es ihm gar nicht in den Sinn kam, *falls* zu sagen anstatt *wenn*.

»Es gibt natürlich einen Aufstand«, sagte Haddon. »Die Bullen von Paradise City sind auf Draht. Sie werden schnell alarmiert sein. Sie arbeiten Hand in Hand mit der Staatspolizei und der Polizei von Miami. Das Zeug aus der Stadt zu schaffen wäre zu riskant. Ich habe vor, den ganzen Sums in Kendricks Schoß abzuladen. Ich muß noch mit ihm reden, aber er ist unser bestes Pferd.«

Bradey schnitt eine Grimasse.

»Ich hasse diese fette Schwuchtel.«

»Mach dir nichts draus. Er ist gewieft, und alles andere braucht uns nicht zu kümmern.«

»Okay.« Bradey zuckte die Achseln. »Was soll das werden: ein Überfall? Davon halte ich nichts, Ed. Nicht bei einem Hotel. Wie soll es ablaufen?«

Haddon winkte dem dicken Barmann, noch zwei Drinks zu bringen. Er wartete, bis der Barmann die Getränke gebracht und die leeren Gläser entfernt hatte.

»Als ich in dem Hotel wohnte, Lu«, sagte er, nachdem sie sich zugeprostet und beide einen Schluck getrunken hatten, »kam ich mit einer fetten alten Wachtel ins Gespräch, die vollgepflastert war mit Diamanten. Man findet immer irgendeine olle Frau, deren Gatte mit Freuden gestorben ist, um sie los zu sein, und die jetzt in Hotelbars herumhockt. Sie war geschmeichelt, daß ich ihr Aufmerksamkeit zollte. Sie erzählte mir, sie käme jedes Jahr für einen Monat ins Hotel. Jedesmal, wenn sie ihren dicken Leib bewegte, konnte ich die Dollarnoten rascheln hören. Ich verbrachte eine Stunde mit ihr, hörte von ihrem Mann, einem großen Ölbonzen, der vor fünf Jahren gestorben war, von ihren Kindern und von ihren gottverdammten Enkelkindern. Sie drängte mir Familienfotos auf. Du kennst das Verhängnis: Komm ins Visier einer einsamen, alten Frau, und du bist reif für eine Sitzung. Na schön, darauf versteh' ich mich. Nach einiger Zeit bewunderte ich ihre Diamanten. Bei bloßer Schätzung hatte sie einen Gegenwert von rund hunderttausend um. Sie erzählte mir, sie hätte immer darauf gepocht, daß ihr Mann ihr zu den Hochzeitstagen Diamanten schenkte. Ich fragte sie, ob sie in diesen Zeiten der langen Finger und schnellen Beine keine Angst hätte, beraubt zu werden. Sie erklärte mir, daß sie die Klunker nie außerhalb des Hotels tragen würde. Sie sagte, der Sicherheitsdienst, den das Hotel biete, wäre so gut, daß sie nicht einmal daran dächte, beklaut zu werden. Wir blieben beim Thema, also kann ich dir über diesen Sicherheitsdienst was erzählen. Jeder Gast erhält bei seiner Ankunft eine Kassette mit einem Kombinationsschloß. Nur der Gast kennt die Zahlenkombination. Wenn die Gäste schlafengehen, legen sie alle ihre Wertsachen in die Kassetten, und zwei Wachleute bringen die Kassetten zum Hotelsafe. Kannst du's dir vorstellen?«

Bradey nickte.

»Kombinationsschlösser?« Er lächelte. »Kein Problem. Kombinationsschlösser sind für mich eine Kleinigkeit.«

»Ahnte ich, daß du das sagen würdest. Also, wenn alle diese reichen Heinis ins Bett gehen, ist der Hotelsafe vollgepackt mit saftigen Kassetten. So weit bin ich gekommen. Bis zu der Ikonenschlappe dachte ich nicht daran, das Hotel hochzunehmen. Jetzt bin ich sicher, daß es sich auszahlt.«

Bradey überlegte, dann fragte er: »Wie ist denn der Hotelsafe?«

»Das mußt du rausfinden. Ich weiß nicht mal, wo er steht.«

»Okay. Dürfte nicht schwer sein. Erzähl mir von den Sicherheits-vorkehrungen. Weißt du darüber Bescheid?«

»Es gibt zwei Hausdetektive, die in Schichten herumschleichen. Beide sehen kompetent aus. Gegen neun Uhr abends treten zwei bewaffnete Wachmänner den Dienst an und bleiben bis um zwei da. Sie sind jung und zäh. Das Leben im Hotel beruhigt sich gegen drei Uhr früh, aber vereinzelte Gäste kommen noch nach einem auswärts verbrachten Abend bis vier zurück. Ich denke, die beste Zeit, den Safe zu knacken, wäre gegen drei Uhr früh. Mehr kann ich dir nicht sagen. Die Einzelheiten mußt du selbst herausfinden.«

»Du meinst, ich soll in dem Hotel wohnen?«

»Einzige Möglichkeit. Ich ging mal davon aus, daß du abkömmlich bist, und ließ von einem meiner Leute durch ein Reisebüro einen der Hotelpavillons mieten. So kann die Buchung nicht zurückverfolgt werden.«

Bradey nickte beifällig.

»Ich habe außerdem eine gewaltige Anzahlung geleistet, da entsteht also kein Problem. Du ziehst nächsten Montag unter dem Namen Cornelius Vance ein.«

»Netter reicher Name.«

»Ich sorge dafür, daß du einen Rolls kriegst. Denk dran, es ist ein sehr dienstbeflissenes Milieu, in das du einsteigst. Ich meine, du solltest ein alter, sehr wohlhabender Krüppel im Rollstuhl sein, mit einem männlichen Pfleger. Freunde dich nicht mit den anderen Gästen an. Sag dem Hotelvolk, du möchtest für dich sein. Das Ganze wird mich um die fünfzehntausend Eier kosten, Lu. Die Miete für den Pavillon beläuft sich ohne Essen auf achthundert pro Tag. Trink nicht. Iß ganz schlicht, sonst steigt die Rechnung in den Himmel. Besorg deine Getränke selbst. Hol dir mittags einen Imbiß in den Pavillon, aber abends mußt du im Restaurant essen, damit du die Beute siehst. Verstehst du mich?«

Bradey nickte.

»Deine Aufgabe ist, den Safe ausfindig zu machen und ihn zu öffnen. Wir brauchen einen fixen Handlanger, der den Rolls fährt und sich unters Personal mischt. Seine Aufgabe wird sein, den Standort des Safes zu ermitteln und dir beim Rausbringen der Kassetten zu helfen, wenn die Zeit kommt. Das ist der ungefähre Plan. Jetzt pflück ihn auseinander.«

»Du sagst, einer der Hausdetektive hat nachts Dienst?«

»Ja.«

»Außerdem sind zwei bewaffnete Wachleute in der Nähe?«

»Die werden dich nicht stören, Lu.« Haddon lächelte. »Sie waren neben dem Hausdetektiv das erste Problem, von dem ich wußte, ich würde es lösen müssen. Das habe ich getan. Die kommen dir nicht quer.«

»Wenn du es sagst, Ed. Also schauen wir uns mal meinen männlichen Pfleger an. Der Gedanke, im Rollstuhl zu sitzen, gefällt mir. Damit werde ich der letzte sein, den die Bullen verdächtigen, bis es zu spät ist. Ich brauche zwar einen Chauffeur, um die Kassetten rauszuholen, aber mir schmeckt nicht, daß er auch mein Pfleger sein soll. Eine hübsche, sexy Krankenschwester kommt an mehr Informationen ran als ein Kerl. Eine hübsche, sexy Krankenschwester kann im Hotel herumwandern, mit allen Leuten schwofen und das umfassende Bild beschaffen, das wir brauchen.«

»Spielst du auf deine Freundin an?« fragte Haddon.

»M-hm. Sie ist so sexy, ich kriege einen Ständer, wenn ich bloß an sie denke. Sie ist maßgeschneidert für den Job.«

Haddon zuckte die Achseln.

»Die Einzelheiten überlasse ich dir. Um den Chauffeur kümmere ich mich. Kümmere du dich um die Krankenschwester.«

»Fällt sie unter die Spesen, Ed?«

»Mein Maximum für das Ding werden zwanzig Riesen sein, und da ist alles inbegriffen.«

»Okay. Jetzt noch mal zu den Wachleuten und dem Hausdetektiv.«

Haddon trank sein Glas aus.

»Siehst du fern?«

»Na ja. Nicht oft. Im großen und ganzen finde ich, Fernsehen stinkt.«

»Schon mal den Typen gesehen, der wilde Tiere fängt?«

»Den ja. Hab' mir oft gedacht, die müssen ein verdammt feines Leben führen: hart, aber weg von allem. Und . . .?«

»Auch mal mitgekriegt, wie ein Tiger mit einem Betäubungspfeil eingeschläfert wird?«

Bradey sah Haddon forschend an.

»M-hm.«

»Schien mir interessant. Über einen guten Freund von mir bin ich der Sache nachgegangen.« Haddon langte hinunter, ergriff seine Aktentasche und legte sie auf den Tisch. Er blickte zum Barmann, der mit dem Lesen einer Sportseite beschäftigt war, sah sich in der verlassenen Bar um, dann nahm er etwas aus der Tasche, das wie eine kleine Luftpistole aussah. »Die war nicht billig, Lu, aber sie funktioniert. Sie ist mit sechs winzigen Pfeilen geladen, die die gleiche K.-o.-Mixtur enthalten, mit der die Dschungelknaben einen Tiger betäuben. Die Waffe ist automatisch. Man braucht lediglich einen der Wachleute aufs Korn zu nehmen, drückt ab und er schläft für mindestens sechs Stunden ein.«

Bradey sperrte den Mund auf.

»Das glaub' ich nicht.«

Haddon lächelte.

»Na komm, Lu. Du müßtest langsam wissen, daß ich was organisieren kann.«

»Du meinst, man feuert die Kanone ab, und der, den's trifft, pennt ein?«

»Genau. Kannst du mit einer Schußwaffe umgehen, Lu?«

»Ich doch nicht. Ich mag keine Kanonen. Ich hab' nie eine Waffe getragen und werd's auch nie tun.«

»Ich besorge dir einen Mann, der ein todsicherer Schütze ist. Er wird sich um die Wachen kümmern, den Rolls fahren und dir mit den Kassetten zur Hand gehen. Kein Problem.«

»Meinst du wirklich, daß dieses Betäubungsmittel niemandem schadet? Keine Nachwirkungen?«

»Der Knabe schläft ein, wacht rund sechs Stunden später auf und ist wieder beisammen.«

»Tja, was sag' ich da?« Bradey blickte Haddon bewundernd an. »Du hast echt Ideen drauf, Ed.«

»Schätze ja. Also, du machst deinen Teil klar. Wie wäre es, wenn wir uns am Samstag im Seaview Hotel in Miami zum Mittagessen treffen. Da wohne ich demnächst. Wir können dann noch mal alles durchgehen. Du meldest dich Montag nachmittag im Spanish Bay Hotel an. Okay?«

»Natürlich.«

»Gut.« Haddon legte die Waffe auf seinen Schoß, so daß sie vom Tisch verdeckt war. Er winkte dem Barmann. »Um dein Gemüt zu beruhigen, Lu, werde ich dir eine Kostprobe vorführen.«

Der dicke Barmann kam herüber, und Haddon gab ihm einen Zehndollarschein mit der Bemerkung, er könne den Rest behalten. Er beobachtete, wie der Barmann zurück zum Tresen ging, hob die Pistole, zielte und zog den Hahn durch. Es gab ein leises schnappendes Geräusch. Der Barmann tat einen Satz, klatschte sich die Hand aufs Genick und drehte sich starren Blicks zu Haddon um, der eben seine Aktentasche schloß, dann gaben die Knie des Barkeepers nach, und er fiel breit auf den Boden.

»Alles klar?« fragte Haddon. »Schöne, schnelle Sache, was?«

Stieläugig starrte Haddon auf den bewußtlosen Barmann.

»Zieh ihm den Pfeil aus dem Hals, Lu«, sagte Haddon, »und laß uns gehen.«

Unsicher stand Bradey auf, ging rüber zu dem bewußtlosen Barkeeper, fand eingebettet in dessen Specknacken einen winzigen Metallpfeil und entfernte ihn.

»Bist du sicher, der erholt sich?« fragte er, als er Haddon den Pfeil reichte.

»Ganz bestimmt. Komm schon, verschwinden wir, ehe noch jemand reinkommt.«

Der Barkeeper begann zu schnarchen; und die beiden Männer eilten aus der Bar hinaus in den heißen, dampfenden Sonnenschein.

11

Schon im Alter von vierzehn Jahren war Maggie Schultz für Männer eine Bedrohung gewesen. Jetzt, mit dreiundzwanzig, war sie tödlicher für Männer als eine Neutronenbombe. Sie war schön in jeder erdenklichen Hinsicht: blond, ihr Körper so perfekt geformt, daß alle Hochglanzfotografen, alle Pornofilmhändler sich um ihre Dienste rissen. Sie hatte die Leiter des Dirnentums Sprosse um Sprosse erklommen, bis sie nunmehr in der Lage war, zu sortieren und ihre Wahl zu treffen. Sie hatte Lu Bradey kennengelernt und sich zum erstenmal in ihrem Leben verliebt. Hin und wieder wunderte sich Bradey, wie das gekommen war, denn er wußte, daß Maggie sich jeden Mann hätte angeln können. Er hatte ihr erklärt, er sei in der antiken Möbelbranche tätig und ständig auf Reisen. Wenn sie aber gern in sein Westside-Apartment in New York City ziehen und sich weiter der Modefotografie widmen und mit reichen Heinis, bei denen es sich lohnte, schlafen würde, hätte er nichts dagegen. Liebe war etwas so Wunderbares für Maggie, daß sie ja sagte.

Maggie war bei dem versuchten Ikonendiebstahl eine Hilfe gewesen. Bradey entschied, daß er jetzt seine Karten auf den Tisch legen und sie in sein Diebesdasein einweihen müsse. Das konnte haarig sein. Maggie kletterte zwar immer gern in jemandes Bett, aber Bradey hatte doch ein wenig Zweifel, ob sie sich auf Diebstahl einlassen würde.

Während des Fluges von Jacksonville nach New York grübelte er über das Problem. Er konnte sich kein Mädchen denken, das eine sexy Krankenschwester so gut spielen würde wie Maggie. Er kam zu dem Schluß, daß er sie, weil sie so unheimlich in ihn verliebt war, zur Mitarbeit überreden könnte, wenn er es nur richtig anfing. Auf dem Flughafen angekommen, ging er in eine Boutique und kaufte einen riesengroßen knuddeligen Panda. Er wußte, daß Maggie, abgesehen von Nerz und Diamanten, verrückt auf Pandabären war.

Er hatte sie von seinem Kommen bereits verständigt. Ihr aufgedrehtes Freudengeschrei durch die Leitung hatte ihm beinahe das Trommelfell zerfetzt.

Als er die Tür seines Apartments öffnete, warf sich Maggie splitterfasernackt auf ihn. Einige Sekunden lang war er dem Ersticken nahe. Dann erblickte Maggie den Spielzeugpanda.

»Da, schau!« rief sie. »O Baby! Ist der für mich?«

»Wofür hältst du das hier . . . einen Nudistenklub?« fragte er grinsend.

Sie umarmte den Panda.

»O Schätzchen! Du bist so wundervoll! An so was zu denken! Ich faß es nicht! Schön ist der!«

Bradey stellte seinen Koffer hin.

»Nicht so schön wie du, Süße. Feiern wir das Wiedersehen, hm?«, und er ging ins Schlafzimmer.

Eine halbe Stunde später herzte Maggie wieder ihren Panda. Bradey, der sich verausgabt fühlte, lag auf dem Rücken und dachte, daß er noch mit keiner Frau geschlafen hatte, die ihn so auspumpen konnte wie Maggie.

»Baby, wie wär's mit einem Drink?« fragte er.

»Natürlich.« Sie glitt aus dem Bett, den Panda noch fest im Arm. Er betrachtete ihren langen schönen Rücken, ihre festen runden Hinterbacken, ihre langen schlanken Beine, als sie aus dem Zimmer schoß, und er seufzte vor Befriedigung.

Erst als sie vom Abendessen in einem exklusiven, teuren Restaurant zurückgekommen waren und Seite an Seite saßen, nahm Bradey sein Geschäftsgespräch in Angriff.

»Was hieltest du davon, eine Woche in Paradise City zu verbringen?« fragte er beiläufig.

Maggies kobaltblaue Augen öffneten sich weit.

»Du meinst die Stadt, wo die ganzen duften Milliardäre wohnen?«

»Genau die.«

Maggie stieß einen begeisterten Schrei aus und warf sich auf Bradey, der sie entschlossen wegdrückte.

»Laß das, Maggie. Möchtest du mit mir kommen?«

»Brems mich, wenn du kannst! Paradise City! Was ich davon nicht alles gehört habe! Wunderbare Hotels, Palmen, Strände, Restaurants . . .«

»Reg dich ab, Maggie. Ich will wegen eines Jobs dahin. Wenn du mitkommen möchtest, mußt du mir helfen.«

»Natürlich helfe ich dir, Schatz. Ich würde alles für dich tun! Das weißt du doch. Ich liebe dich grenzenlos!«

»Maggie. Jetzt hör mal. Ich bin kein Antiquitätenhändler.«

Maggie kicherte.

»Hab' ich auch nie gedacht, daß du das wärst, Schätzchen. Ich war mal mit einem Antiquitätenhändler im Bett. Als er wieder zu Atem kam, hörte er nicht mehr auf, davon zu reden, was er wem verhökerte. Seine Bude war rammelvoll von Antiquitäten.«

Bradey streichelte ihre Hand.

»Kluges Mädchen.« Er zögerte, dann fuhr er fort: »Ich bin ein berufsmäßiger Dieb.« Er wartete auf ihre Reaktion. Sie blinzelte einmal, dann nickte sie.

»Du meinst, du stiehlst von den Reichen und gibst den Armen? Wie Robin Hood? Ich hab' die Wiederholung gesehen, mit Erroll Flynn als Robin Hood. Er war großartig.«

Bradey seufzte.

»Denk nicht an Flynn. Ich bestehle die Reichen und stecke die Erträge in meine Tasche.«

Maggie hielt sich das vor Augen und nickte dann.

»Ich fand immer schon, Robin Hood müßte sich mal den Kopf

13

untersuchen lassen. Jetzt will ich dir etwas sagen, Liebling: Es ist schon vorgekommen, daß mich ein reicher alter Knacker gevögelt hat und ich, wenn er eingeschlafen war, mir einen Tausender oder so was aus seiner Brieftasche geholt hab'. Das macht mich doch auch zu einem Dieb, oder nicht?«

Bradey seufzte erleichtert. Die Hürde war genommen; jetzt mußte er Maggie darüber belehren, was sie für ihn tun sollte.

Er eröffnete ihr Haddons Plan, das Spanish Bay Hotel auszurauben. Maggie hörte zu, und nach ihrem angespannten Gesichtsausdruck war Bradey überzeugt, daß sie in sich aufnahm, was er ihr sagte.

»Da sind mindestens zwei Millionen für uns drin, Baby«, schloß er. »Wenn ich das Geld habe, heiraten wir.«

Maggie seufzte.

»Das sagtest du letztes Mal schon, aber du hast kein Geld gekriegt, und wir sind nicht verheiratet. Das einzige, was ich davon hatte, waren eine Reise in die Schweiz und eine Diamantuhr.« Sie küßte ihn sanft. »Denk nicht, daß ich mich beklage. Die Schweiz hat mir gefallen, und meine Uhr bete ich an.«

»Das Ding klappte nicht so, wie ich es mir vorgestellt hatte«, sagte Bradey. »Diesmal wird's.«

»Also was muß ich tun?«

»Ich gehe als alter Mann im Rollstuhl in das Hotel. Du wirst meine Pflegerin und Begleiterin sein. In Krankenschwesteruniform siehst du bestimmt umwerfend aus.«

Maggies Gesicht leuchtete auf.

»O ja! Das würde mir gefallen! Ich wollte schon immer eine Krankenschwester sein! Ehrlich, Keule! Reichen alten Männern helf' ich gern. Und wie! Es ist mein voller Ernst!«

Bradey bezähmte seine Ungeduld mit Mühe. Es gab Zeiten, wo er Maggie schwer erträglich fand.

»Deine Aufgabe ist es, herauszukriegen, wo sich der Safe befindet. Du mußt das Personal ausquetschen und die Hoteldetektive anmachen.«

Maggie klatschte in die Hände. »Das ist kein Problem.«

Wie er sie so ansah, dachte Bradey, daß es bestimmt kein Problem sein würde. Maggie hätte George Washington aus dem Grab circen können.

»Also, Baby, du bist dabei?«

»Brems mich, wenn du kannst«, schrie Maggie und stürzte sich in seine Arme.

Nach zwanzig Jahren Aufenthalt in verschiedenen US-Gefängnissen hatte Art Bannion, ein reifer Fünfziger inzwischen, das Sprichwort akzeptiert, daß Verbrechen sich nicht lohnt.

Aufgrund seiner Verbindung zu vielen Spitzenkriminellen, die

14

während seiner diversen Haftstrafen ebenfalls hinter Gittern gesessen und gute Kumpel geworden waren, hatte er die günstige Gelegenheit zu einer neuen Karriere erblickt, die anderen helfen und sich auch für ihn rentieren würde.

Mit Hilfe seiner Frau war er jetzt wohl als die einzige Besetzungsagentur für die Unterwelt etabliert. Schließlich, so machte er geltend, gab es in Hollywood Besetzungsagenten, die Filmmagnaten mit Stars und Statisten versorgten; warum also nicht eine Besetzungsagentur, die die richtigen Männer oder Frauen für ein sorgfältig geplantes Verbrechen stellte? In den vergangenen fünf Jahren hatte er seine Agentur aufgebaut, indem er zunächst die Namen jener heranzog, die mit ihm eingesessen hatten und entlassen worden waren, und dann Namen von Leuten sammelte, die als die kommende jüngere Verbrechergeneration empfohlen wurde. Sein ganzes Geschäft wurde telefonisch erledigt. Er saß von 9 bis 18 Uhr in einem kleinen Büro hinter dem Broadway in New York City, rauchte, las Kriminalromane und wartete auf einen Anruf. Seine Frau Beth saß in einem kleineren Büro und strickte Pullover, die Art nicht haben wollte, aber aufgenötigt bekam. Wenn ein Anruf kam, blätterte Beth mit geübten Fingern die umfangreiche Kartei durch, brachte die Karteikarten in Arts Büro, und er stellte den Kunden mit dem Namen und der Anschrift des Mannes oder der Frau zufrieden, die seinen Wünschen entsprach.

Art nahm zehn Prozent von dem, was die von ihm gestellten Männer oder Frauen als Lohn erhielten. Das war eine befriedigende Regelung sowohl für den Kunden als auch für Art; und im Laufe der Jahre hatte Art eine beträchtliche Menge Geld gemacht, immer in bar und frei von den gierigen Klauen der Finanzbehörde. Seine Aktivitäten waren hinter einem Schild an der Tür verborgen. Der Text auf dem Schild lautete: *Weltweiter Leseverein für die Heilige Schrift.* Er wurde weder von Besuchern noch von der Polizei behelligt.

An diesem Morgen lehnte Art Bannion, hager, angehend kahl und mit Gesichtszügen, um die ihn ein Bussard hätte beneiden können, lässig in seinem Sessel, die Füße auf dem Schreibtisch, und meditierte über sein vergangenes Leben. Von Zeit zu Zeit, wenn ihn das Krimilesen langweilte und das Telefon stumm blieb, dachte er nämlich an seine Fehler und an seine Aufenthalte in diversen Gefängnissen. Er dachte sogar an seine Mutter und seinen Vater.

Seine Eltern waren kleine Farmer gewesen, die sich zufrieden auf ihrem Land abgerackert hatten, um für Arts Begriffe immer nur Kleingeld zu verdienen. Sein Bruder Mike, zehn jahre jünger als Art, hatte nicht Arts brennenden Ehrgeiz gehabt. Art war mit siebzehn von zu Hause weggegangen, durstig nach Geld und dem Platz an der Sonne. Nach einem Jahr des Hungerleidens in New York wurde er zusammen mit zwei anderen Männern bei dem Versuch erwischt, einen Banksafe zu knacken. Er wanderte für zwei Jahre ins Gefängnis.

15

Von da an hörte er nicht mehr auf, dem schnellen Dollar nachzulaufen. Aber das ging er so schlecht an, daß er fortwährend verhaftet und unter Verschluß gebracht wurde. Als seine Eltern starben, trat sein Bruder Mike in das stehende Heer ein und diente sich zum Schießlehrer hoch, was Art als eine der niedrigsten Formen des Tierlebens betrachtete. Aber er mochte seinen Bruder, der sich niemals einmischte, ihn nie kritisierte, ihn immer besuchte, wenn er im Gefängnis saß, der jedoch nie versuchte, Arts Lebensweise umzukrempeln. Es gab ein starkes Band zwischen den beiden Männern, und Mike empfand eine heimliche Bewunderung für seinen Bruder, die er allerdings für sich behielt.

Als Art schließlich die Tatsache akzeptiert hatte, daß Verbrechen sich nicht lohnt, sah er sich um, fand und ehelichte Beth, eine kleine, dralle, umgängliche Frau von vierzig. Ihr Vater saß lebenslänglich wegen Mord, und ihre Mutter betrieb ein schäbiges Bordell in New Orleans. Beth war glücklich, Art bei der Leitung seiner Verbrechensbesetzungsagentur helfen zu können und eine wohlausgestattete, behagliche Vierzimmerwohnung zu besitzen.

Wie er so am Schreibtisch saß und über seine Vergangenheit nachdachte, wandte Art sich in Gedanken seinem Bruder zu, und sein Gesicht wurde traurig. Über Mike war das Unglück zusammengeschlagen – ein Unglück, das Art seinem schlimmsten Feind nicht gewünscht hätte. Als Mike zum Feldwebel aufgestiegen war, hatte er geheiratet. Art war Mikes Frau, Mary, nur einmal begegnet, hatte sie aber gemocht. Sie war ein nettes, attraktives Mädchen, das Mike mehr als glücklich machte. Mike hatte Art die Nachricht von seiner Hochzeit bei einem Knastbesuch eröffnet, vor ungefähr sechs Jahren. Mit einem strahlenden Lächeln hatte er Art erzählt, daß er und Mary eine große Familie planten. Art setzte eine frohe Miene auf, aber er dachte bei sich, daß jeder, der sich Kinder wünschte, seine Schrauben untersuchen lassen müßte. Mike war nach Kalifornien versetzt worden, und ein paar Jahre lang hatten die Brüder den Kontakt verloren. Gelegentlich hatte Art sich gefragt, wie es Mike wohl gehen mochte, aber das Briefschreiben lag ihm nicht, und er war voll damit beschäftigt, seine Agentur auszubauen.

Jetzt, vor zwei Wochen, hatte Mike ihn angerufen und ihn am Telefon gefragt, ob sie sich treffen könnten. Mikes Stimme hatte dabei einen Unterton, der Art zum Bewußtsein brachte, daß etwas nicht stimmte. Er hatte Mike zu sich nach Hause eingeladen, aber Mike hatte ihm gesagt, er wolle mit ihm allein reden.

»Das ist doch kein Problem«, hatte Art geantwortet. »Beth kann eine Freundin besuchen. Irgendwas los?«

»Eben darüber will ich mit dir reden«, sagte Mike. »Bis nachher also. Heute abend um sieben bei dir«, und er hatte aufgelegt.

Im Gedanken an diese Begegnung verzog Art das Gesicht. Es hatte

16

geklingelt, er hatte die Tür geöffnet und sich einem Mann gegenüber-
gesehen, den er kaum als seinen Bruder erkannte. Bei ihrem letzten
Zusammentreffen noch hatte er Mike um seine Figur beneidet, um
dieses Aussehen, das die Armee ihren Berufssoldaten gibt. Mike war
nur noch ein Schatten seiner selbst: dünn, das Gesicht zerfurcht, die
Augen hohl. Ihn umgab eine Aura von Verzweiflung, die Art fast
spüren konnte.

Die beiden Männer hatten sich in Arts ruhiges Wohnzimmer
gesetzt, und Art hatte zugehört. Mike hatte in kurzen, knappen Sätzen
die sechs Jahre umrissen, in denen sich die Brüder nicht gesehen
hatten.

Ein Jahr nach seiner Hochzeit war ein Baby angekommen: ein
mongoloides Mädchen. Mary hatte ihren Job aufgegeben, um bei dem
Kind zu sein, das Chrissy hieß, und es mit liebender Fürsorge gepflegt.
Sie hatten ihren Lebensstandard heruntergeschraubt und mit Mikes
Sold allein auskommen müssen.

»Jesses«, hatte Art ausgerufen. »Das tut mir leid. Mongoloides
Baby? Was, zum Teufel, ist denn das?«

»Ein geistig zurückgebliebenes Kind«, hatte Mike ihm erklärt. »Ein
liebes, zärtliches Kleines, das niemals schreiben lernen und nur mit
Schwierigkeiten reden können wird. Aber laß nur. Es war unser Los,
und wir waren beide in sie vernarrt.«

»Also . . .?«

Mike starrte einen langen Augenblick ins Leere, und die Verzweiflung, die ihm anhaftete, verstärkte sich.

»Mary ist vor drei Wochen bei einem Unfall mit Fahrerflucht
getötet worden.«

Art beugte sich vor und starrte seinen Bruder an.

»Du meinst, deine Frau ist tot?« stieß er hervor.

»Ja.«

»Um Himmels willen, Mike! Warum hast du mir davon nichts
gesagt?«

Mike zuckte die Achseln.

»Ich sag' es dir ja jetzt.«

»Aber warum jetzt erst? Ich hätte doch was tun können. Ich hätte
bei dir sein können. Herrgott noch mal . . .«

»Niemand hätte etwas für mich tun können«, erwiderte Mike ruhig.
»Ich mußte selbst damit klarkommen. Nun habe ich keine Frau mehr
und muß mich um Chrissy kümmern. Ich habe sie in ein Heim in der
Nähe meiner Kaserne gebracht, so daß ich sie an den Wochenenden
besuchen kann. Mein kleines Haus habe ich aufgegeben. Ich wohne
ganz in der Kaserne. Dieses Heim ist gut für Chrissy, aber teuer. Bis
jetzt bin ich zurechtgekommen.«

»Du willst Geld, Mike? Ich kann dir was geben. Wieviel möchtest
du? Ich will tun, was ich kann.«

17

»Nicht in der Höhe, wie ich's brauche, Art«, sagte Mike.

»Was heißt das?« fragte Art. »Ich könnte dir einige Riesen leihen. Verdammt auch! Ich kann dir das Geld geben.«

»Ich brauche mindestens fünfzigtausend«, sagte Mike. Art glotzte ihn an.

»Bist du irre? Wofür, zum Teufel, willst du soviel Geld?«

»Es soll für Chrissys Pflege sein. Ich habe mit dem Arzt gesprochen, der das Heim leitet. Er ist ein guter Kerl. Er sagte mir, Chrissy hat ein mißgebildetes Herz. Das ist bei Mongoloiden gewöhnlich so. Sie wird nicht mehr als fünfzehn Jahre leben. Wenn sie die beste Pflege bekommen soll, und die beste Pflege, das weiß ich, bekäme sie in diesem Heim, dann kostet das fünfzigtausend Dollar, und damit wäre für den Rest ihres kurzen Lebens für sie gesorgt.«

»Aber Mike! Du verdienst doch! Ich steure was dabei. Du brauchst doch nicht das ganze Geld auf einmal ranzuschaffen. Du kannst das Heim Monat für Monat bezahlen.«

Mike nickte.

»Das dachte ich auch, aber in fünf oder sechs Monaten werde ich tot sein.«

Art straffte sich. Wie er seinen Bruder anschaute, das dünne Gesicht und die tiefliegenden Augen sah, kroch ihm ein kalter Schauer über den Rücken.

»Tot? Quatsch keinen Scheiß! Du hast noch zwanzig Jahre drauf. Wovon redest du denn?«

Mike starrte geraume Zeit auf den Whisky in seinem Glas, dann sah er fest seinen Bruder an.

»Ich habe unheilbaren Krebs«, sagte er ruhig.

Art schloß die Augen. Er spürte, wie das Blut aus seinem Gesicht wich.

Lange war es still, dann sagte Mike: »In den letzten zwei Jahren hatte ich merkwürdige Schmerzen. Sie kommen und gehen. Mary sagte ich nichts davon, ich dachte, es wäre nichts weiter. Verstehst du? Leute haben Schmerzen, und es ist nichts, aber sie stellen sich an. Als ich Mary verlor und diese Schmerzen schlimmer wurden, machte ich mir Sorgen wegen Chrissy, also sprach ich mit dem Stabsarzt. Er beschaffte mir einen Termin bei einem Spezialisten in Northport, Long Island. Deswegen bin ich hier. Vor ein paar Tagen war ich bei ihm, und er sagte mir, ich hätte noch etwa sechs Monate zu leben. In zwei Monaten muß ich in die Klinik, und ich werde nicht wieder rauskommen.«

»Gott! Es tut mir leid!« sagte Art. »Der Quacksalber könnte sich irren.«

»Er irrt sich nicht. Aber vergiß das. Kommen wir zur Sache, Art.« Mike fixierte seinen Bruder. »Du hast mir von deiner Branche erzählt: Männer auftun, um ein Ding zu drehen. Es gibt keine Möglichkeit, wie ich fünfzigtausend Dollar aufbringen könnte, aber genau das muß ich tun. Womit, ist mir gleichgültig, da ich nur noch wenige Monate zu leben habe. Kannst du mir einen Job beschaffen, der fünfzig Riesen einbringt? Für Chrissy gehe ich sogar bis Mord. Was kannst du machen?«

Art zog sein Taschentuch heraus und betupfte sein schwitzendes Gesicht.

»Ich weiß nicht, Mike. Ich verstehe deinen Gedankengang, aber fünfzig Riesen für einen Job sind ziemlich selten. Du bist ein Amateur. Du bist nicht vorbestraft. Meine Leute würden nicht gern mit dir arbeiten. Einen Job, der soviel einbringt, läßt man sozusagen in der Familie.«

»Geschenkt, Art«, sagte Mike mit einem schnarrenden Unterton. »Ich zähle auf dich. Ganz gleich, was für ein Job es ist, ich mache ihn, und ich mache ihn gut. Ich habe einen Monat Krankheitsurlaub. Ich werde hierbleiben, bis du etwas findest. Ich bin im Mirador Hotel.« Er stand auf. »Alles – wohlgemerkt alles –, was fünfzig Riesen einbringt. Denk drüber nach, Art. Ich verlasse mich auf dich. Okay?«

Art nickte.

»Ich werde tun, was ich kann, aber versprechen kann ich nichts.«

Mike starrte ihn an.

»Ich vertraue auf dich«, sagte er. »Als du durchhingst, habe ich zu dir gehalten. Jetzt erwarte ich, daß du zu mir hältst. Bis dann also«, und er ging.

Art hatte sein Bestes getan, aber seine Stammkunden wollten nichts mit einem Amateur zu schaffen haben; und heute morgen saß er an seinem Schreibtisch, völlig ratlos, wie er einen Job finden könnte, der seinem Bruder fünfzigtausend Dollar einbrächte. Er überlegte, ob er Aktien verkaufen solle, wußte aber, daß Beth das nicht dulden würde. Er hatte die Lage mit ihr besprochen und war auf wenig Mitgefühl gestoßen. »Bekloppte Gören sollte man bei der Geburt ersticken«, hatte sie gesagt. »Eines tust du nicht, Art: Du verkaufst keine Anteile, um Mike unser Geld zuzuschustern. Ist das klar?«

Eine Woche war seit dem Besuch seines Bruders vergangen. Art hatte nichts mehr von ihm gehört, doch die Erinnerung an diese hohlen Augen und den verzweifelten Blick verfolgten ihn.

Beth unterbrach seine trostlosen Gedanken, indem sie den Kopf zur Bürotür hereinstecke.

»Ed Haddon am Telefon, Art«, sagte sie.

Art horchte auf. Haddon war sein gewinnbringendster Kunde. Er hatte Haddon schon mit vielen erstklassigen Dieben versorgt, und Haddon hatte großzügig dafür bezahlt.

Er ergriff den Hörer und sagte: »Hey, Mr. Haddon! Schön, daß man von Ihnen mal hört. Kann ich was für Sie tun?«

»Ich würde nicht anrufen, bloß um Ihre Stimme zu hören«, raunzte

Haddon. »Ich brauche einen Mann: gute Erscheinung, sicherer Schütze, der mit einem Rolls-Royce umgehen und den Part eines Chauffeurs mimen kann.«

Art zog lange und tief die Luft ein. Das klang gerade wie für Mike gemacht.

»Kein Problem, Mr. Haddon. Da hab' ich genau den Richtigen. Was für ein Job ist es?«

»Ein großer. Rund sechzigtausend springen dabei raus.«

Art schloß die Augen. Es war zu schön, um wahr zu sein.

»Kein Problem, Mr. Haddon.«

»Wer ist Ihr Mann?«

»Mein Bruder. Er ist Schütze von hohen Graden und braucht das Geld. Sie können auf ihn bauen.«

»Wie sieht sein Strafregister aus?«

»Er hat keins, Mr. Haddon. Im Moment ist er Schießlehrer in der Armee. Er sieht gut aus, spricht ordentlich und ist ein zuverlässiger Schütze.« Art war so erpicht darauf, seinen Bruder an den Mann zu bringen, daß er hinzufügte: »Ich verbürge mich für ihn, Mr. Haddon.« Im Moment, wo er das gesagt hatte, reute es ihn. Woher wußte er denn, ob Mike sich zu Haddons Zufriedenheit bewähren würde? Haddon war skrupellos. Bislang hatte er Haddon mehr als zufriedengestellt, aber ein Schnitzer, das wußte er genau, und Haddon würde sich mit ihm nicht mehr abgeben. Haddons Geschäfte mit Art waren Fleisch und Knochen seiner Agentur. Wenn Haddon ihn fallenließ, würden sämtliche anderen Kunden ihn auch fallenlassen. Er brach in kalten Schweiß aus, aber er hatte große Töne gespuckt, und es gab kein Zurück.

Haddon sagte: »Das soll mir recht sein. Wenn Sie für Ihren Bruder bürgen, genügt mir das. Okay, sagen Sie ihm, er soll sich am Sonntag, dem 23., um 10 Uhr bei Cornelius Vance im Seaview Hotel in Miami melden.«

»Was ist mit der Knarre?«

»Die kriegt er von Vance. Und, Bannion, es ist keine Gewalt dabei! Niemand wird umgebracht, aber dieser Mann muß todsicher schießen können.«

»Wann wird bezahlt, Mr. Haddon?«

»Wenn alles gelaufen ist. Es wird ungefähr zwei Monate dauern. Das ist ein großes Ding, Bannion. Verpfuschen Sie es, und Sie sind aus dem Geschäft«, sagte Haddon und hängte ein.

Beth stürmte in das Büro.

»Ich habe mitgehört«, sagte sie, puterrot im Gesicht. »Bist du übergeschnappt? Dieser Schwachkopp von einem Soldaten? Wir haben dutzendweise Scharfschützen in der Kartei. Warum ausgerechnet ihn . . . einen gottverdammten Amateur?«

Art funkelte sie an.

20

»Er ist mein Bruder. Er braucht Hilfe. Zieh ab!«

Als Beth murrend gegangen war, wählte Art die Nummer des Hotels Mirador und verlangte Mr. Mike Bannion zu sprechen. Er rechnete damit, daß sein Bruder an diesem angenehm sonnigen Morgen unterwegs sein würde, aber Mike meldete sich sofort.

Art dachte: Der arme Hund hat da in dem trostlosen Hotelzimmer gehockt und auf meinen Anruf gewartet. Tja, ich habe eine gute Nachricht für ihn.

Als Art ihm die Neuigkeit berichtet hatte, sagte Mike mit stocken-der Stimme: »Ich wußte, ich konnte mich auf dich verlassen, Art, besten Dank. Ich werde dich nicht enttäuschen. Ich setze mich gleich in Bewegung, aber ich brauche Geld!«

»Das ist okay, Mike, ich schicke dir dreitausend in bar ins Hotel. Spar nicht an der Chauffeurskluft. Sie muß überzeugend sein. Mein Kunde ist wichtig.«

Eine lange Pause entstand, dann fragte Mike: »Getötet wird niemand dabei?«

»Das sagte der Mann.«

»Okay, Art, und danke nochmals. Du kannst dich auf mich verlassen.« Dann hängte Mike ein.

Art lehnte sich im Sessel zurück und wußte nicht, ob er sich für einen Heiligen oder einen Trottel halten sollte.

2

Anita Certes betrat das zweite Badezimmer der Penthaus-Suite des Spanish Bay Hotels und wappnete sich gegen das, was sie dort finden würde.

Die Penthaus-Suite, die luxuriöseste und teuerste Suite im Hotel, war von Wilbur Warrenton gemietet, dem Sohn von Silas Warrenton, einem texanischen Ölmilliardär. Frisch verheiratet mit Maria Gomey, einer Südamerikanerin, deren Vater eine Reihe von Silberminen besaß, hatte Wilbur entschieden, daß Paradise City genau das Richti-ge für ihre Flitterwochen wäre; und die schwer zu befriedigende Maria hatte zugestimmt.

Mit seinen neunundzwanzig Jahren war Wilbur in die Texas Oil Corporation, über die sein Vater regierte, bislang nicht eingestiegen. Er hatte in Harvard studiert, ein Diplom in Volkswirtschaft erworben, danach ein Jahr als Panzermajor in der Armee verbracht, war in einer der Jachten seines Vaters um die Welt gereist, hatte Maria kennenge-lernt, sich verliebt und geheiratet. Nach beendeten Flitterwochen sollte er einer von den zehn Vizepräsidenten im ausgedehnten Ölreich seines Vaters werden.

Sein Vater, Silas Warrenton, ein hartgesottener Ölmensch, kannte keine Liebe außer für seinen Sohn. Silas' Frau war wenige Jahre nach Wilburs Geburt gestorben, und Silas, der sie innig geliebt hatte, übertrug diese Liebe auf seinen Sohn. Als Wilbur seinem Vater mitteilte, daß er heiraten wolle, und ihm Maria vorstellte, hatte Silas sie gedankenvoll betrachtet. Ihr dunkler Teint, ihr schlanker, sinnlicher Körper, ihre großen verführerischen Augen und ihr harter Mund flößten ihm Zweifel ein, doch er wußte von ihrem Vater mit seinem Milliarden, und so ging er darüber hinweg. Wenn sein Sohn dieses Frauenzimmer nun mal heiraten wollte, würde er dagegen nichts einwenden. Schließlich war sie gut fürs Bett, sagte er sich, und Scheidung war einfach. Also bedachte er sie mit einem schiefen Lächeln, patschte ihr auf die Schulter und sagte: »Ich möchte Enkelkinder, meine Liebe. Daß du mich nicht enttäuschst.«

Maria fand, daß er der gräßlichste, vulgärste alte Mann auf Erden sei. Selbst als Wilbur ihr andeutete, daß er gerne Kinder haben würde, hatte sie ihn kalt angestarrt.

»Später. Laß uns glücklich und frei sein, solange wir jung sind. Kinder bringen immer Sorgen.«

Anita Certes war eine von den vielen im Spanish Bay Hotel angestellten Zimmermädchen. Sie war dreiundzwanzig, stämmig gebaut, von dunkler Hautfarbe, mit Haaren wie ein Krähenflügel, und Kubanerin. Sie arbeitete seit zwölf Monaten im Hotel. Ihre Aufgabe war, die Badezimmer zu säubern, täglich das Bett neu zu beziehen, abzustauben und zu putzen.

Anita hatte Wilburs Bad »gemacht«. Das war kein Problem. Er faltete sogar seine Badetücher, und nie gab es Unordnung, doch Marias Badezimmer ließ Anita vor unterdrückter Wut schäumen.

Was für eine gottverfluchte Schlampe diese reiche, verzogene Frau war, dachte Anita, als sie sich das Durcheinander besah, das sie jetzt zu beseitigen hatte.

Klatschnasse Handtücher lagen am Boden. (Nahm sie die eigentlich mit in die Wanne?) Gesichtspuder und Wimperntusche sprenkelten die Spiegel. Ein zertretener Lippenstift verschmierte die Bodenfliesen. Die Toilette war nicht abgezogen.

Diese Reichen! dachte Anita. Sie raffte die durchnäßten Handtücher auf. Selbst wenn sie millionenschwer wäre wie dieses Miststück, würde ihr im Traum nicht einfallen, ein Bad in diesem ekelhaften Zustand zurückzulassen.

Während sie arbeitete, schweiften ihre Gedanken zu ihrem Mann, Pedro. Sie hatte vor zwei Jahren geheiratet. Sie waren auf Drängen Pedros nach Florida gekommen, in der Hoffnung, ihre wirtschaftliche Lage zu verbessern, die in Havanna für sie schwierig war. Anita hatte Glück gehabt, die Zimmermädchenstelle im Spanish Bay Hotel zu bekommen, doch Pedro konnte nur gelegentlich Arbeit als Straßenfeger finden, was wenig einbrachte.

Für sie war Pedro der bestaussehendste Mann von der Welt. Sie liebte ihn glühend und besitzergreifend. Sie vergötterte diesen schlanken, dunklen Mann, fand sich mit seinen Launen, seinen andauernden Klagen ab und gab alles, was sie verdiente, ihm. Sie lebten in einer Einzimmerwohnung in Seacomb, einem der Arbeiterviertel in den Außenbezirken von Paradise City. Sie liebte Pedro derart, daß es ihr gar nicht in den Sinn kam, daß er ein Taugenichts war. Nach wenigen Tagen mit Karren und Besen in der Straßenreinigung hatte er aufgesteckt. Sein einziger Gedanke galt der Rückkehr auf die kleine Zuckerrohrfarm seines Vaters, obwohl es vor einem Jahr sein einziger Gedanke gewesen war, von dort wegzukommen. Anita hatte sich seine Klagen angehört, ihn geküßt und um Geduld gebeten. Irgend etwas Gutes würde sich für ihn auftun. Zuckerrohrschneiden sei keine Lebensart. Sie würde härter arbeiten und für alles sorgen. Pedro hatte gelächelt. Okay, sie würden also warten.

Während sie arbeitete und den Schlammassel im Bad aufräumte, hätte sie gerne gewußt, was Pedro trieb. Er hatte ihr gesagt, er würde die Stadt abgrasen, um einen Job zu finden, doch sie wußte nicht recht. An jedem Wochenende hatte er alles Geld, das sie verdient hatte, verbraten. Oft reichte das Geld nicht mehr, um noch Reis zu kaufen, und er hatte sich beklagt. Worauf Anita in inniger Liebe versprach, härter zu arbeiten.

Während sie arbeitete und Maria Warrentons Bad von allen Flekken reinigte, saß Pedro Certes in einer schäbigen Bar in Seacomb. Bei ihm war Roberto Fuentes. Beide Männer tranken Bier.

Fuentes, ein Kubaner, lebte seit drei Jahren in Seacomb. Ein kleiner, überaus fetter Mann mit glitzernden harten Augen, der ein karges Auskommen im Hafengebiet gefunden hatte, wo er die vielen Jachten der Reichen sauberhielt und bei der Wartung half.

Er mochte Pedro und hatte ein Ohr für Pedros andauernde Klagen. An diesem Abend war er zu dem Schluß gekommen, daß Pedro reif für einen Job sei, der ihm, Fuentes, etwa dreitausend Dollar einbringen konnte. Fuentes glaubte, daß Risiken für ihn nichts waren. Wenn man aber – um die dreitausend Dollar zu ergattern – jemanden finden konnte, der das Risiko auf sich nahm, dann lohnte es sich, die Idee zu bedenken.

Mit gesenkter Stimme sagte er: »Pedro. Was hieltest du davon, dir tausend Dollar zu angeln?«

Pedro drehte lässig sein Glas mit dem schon warmen Bier, dann sah er Fuentes an.

»Was redest du wieder? Tausend Dollar? Mit soviel Geld könnten meine Frau und ich auf die Farm meines Vaters zurück. Wovon sprichst du denn?«

Fuentes lächelte. Sein Lächeln war wie das Züngeln einer Schlange.

»Es läßt sich einrichten. Es hängt von dir ab. Eintausend Doller.

Hübsch, eh?«

Pedro nickte.

»Nicht nur hübsch. Erzähl mal.«

»Du weißt doch, wo ich in der Coral Street mein Zimmer habe? Das große Mietshaus?«

»Ich kenne es.«

»In dem Block sind siebzig Mieter. Jeder von ihnen bezahlt sechzig Dollar Miete die Woche. Das macht zusammen viertausendzweihundert Dollar. Stimmt's?«

»Na, und?« fragte Pedro.

»Du und ich, wir könnten uns den Zaster schnappen. Für dich wäre das so leicht wie deine Frau zu bumsen.«

Pedros Augen wurden schmal. Tausend leichtverdiente Dollar!

»Erzähl mal«, sagte er. »Das interessiert mich jetzt.«

»In dem Wohnblock wohnt auch Abe Levi. Er arbeitet für die Leute, denen das Haus gehört. Er macht den Mietskassierer und den Hausmeister für sie. Jeden Freitag geht er von Wohnung zu Wohnung und sammelt das Geld ein: viertausendzweihundert Dollar. Er geht zurück in seine Bude, schreibt die Beträge auf und bringt dann am nächsten Morgen das Geld zum Mietsbüro. Das macht er seit Jahren. Ich habe ihn beobachtet. Ja, und Levi ist ein Vogel ohne Rückgrat. Wenn du dem eine Knarre vor die Nase hieltest, würde er in Ohnmacht fallen. Er ist dick und alt. Wir brauchen da nur reinzugehen, während er die Knete zählt, ihm eine Knarre vors Gesicht zu halten, und wir haben viertausendzweihundert Dollar. Ich sag' dir, Pedro, so einfach ist das.«

Pedros Augen funkelten.

»Das gefällt mir«, sagte er. »Morgen also?«

»Ja.« Fuentes zeigte sein Schlangenlächeln. »Aber Levi mußt du übernehmen. Wenn ich reinspazierte, würde er mich erkennen, aber dich, mit dem Finger am Abzug, da weiß der nichts. Ich bleib' draußen, du erledigst den Fall . . . Gut?«

Pedros Augen verloren ihren Glanz. Er dachte nach und schüttelte den Kopf.

»Du riskierst also nichts, aber ich . . . ja?«

»Es ist kein Risiko dabei.« Fuentes beugte sich vor und tätschelte Pedros Arm. »Du gehst rein, schwenkst die Kanone, Levi fällt in Ohnmacht, du schnappst dir das Geld, und wir beide sind glücklich.«

»Dafür will ich zweitausend«, sagte Pedro entschlossen. Fuentes verzog das Gesicht.

»Weil wir Freunde sind, biete ich dir die Chance, Geld zu machen. Für die Aufgabe kann ich jeden kriegen. Es ist ja so leicht. Nein. Zweitausend sind nicht drin.«

»Fünfzehnhundert, oder such dir jemand anders.«

Fuentes zögerte, dann zeigte er sein Schlangenlächeln.

24

»Einverstanden.« Er beugte sich vor. »Bereden wir es mal.«

Als Anita die fünf Treppen hochstieg und ihre Einzimmerwohnung betrat, fand sie Pedro ausgestreckt auf dem Bett, eine Zigarette schräg zwischen den Lippen und auf dem Gesicht ein zufriedenes Lächeln.

Anita hatte frei bis 20 Uhr, dann mußte sie wieder ins Hotel, um nochmals die Penthaus-Suite aufzuräumen. Jetzt war es fünf, und sie fühlte sich müde und matt, doch als sie Pedro so entspannt sah, lebte sie auf.

»Du hast einen Job gefunden!« rief sie. »Ich sehe es dir am Gesicht an!«

»Samstag gehen wir zurück nach Havanna«, sagte Pedro. »Dann hab' ich das Geld für den Flug und so viel, daß wir meinen Vater unterstützen können.«

»Anita starrte ihn an.

»Aber das ist doch nicht möglich!«

»Ist es doch.« Er griff unter das Kissen und zog den 38er Revolver hervor, den Fuentes ihm gegeben hatte. »Hiermit ist alles möglich.«

Anita setzte sich abrupt hin. Sie fühlte sich einer Ohnmacht nahe. Schon seit einiger Zeit hatte sie den Verdacht, daß Pedro zu einer Verzweiflungstat getrieben werden könnte.

»Liebling, bitte! Das darfst du nicht!«

Pedro stieß die Waffe unter das Kissen.

»Ich habe die Nase voll.« Sein dünnes Gesicht wurde boshaft. »Ich muß Geld haben, um heimzukommen. Fuentes und ich haben alles besprochen. Es ist kein Risiko dabei. Samstag fahre ich. Wenn du bleiben willst, dann bleib. Ich fahre mit fünfzehnhundert Dollar nach Hause. Das ist endgültig.«

»Es gibt immer ein Risiko«, sagte Anita mit zitternder Stimme.

»Diesmal nicht. Samstag reisen wir ab. Jetzt mach mir was zu essen.«

Anita hatte sich mit dem dritten Chefkoch im Spanish Bay Hotel angefreundet. Sie erlaubte ihm hin und wieder, ihr zartfühlend unter den Rock zu fassen, und er gab ihr Speisereste dafür: ein Stückchen gutes Steak, ein bißchen Hühnchen und manchmal sogar ein Stück Obsttorte. Während sie dasaß und Pedro anstarrte, hielt sie den Plastikbeutel in den Händen, den ihr der Koch gegeben hatte, und Pedro schaute hungrig auf den Beutel. Er hatte den ganzen Tag nichts gegessen.

»Du meinst wirklich, du willst stehlen, mein Liebling?« fragte sie.

»Hast's doch gehört! Mach mir was zu essen!«

Sie erhob sich langsam und ging unsicher in die winzigkleine Küche.

First Detective Tom Lepski hatte Freitage gern. Wenn es nicht irgendeinen Notfall gab, und in Paradise City gab es selten einen, konnte er sich abmelden und fürs Wochenende nach Hause. Schön, da war zwar Carroll, seine Frau, die auf ihm herumhacken konnte, damit er im Haus half und den Rasen mähte, aber er war weg vom Bereitschaftsraum, und sogar Haushaltspflichten waren ein kleineres Übel als das Herumsitzen und Warten auf Verbrechen.

Er sah auf seine Uhr. Noch zehn Minuten, und er hatte Schluß. Carroll hatte ihm gesagt, es gäbe eine Huhn-und-Schinken-Pastete zu Abend. Lepski aß gern, und Huhn-und-Schinken-Pastete war eine seiner ganz besonderen Leibspeisen.

Max Jacoby, zweiter Detektiv, hämmerte einen Autodiebstahlsbericht in die Maschine. Er und Lepski arbeiteten gut zusammen.

»Huhn-und-Schinken-Pastete!« rief Lepski aus. »Mensch! Das Futter schmeckt mir!«

Jacoby unterbrach sich beim Tippen.

»Manchmal beneide ich dich, Tom«, meinte er. »So ein Prachtkind wie Carroll als bessere Hälfte! Wenn ich Feierabend hab', muß ich zu Fung-U und hol mein Dinner in einer Tüte ab . . . üäh!«

Lepski schaute selbstzufrieden drein.

»Wird Zeit, daß du heiratest, Max. Dieses Wegwerfessen ist nichts für mich. Carroll würde ausflippen bei dem Gedanken, daß ich so einen Fraß verzehre.«

»Wahrscheinlich.« Jacoby seufzte und begab sich wieder ans Tippen.

Das Telefon auf Lepskis Arbeitstisch ertönte. Lepski riß den Hörer hoch und bellte: »Detektiv Lepski! Was gibt's denn?«

»Lepski! Mußt du so gewöhnlich sein und derart herumschreien?« Lepski stöhnte, als er die Stimme seiner Frau erkannte.

»Ach, du bist's, Herzchen«, sagte er in gemäßigtem Ton.

»Ja, ich bin es«, sagte Carroll. »Wirklich, Tom, du solltest dich bemühen, etwas kultivierter zu sein, wenn du ans Telefon gehst.«

»Okay.« Lepski lockerte seinen Schlips. »Ich bin in zwanzig Minuten daheim. Wie sieht die Pastete aus?«

»Deswegen ruf' ich gerade an. Ich hatte Mavis hier. Sie hat mir von ihrem Mann erzählt. Ehrlich, Tom, wie der Mensch sich aufführt! Ich saß da, hörte und war nur noch sprachlos.«

Lepski rutschte unruhig auf seinem Stuhl herum.

»Okay, steck mir die Einzelheiten, wenn ich heimkomme. Wie sieht die Pastete aus?«

Eine Pause entstand, dann sagte Carroll: »Ein bißchen Pech. Als Mavis mir von Joe erzählte, hab' ich irgendwie vergessen, daß die Pastete im Ofen war. Was der Mann ihr antut! Du faßt es einfach nicht! Ich war absolut sprachlos!«

Lepski fing an, mit den Fingern auf den Schreibtisch zu trommeln.

»Du hast vergessen, daß die verdammte Pastete im Ofen war?«

»Fluch nicht, Lepski. Es ist vulgär.«

Lepski ergriff einen Bleistift und schnippte ihn entzwei. Jacoby hörte mit dem Tippen auf und lehnte sich zurück, um zuzuhören.

»Was ist mit der Pastete passiert?« brüllte Lepski.

»Ich wünschte, du würdest nicht schreien. Ich ruf' dich an, damit du unterwegs am Fung-U-Imbiß vorbeifährst und uns was zu essen mitbringst«, sagte Carroll. »Sonst haben wir nämlich nichts«, und sie hängte ein.

Lepski knallte den Hörer hin und funkelte Jacoby an, der schnell wieder zu tippen anfing. Schnaubend stürmte Lepski aus dem Bereitschaftsraum.

Als er ins Vorzimmer kam und sich gerade abmelden wollte, erschien Sergeant Joe Beigler.

Beigler, ein großer, fleischiger, sommersprossiger Mann, leitete die Zentrale während der Abwesenheit von Polizeichef Terrell.

»Ich habe einen Job für dich, Tom«, sagte er.

Lepski funkelte ihn an.

»Ich mache gerade Feierabend.«

»Die Sache wird dir gefallen, Tom. Ich könnte sie Max geben, aber ich fand, du wärst der Mann dafür.«

»Gib sie Max. Ich muß Abendbrot kaufen! Carroll hat meine verdammte Huhn-und-Schinken-Pastete anbrennen lassen.«

»Wenn ich sie Max gäbe, würdest du's mir nie verzeihen«, meinte Beigler grinsend.

»Na, was ist denn das für ein verfluchter Job?« fragte Lepski, schon interessierter.

»Gerade ist eine Beschwerde über den Tanga Club reingekommen«, sagte Beigler. »Eine Mrs. Abrahams war da gestern abend mit ihrem Mann. Sie behauptet, die Mädchen hätten ihre Tangas nicht angehabt.«

Lepski riß die Augen weit auf.

»Du meinst, die sind splitternackt rumgelaufen?«

»Das hat Mrs. Abrahams behauptet. Geht so nicht, Tom. Du redest besser mal mit Harry. Wenn dem Bürgermeister das zu Ohren kommt, macht er den Klub dicht.«

»Keine schönen Aussichten«, sagte Lepski.

»Warnst ihn mal, ja?«

»Aber immer. Keine Tangas? Des einen Leid ist des andern Freud«, sagte Lepski mit sprühenden Augen. »Tu mir einen Gefallen, Joe. Ruf Carroll an. Sag ihr, daß ich nicht heimkomme. Sag ihr, ich hab' einen Überfall.«

»Laß mich nur machen«, willigte Beigler ein, der Carroll kannte. »Ich werde dich zum Helden küren.«

»Trag nicht zu dick auf, Joe. Carroll ist gerissen. Sag nur, ich bin wegen eines Überfalls gerufen worden. Ja?«

»Laß mich nur machen, Tom.«

Harry Atkin, der Inhaber des Tanga Club, war ein guter Freund der

27

Polizei. Sein Lokal, das in einer Seitenstraße der Main Street von Seacomb lag, war gut besucht. Wenn die Reichen in der Laune waren, die Slums zu beehren, verbrachten sie den größten Teil des Abends dort im Klub und aßen exzellente Meeresfrüchte, serviert von großartigen Mädchen, die »oben ohne« gingen und nur schmale Tangas trugen. Sein Geschäft blühte.

Hin und wieder, wenn Lepski im Bezirk war, schaute er herein, hielt eine Plausch mit Harry, trank ein paar Gläser aufs Haus und bewunderte die Mädchen, ehe er seiner Arbeit nachging. Das war etwas, das er Carroll gegenüber nicht erwähnte, denn es war klar, daß sie es nicht gebilligt hätte.

Gegen 19 Uhr 45 traf er im Klub ein und ging die Treppe hinunter in den großen Saal, wo drei Schwarze aufräumten und alles für die abendliche Unterhaltung auf Glanz brachten.

Harry Atkin, ein untersetzter, dicker Mann mit feurig rotem Haar, stand hinter dem Tresen und las die Abendzeitung. Er blickte auf und lächelte breit, als er Lepski sah.

»Hey, Tom. Hab' Sie schon Wochen nicht gesehen. Wie läuft's denn?«

Lepski stieg auf einen Hocker, schüttelte Harry die Hand und drückte seinen Hut Richtung Hinterkopf.

»Prima«, sagte er. »Und bei Ihnen?«

»Könnte nicht besser sein. Heute abend gibt es hier großen Trubel. Gestern abend war auch großer Trubel.« Er griff nach einer Flasche Cutty Sark, wie er wußte, Lepskis Lieblingsgesöff, und schenkte eine große Portion ein, kippte Eis dazu und schob das Glas über die Theke.

»Harry«, begann Lepski nach einem ersten, langen Schluck. »Man hat sich beschwert.«

Harry nickte.

»Ich hab's kommen sehen, Tom. War mal wieder fällig. Diese alte Schachtel, Mrs. Abrahams, was?«

»Genau die. Was ist los, Harry? Sie beklagt sich, die Miezen hätten ihre Tangas nicht angehabt.« Lepski schielte lüstern. »Ich wär' gern dagewesen, aber Sie können so was nicht bringen. Es schadet Ihrem Ruf.«

»Sie lügt. Ich will Ihnen sagen, was passiert ist. Wir hatten ein paar reiche Schluckspechte, die saßen neben dem Tisch, wo die Alte samt ihrem Fiesling von einem Mann war. Lu-Lu servierte gerade Fischsuppe, und dabei beugte sie sich vor, mit dem Arsch in der Luft.«

Lepski, der Lu-Lu gesehen hatte und fand, daß sie den schärfsten Hintern von allen Mädchen des Klubs ihr eigen hieß, nickte.

»Also schnipste einer von den Betrunkenen an Lu-Lus Tanga, und das verflixte Ding flog der alten Schachtel in die Suppe!« Harry lachte prustend. »Da war der Teufel los: Die Alte kriegte einen hysterischen Anfall, ihr Mann zum erstenmal seit Jahren einen Ständer, und Lu-Lu umklammerte ihre Muschi. Die zwei Trunkenbolde amüsierten sich köstlich. Genaugenommen hatte jeder in dem Laden seinen Spaß dran, bis auf die alte Schachtel.«

Ebenfalls lachend, wischte Lepski sich die Augen.

»Spitze! Ich hätte meinen rechten Arm gegeben, um dabeizusein.«

»Ist doch so. Ich brachte Lu-Lu außer Sicht und versuchte, das Gemüt der alten Schlampe zu beruhigen, aber die schnappte sich ihren Mann, ging und schrie, sie würde sich beim Bürgermeister beschweren.«

»Okay, Harry, regen Sie sich ab. Ich mach' einen Bericht darüber. Zerbrechen Sie sich nicht den Kopf. Wenn ich das den Jungs in der Zentrale erzähle, lachen die sich schief. Sonst hat kein Mädchen ihren Tanga verloren?«

»Zu Ihrer Information, Tom, meine Mädchen sind anständig«, sagte Harry mit ernstem Gesicht. »Das letzte, was die verlieren, sind ihre Tangas.«

Lepski lachte.

»Gott im Himmel, Harry, was haben sie denn sonst noch zu verlieren?« Er trank sein Glas aus, warf einen Blick auf seine Uhr, sah, daß es schon nach 8 war und erinnerte sich daran, daß er etwas zum Abendbrot kaufen mußte. »Tun Sie mir einen Gefallen, Harry. Carroll hat die Pastete verpfuscht, die wir essen wollten. Wie wär's mit einer von Ihren Pizzas?«

»Kommt nicht in Frage. Für Sie, Tom, besorge ich ein richtiges Essen. Was halten Sie von Hühnchen in Weißweinsoße mit Pilzen? Ihre bessere Hälfte braucht das nur noch zwanzig Minuten in den Herd zu stecken.«

Lepskis Augen glänzten.

»Klingt großartig.«

»Okay. Nehmen Sie sich noch ein Glas. Ich regle das mit Charlie.«

Als Harry davoneilte, griff Lepski nach der Flasche Cutty Sark. Es gab Zeiten, wo die Polizeiarbeit sich auszahlte, dachte er. Eine ruhige Hand umfaßte sein Gelenk.

»Lassen Sie mich das für Sie tun, Mr. Lepski.«

Er schaute auf und sah sich zwei kleinen Brüsten mit perlmuttrosa Warzen gegenüber; ein Mädchen, das nur einen Tanga und schwarze hochhackige Schuhe trug, lächelte ihn an.

»Ich bin Marian«, sagte sie, mit den langen Wimpern klimpernd. »Haben Sie das von Lu-Lu gehört? War das nicht furchtbar?«

Lepski klappte den Mund auf und zu, aber ihm fehlten die Worte. Seine Augen weideten sich an dem prächtigen kleinen Körper dicht an seiner Seite.

Lächelnd schenkte Marian den Drink ein, gab Eis hinzu und drückte ihm das Glas in die Hand.

»Mr. Lepski«, sagte sie und setzte sich auf einen hohen Hocker neben ihm. »Ich finde, und das tun alle Mädchen hier, daß Sie der bestaussehendste Bulle in der Stadt sind. Wissen Sie das?«

Lepski strahlte. Polizeiarbeit! dachte er. Wer möchte da kein Bulle sein?

Auf der anderen Seite der engen Straße, gegenüber dem Tanga Club, lag ein Hochhaus mit Ein- und Zweizimmerwohnungen, nur für die Arbeiter.

Abe Levi haßte Freitage. Diese Mietseintreiberei brachte ihn langsam, aber sicher um. Dauernd kamen irgendwelche verheulten Ausreden, um nicht zu bezahlen, und immer mußte er böse werden, was gegen seine Natur ging. Der Verband, dem das Hochhaus gehörte, hatte ihm gesagt, Kredit käme nicht in Frage. Wenn die Pfeifen nicht die Miete zusammenkriegten, dann raus mit ihnen. Es tat Abe weh, die Nachricht zu überbringen. Er wollte mit den Mietern auf gutem Fuß stehen, aber wenn man ihnen drohte, war das unmöglich.

»Hört mal«, erklärte er immer, »gebt mir nicht die Schuld. Bezahlt, oder ihr seid draußen. Das ist die Parole vom Boss. Es hat nichts mit mir zu tun.«

So vielen Mietern die Miete abzupressen, kostete Zeit, und als er die letzte Wohnung aufgesucht und mit einiger Anstrengung die Miete kassiert hatte, war längst 20 Uhr vorbei. Er wollte nur noch in seine Zweizimmerwohnung im Parterre zurück und Abendbrot essen.

Abe Levi war ein untersetzter Jude mit einem Wust grauer Haare und struppigem Bart. Das Leben war nicht leicht für ihn gewesen. In der Jugend hatte er seinem Vater geholfen, Obst von einem Karren zu verkaufen. Später hatte er ein Mädchen geheiratet, das in einer Textilfabrik schuftete. Als seine Eltern starben, hatte er den Obstkarren aufgegeben. Ein Freund hatte ihm diese Stelle als Mietskassierer verschafft. Es war erheblich besser, als durch die Straßen zu wandern und einen schweren Karren vor sich her zu schieben. Seine Frau war vor zwei Jahren gestorben. Kinder hatten sie nicht. Abe verbrachte seine einsamen Abende mit Fernsehen, und einmal die Woche ging er in den jüdischen Klub, wo man ihn immer willkommen hieß.

Als er in den Fahrstuhl stieg, dachte er betrübt an seine Frau Hannah. Sie hatte immer eine warme Mahlzeit für ihn bereit gehabt. Heute abend würde er ein wenig gesalzenen Fisch essen. Außerdem kam eine gute Fernsehserie, die er verfolgte.

Die schwere Geldtasche im Arm, die jetzt vollgestopft war mit Banknoten und Münzen, verließ er den Fahrstuhl und ging den langen, dunklen Gang hinab zu seiner Eingangstür. Zwei von den Flurlampen brannten nicht. Das würde er vor dem Essen noch reparieren müssen, dachte er müde. Er war für die Ordnung im Hochhaus verantwortlich.

An der Wohnungstür angelangt, fummelte er ungeschickt mit dem

Schlüssel, schloß auf und trat in sein Wohnzimmer. Seine Hand tastete nach dem Lichtschalter, drückte darauf, aber es blieb dunkel. Er stöhnte bei sich. Eine verflixte Sicherung war durchgebrannt. Das bedeutete einen Ausflug ins Kellergeschoß.

Abe war ein vorsichtiger Mann. Auf Notfälle war er stets vorbereitet. Er hatte eine starke Taschenlampe auf dem Tischchen vorne im Wohnzimmer stehen. Als er suchend nach ihr tastete, bekam er einen heftigen Schlag zwischen die Schulterblätter. Er taumelte. Seine Oberschenkel trafen auf die Lehne seines Fernsehsessels. Er stolperte und segelte lang hin, aber selbst bei diesem schweren Sturz hielt er die Geldtasche fest.

Pedro Certes hatte ihn mit klopfendem Herzen und raschem Atem erwartet. Er hatte eine Birne im Flur herausgeschraubt, ein Stück Alufolie um die Fassung gewickelt und die Birne wieder eingeschraubt, so daß es in der Flurbeleuchtung und in Abes Apartment einen Kurzschluß gab.

Er war sehr zuversichtlich. Fuentes hatte gesagt, der Jude sei ohne Rückgrat und würde beim Anblick eines Revolvers in Ohnmacht fallen. Pedro hatte nicht nur den Revolver mitgebracht, den Fuentes ihm gegeben hatte, sondern auch eine Taschenlampe.

»Stillhalten!« bellte er, knipste die Taschenlampe an und ließ ihren Strahl über die Waffe in seiner Hand streichen, während er Abe anleuchtete, der sich hochrappeln wollte. »Wirf mir die Tasche her!«

Abe trieb die Mieten schon lange ein. Noch nie hatte er einen Überfall erlebt. Ein Polizist hatte ihn gewarnt: »Abe, es gibt immer ein erstes Mal. Ihre Leute möchten, daß Sie eine Waffe tragen. Hier ist Ihr Schein, und hier ist die Waffe. Ich zeige Ihnen, wie man damit umgeht.« Und der Polizist war ein guter Lehrer. Abe glaubte zwar nicht, daß er die Waffe jemals brauchen würde, aber er mahnte sich, daß wenn ein Überfall geschah und der Dieb mit dem Mietgeld entkam, ihn das nicht nur seinen Job, sondern auch seine Wohnung kosten würde. Sein Boss hatte es ausdrücklich betont: »Sie liefern ab, oder Sie fliegen.« Also nahm Abe die Schußwaffengebrauchsanweisung ernst. Er hatte noch nie mit der Waffe geschossen, doch er wußte, wie es ging: entsichern, beide Hände um den Griff und auf den Abzug drücken.

»Dalli!« knurrte Pedro aus dem Dunkel. »Die Tasche!«

Abe saß jetzt aufrecht, hielt die Tasche umklammert und starrte in das grelle Licht, ohne von dem Mann etwas zu sehen, der ihn anschrie.

»Da«, sagte er und stieß die Tasche in Richtung der Stimme. Schwer wie sie war, rutschte die Tasche kaum einen Meter über den rauhen, abgenutzten Teppich.

Pedro starrte auf die Tasche und spürte, wie der Triumph in ihm hochstieg. Morgen würden Anita und er in einem Flugzeug auf dem Heimweg sein. Wie sich sein Vater freuen würde, ihn wiederzusehen!

Seine Gedanken streuten wie Quecksilber. Es war abgemacht, daß er, sobald er das Geld hatte, hoch in den ersten Stock rannte, wo Fuentes eine Einzimmerwohnung hatte. Der Jude, von Sinnen vor Angst, würde meinen, er sei aus dem Gebäude gestürmt; und wenn die Polizei verständigt war, würde sie die Straßen nach einem Mann mit einer braunen Tasche durchkämmen. Dann schoß ein neuer Gedanke durch Pedros Kopf. Wenn er nun nicht in Fuentes' Wohnung floh, sondern auf die Straße lief? Wenn er nun das ganze Geld behielt? Viertausendzweihundert Dollar! Er würde den Juden zum Schweigen bringen müssen. Ein Schlag auf den Kopf! Genau! Dann würde er herausmarschieren, nach Hause gehen, und Fuentes konnte nichts daran ändern.

Als er sich zitternd vor Aufregung der Tasche näherte, ließ er Abe aus den Augen, den Strahl der Lampe unmittelbar auf die Tasche gerichtet. Abes Hand glitt in seine Jacke. Seine Finger schlossen sich um den Kolben der Pistole. Er zog die Waffe in dem Moment, als Pedro die Tasche ergriff.

Abes Daumen zog die Sicherung zurück, er hob die Waffe und drückte ab. Der Feuerstoß und das Krachen in der Dunkelheit ließ beide Männer zurückfahren. Pedro spürte, wie etwas sengend Heißes über seine Wange strich, dann fühlte sich die Wange naß an. Er riß seinen Revolver hoch und zog in Panik den Hahn durch. Das Licht der Taschenlampe erfaßte Abe, der sich auf die Füße rappeln wollte. Pedro spürte das Zucken der Waffe in seiner Hand, hörte den Knall, dann sah er mit Entsetzen den Blutfleck, der mitten auf Abes Stirn erschien, sah, wie Abe zurückzuckte und wie er nach hinten fiel.

Betäubt vom Lärm der beiden Schüsse, kaum atmend, stand Pedro bewegungslos da und wußte, er hatte den Juden getötet.

Der erschreckende Gedanke kam ihm zum Bewußtsein, daß er einen Menschen umgebracht hatte! Man drückt einen Revolver ab, und ein Mensch stirbt! Eiskalte Panik ergriff ihn. Er dachte nur an sich selbst. Wenn man ihn schnappte, würde er den Rest der Tage hinter Gittern verbringen: ein Tier im Käfig! Aus wäre es mit Anita, dem frohen Wiedersehen mit dem Vater, der heißen Sonne auf der Zuckerrohrfarm.

Er hörte Stimmen. Krachend flogen Türen auf. Eine Frau schrie.

Fuentes! Er mußte zu ihm! Er packte die Tasche mit der linken Hand, den Revolver noch in der rechten, und trat aus Abes Wohnung, während er Blut über sein Gesicht rinnen fühlte und versuchte, seiner Panik Herr zu werden.

Fuentes, der an seiner halboffenen Tür wartete, hörte die beiden Schüsse und fuhr zusammen. Er hörte Türen aufgehen. Er sah eine Reihe von Mietern aus dem ersten Stock, die sich nach vorn auf den Flur drängten.

Der verdammte Idiot hatte die Sache vermasselt! Gebe Gott, daß er den Juden nicht gekillt hatte! Er stieß zu der Gruppe von Leuten, die

unter lautem Gerede und dem Wehgeschrei einer Frau den Treppenschacht hinunterstarrten. Er sah Pedro mit blutigem Gesicht zu ihm
hochschauen und trat einen Schritt zurück.

Pedro blickte in die erschrockenen Gesichter, die auf ihn herunter-
starrten, und er wußte, daß dort kein Fluchtweg war. Die braune
Ledertasche noch in der Hand, rannte er zum Ausgang auf die Straße.

Lepski nahm gerade den großen Karton entgegen, den Harry auf
die Theke stellte.

»Hier ist das Hühnchen, Tom, mit Nudeln. Einen guten Appetit
wünsche ich.«

Lepski strahlte.

»Mann! Wird Carroll aber staunen! Tausend Dank.« Als Marian
von dem Hocker glitt, tätschelte er ihren Hintern. Dann hörte er
Pistolenschüsse.

Sofort wurde Lepski ganz Polizist. Er sprang vom Barhocker und
stürzte zum Ausgang. Er hatte seine Waffe in der Hand, als er die
Straße erreichte.

Schon hatte das Geräusch der Schüsse einen Aufruhr verursacht.
Mit quietschenden Reifen hielten Autos an. Leute stutzten, blieben
stehen und starrten auf den Eingang des Hochhauses.

In diesem Moment kam Pedro hinaus auf die Straße. Beim Anblick
des Blutes, das über sein Gesicht strömte, und des Revolvers in seiner
Hand stob die Menge auseinander. Frauen kreischten auf, ein paar
Männer warfen sich auf den Bürgersteig.

Lepski sah über die Straße und erblickte Pedro, der anfing zu
rennen. Lepski reagierte rasch, kurvte um die anhaltenden Wagen
herum und setzte ihm nach.

Pedro hörte das Trappen ihn verfolgender Schritte. Mit vor Entsetzen geweiteten Augen blickte er sich um und sah Lepski, der sich
durch die aufgescheuchte Menge fädelte und hinter ihm herkam. Er
wußte instinktiv, daß dieser Verfolger ein Polyp war: Er sah die Waffe
in der Hand des Mannes. Halb wahnsinnig vor Schrecken wirbelte er
herum und feuerte auf Lepski. Eine Farbige, die schutzsuchend auf
einen Eingang zueilte, bekam Pedros Kugel in den Kopf.

Lepski brüllte: »Stehenbleiben, oder du stirbst!«

Pedro wich seitwärts aus, um über die Straße zu hechten.

Die Waffe in beiden Händen, mit gespreizten Füßen, drückte
Lepski einen Schuß ab.

Pedro spürte den Einschlag der Kugel, die ihn nach vorn warf. Er
ließ die abgewetzte braune Ledertasche und die Waffe, die Fuentes
ihm geborgt hatte, aus der Hand fallen. Er klappte zusammen, von
rasenden Schmerzen gepeinigt.

Ein Streifenwagen kam quietschend zum Stehen. Zwei Polizisten
stießen zu Lepski. Sie näherten sich vorsichtig Pedro, dann sagte einer

der Beamten: »Der Hundesohn lebt noch.«

Fuentes war in seine Wohnung zurückgeeilt, hatte die Tür zugeschlagen und sich ans Fenster gestürzt. Als er sich hinauslehnte, sah er gerade noch, wie Lepski auf Pedro schoß. Er sah, wie die braune Ledertasche, die viertausendzweihundert Dollar enthielt, auf Pedros gefällten Körper flog, dann sah er die Waffe einen Meter entfernt liegen.

Die Waffe!

Fuentes scherte sich keinen Deut um Pedro. Er hoffte nur, daß er tot war, aber die Waffe . . .!

Er mußte irr gewesen sein, Pedro seinen Revolver zu leihen! Sobald die Bullen die Waffe überprüft hatten, würde die Spur zu ihm führen. Irgendwann hatte er als Nachtwächter auf einer Luxusjacht fungiert, und der Besitzer hatte darauf bestanden, daß er bewaffnet sei, und dies mit der Polizei geregelt. Fasziniert von dem Schießeisen, hatte Fuentes es behalten wollen. Als der Besitzer der Jacht dann zu den Bahamas segelte, hatte Fuentes ihm erzählt, die Waffe sei ihm aus Versehen über Bord gefallen. Der Besitzer hatte die Achseln gezuckt, ihn aufgefordert, den Verlust der Polizei zu melden, und war losgesegelt. Fuentes hatte das unterlassen. Der Waffenschein galt noch für acht Monate, bis dahin wollte Fuentes mit dem Geld, das Pedro stehlen sollte, wieder in Havanna gewesen sein. Zum Teufel mit den Bullen!

Aber jetzt . . .!

Nur ein paar Stunden würde es dauern, bis die Polente die Waffe überprüft hatte; dann würden sie ihn holen kommen.

Schwitzend beobachtete er die Szene unten. Weitere Streifenwagen trafen ein. Auch eine Ambulanz erschien mit heulender Sirene.

Von Schrecken gepackt, verließ Fuentes das Fenster. Er mußte weg hier, ehe das ganze Hochhaus durchsucht wurde! Er stürzte zum Kleiderschrank und warf seine wenigen Kleidungsstücke in einen verbeulten Koffer. Wohin? Er dachte an Manuel Torres, seinen besten Freund.

Fuentes traf sich oft mit Manuel Torres im Hafen. Beide hatten im selben Dorf gelebt, nicht weit von Havanna, dieselbe Schule besucht und in der Jugend zusammen auf derselben Zuckerrohrfarm gearbeitet. Fuentes war sicher, daß er bei Manuel auf Hilfe zählen konnte.

Er öffnete seine Tür und spähte hinaus auf den Flur. Die Rücken seiner Nachbarn waren ihm zugekehrt – alle starrten den Treppenschacht hinunter.

Lautlos, den Koffer in der Hand, gelangte er zum Notausgang am Ende des Flurs. Er schob den Riegel zurück, drückte die Tür auf und warf einen Blick hinter sich. Niemand sah in seine Richtung, ihre Aufmerksamkeit war auf den Flur unten gebannt.

Er schloß die Tür hinter sich, dann lief er die Feuertreppe hinunter.

Mit langen, schnellen Schritten steuerte er durch die engen Seitengäßchen auf das Hafengebiet zu.

Zwei Stunden nach dem Mord an Abe Levi kam Sergeant Hess, ein gedrungener, stämmiger Mann, der das Morddezernat leitete, in Polizeichef Terrells Büro.

»Sieht aus wie ein reiner Raubüberfall, Chef«, sagte er. »Zwei Tote. Panikschüsse, nehme ich an. Noch haben wir den Mörder nicht identifiziert. Er trug keine Papiere bei sich. Wir haben herumgehört, aber niemand gibt Auskunft. Es ist ein Kubaner. Wir prüfen das weiter nach, aber Kubaner halten zusammen.«

Terrell, ein großer Mann mit sandfarbenem, weißmeliertem Haar, dessen markantes Gesicht in einem eckigen, vorspringenden Kinn auslief, wirkte als das, was er war: ein leistungsfähiger und zäher Polizeichef.

»Dieser Kubaner?«

»Er könnte durchkommen. Tom hat ihn an der Lunge erwischt. Im Augenblick ist er auf der Intensivstation. Larry sitzt an seinem Bett.«

»Irgendein Hinweis auf die Waffe?«

»Prüfen wir noch. Müßte jeden Moment was kommen.«

»Die Presse?«

Hess schnitt ein Gesicht.

»Wir haben nicht oft an einem Tag zwei Morde, Chef. Die amüsieren sich großartig.«

»Das war zu erwarten. Die Fingerabdrücke des Mörders haben Sie genommen?«

»Sie sind jetzt unterwegs nach Washington.«

Sergeant Beigler kam herein.

»Haben einen Bericht über die Waffe, Chef. Sie gehört einem Kubaner, Roberto Fuentes. Er hat einen Schein. Er wohnt im gleichen Hochhaus, wo Levi ermordet wurde. Er ist nicht der Täter. Das Foto auf dem Waffenschein paßt nicht. Max und zwei Streifenbeamte sind schon unterwegs, um ihn abzuholen.«

»Dieser Fuentes könnte dem Täter seine Waffe verkauft haben«, sagte Terrell, »oder er könnte in den Raub verwickelt sein.«

»Ganz mein Gedanke, Chef.«

Das Telefon klingelte. Beigler nahm ab.

»Bleib dran«, sagte er und wandte sich an Terrell: »Fuentes ist getürmt. Er hat seine sämtlichen Kleider mitgenommen. Keiner in dem Hochhaus weiß etwas . . . versteht sich.«

»Ich will ihn haben«, sagte Terrell. »Bring das in die Gänge, Joe.«

Beigler, der gern in Aktion trat, nickte.

»Sie kriegen ihn, Chef.«

Es war nach zwei Uhr früh, als Anita sich dem Fischerboot von

35

Manuel Torres näherte. Der Hafen war bis auf einzelne Nachtwächter verlassen. Die Nachtwächter blickten ihr nach, wenn sie, immer im Schatten, vorbeiging. Sie dachten, es sei nur eine der vielen Huren, die fleißig den Hafen besuchten.

Sie hielt inne, als sie das Fischerboot entdeckte. In der vorderen Kajüte brannte Licht. Sie war sicher, in dieser Kajüte Fuentes zu finden.

Erst spät, als Anita nach dem Putzen der Penthaus-Suite heimgekommen war, hatte sie ihr Kofferradio eingeschaltet und von der Schießerei gehört.

Bevor sie am Morgen zur Arbeit gegangen war, hatte Pedro ihr gesagt, sie solle am Abend, wenn sie wiederkäme, packen.

»Wir fliegen morgen um zehn nach Havanna. Mach dich bereit.«

Sie hatte die Arme um ihn gelegt und ihn an sich gedrückt.

»Lieber Mann, ich wünschte von ganzem Herzen, das würde nicht geschehen, aber du kannst immer auf mich zählen.«

Sie war in ihrer Nachmittagspause zurückgekommen, aber Pedro war nicht da. Sie hatte sich körperlich ausgeruht, doch nicht in Gedanken. Immerzu ging ihr die Waffe durch den Kopf, die Pedro ihr gezeigt hatte. Und sie dachte an seinen Freund Fuentes, der ihm die Waffe gegeben hatte. Pedro hatte gesagt, es bestünde kein Risiko. Weil sie ihn so sehr liebte, zwang sie sich zu glauben, daß kein Risiko bestand, aber ängstlich blieb sie doch.

Als sie um 22 Uhr 30 wieder nach Hause kam, in der verzweifelten Hoffnung, Pedro würde sie schon erwarten, ließ das leere kleine Zimmer ihren Mut sinken. Pedro hatte ihr gesagt, sie solle packen, also räumte sie müde ihre wenigen Habseligkeiten in zwei Koffer. Beim Packen dachte sie, daß sie morgen um diese Zeit wieder auf der kleinen Zuckerrohrfarm wären und daß sie sich wieder in der Hitze abrackern müßte. Doch was spielte es für eine Rolle, solange sie Pedro, ihren Liebsten, an ihrer Seite hatte?

Während sie auf Pedros Rückkehr wartete, stellte sie die Nachrichten an. Sie hörte die Meldung von den Morden an Abe Levi, einem Mietskassierer, und an Carry Smith, einer Schwarzen, bei einem versuchten Raub der Mietgelder, die Abe Levi kassiert hatte. Ihr Körper erstarrte zu Stein.

Der Sprecher fuhr fort: »Polizeidetektiv Tom Lepski sah den Dieb auf der Flucht, und nach vorheriger Warnung schoß er. Der Dieb, ein junger Kubaner, konnte bisher nicht identifiziert werden. Er liegt schwerverletzt unter polizeilicher Bewachung in einem Krankenhaus.«

Anita hob die Hände an den Mund, um einen Schrei zu ersticken. Pedro!

»Die Polizei möchte einen Kubaner namens Roberto Fuentes befragen, der unauffindbar ist. Die Mordwaffe gehört ihm, und man

nimmt an, daß er sie dem Täter entweder verkauft oder geliehen hat.«
Der Sprecher fuhr fort: »Wer Hinweise über den Aufenthalt dieses
Mannes geben kann, wende sich bitte an die Polizeizentrale.«

Anita stellte das Radio ab.

Manche Frauen haben Stahl in sich, manche nicht. Anita hatte
diesen Stahl, eine Härte, erworben durch die schwere, zermürbende
Arbeit auf den Zuckerrohrfeldern und durch die Arbeit im Hotel.
Sobald sie den Schrecken darüber, daß ihr Liebster gefährlich verletzt
und in den Händen der Polizei war, verwunden hatte, ging sie das
Problem an. Bald würde die Polizei herausfinden, wer Pedro war und
wo er lebte. Sie würden in dieses Zimmer kommen und sie verhören.
Die Presse würde sie hetzen. Sie würde ihren Job im Hotel verlieren.
Sie mußte augenblicklich handeln!

Fuentes! Er mußte wissen, daß die Polizei nach ihm suchte, und er
mußte sich versteckt halten.

Anita lebte seit vielen Monaten in Seacomb. Sie war Teil der
Kubanergemeinschaft. Sie kannte Pedros Freunde. Sie wußte, daß
Fuentes immer von seinem reichen Freund Manuel Torres redete, der
ein am Westkai liegendes Fischerboot besaß.

Sie hatte viel von Manuel Torres gehört. Es hieß, er sei ein Mann
von großem Einfluß. Er war mehr als das. Die Kubanergemeinde
betrachtete ihn als den Paten aller Kubaner, die in der Stadt lebten.
Wenn irgend jemand ein Problem hatte, ging er zu Manuel, und der
half ihm. Man nannte ihn den »Mann der Wahrheit«. Wenn er sagte,
er könne ein Problem lösen, wurde es gelöst. Natürlich berechnete er
ein paar Cents für seine Zeit, aber das akzeptierte man, weil sein Rat
immer gut war. Wenn er nicht fischte, betrieb er einen Stand am Pier,
wo er mit Erfolg Touristenkitsch verkaufte.

Während Fuentes und Pedro billigen Wein tranken, hatte Anita bei
ihnen gesessen und sich Fuentes' Prahlereien angehört.

»Manuel ist mein Freund«, hatte er Pedro erklärt. »Wenn ich je in
Schwierigkeiten käme, würde ich zu ihm gehen, und er würde mir
helfen.«

Manuel Torres, genannt »Der Mann der Wahrheit«, dachte Anita.
Bei ihm werde ich Fuentes finden.

Über eine Stunde saß sie bewegungslos, angestrengt nachdenkend.

Pedro brauchte Rettung! Auf keinen Fall durfte Pedro eine lange
Gefängnisstrafe verbüßen! Das war ein unerträglicher, unmöglicher
Gedanke! Sie wußte sehr gut, was Freundschaften wert waren. Weder
Fuentes noch Manuel würden einen Finger rühren, um Pedro zu
helfen, wenn es nicht einen starken Anreiz gab.

Am Ende dieser Stunde verzweifelten Nachdenkens kam sie
schließlich zu einer Lösung. Sie zögerte erst, unschlüssig, ob ein
solcher Plan gelingen könnte, dann sagte sie sich, daß es keine andere
Möglichkeit zur Rettung Pedros gäbe und ihr Plan gelingen müsse.

37

Sie würde zu Manuel und Fuentes gehen und ihnen von diesem Plan erzählen. Sie war zuversichtlich, daß sie, wenn sie erst einmal begriffen, was für ein enormes Geld sie dabei abschöpfen konnten, ihr helfen würden, ihren Mann zu befreien.

Jetzt stand sie vor Manuels Fischerboot. Sie sah einen Schatten, der sich hinter dem Vorhang der beleuchteten vorderen Kabine bewegte.

Sie schaute sich um, fand einen Kieselstein und warf ihn gegen das erhellte Fenster.

Sie wartete, dann ging die Kajütentür auf, und die schemenhafte Gestalt eines riesengroßen Mannes kam an Deck.

»Ich bin es . . . Anita Certes«, rief sie leise.

3

Mike Bannion bezahlte das Taxi, das ihn vom Flughafen Miami zum Seaview Hotel gebracht hatte. Er blieb kurz stehen, um den Hoteleingang und die mit altmodischem Schmiedeeisen verzierten Balkone zu betrachten. Er kam zu dem Schluß, daß es ein Wohnhotel für Pensionäre mit nicht allzuviel Geld war. Na, wenn schon. Er ging die paar Stufen hoch in die Halle, die mit Zwergpalmen in angelaufenen Kupfertöpfen geschmückt war, dann hinüber zu dem anspruchslosen Empfangsschalter.

Ein ordentlich gekleideter älterer Mann begrüßte ihn lächelnd.

»Mr. Vance erwartet mich«, sagte Mike.

»Mr. Lucas?«

»Der bin ich.« Mikes Bruder hatte ihm gesagt, er solle sich als Ted Lucas anmelden, und auf diesen Namen sei für ihn ein Zimmer gebucht.

»Einen Augenblick bitte.« Der ältere Mann benutzte das Telefon, mauschelte etwas, lauschte und legte dann auf.

»Mr. Vance empfängt Sie, Mr. Lucas. Erste Etage. Zimmer zwei. Ihr Zimmer ist auf Stock vier. Nummer zwölf. Wenn Sie Ihren Koffer hierlassen wollen, lasse ich ihn auf Ihr Zimmer bringen.«

Mike Bannion nahm den Fahrstuhl zum ersten Stock. Neuerdings ersparte er sich jede unnötige Anstrengung. Vom Treppensteigen, so hatte er festgestellt, bekam er einen stechenden Schmerz in der Seite. Heute war ein schlimmer Tag. Es lag wahrscheinlich am Flug und an der Schlepperei mit dem Gepäck. Er war zuversichtlich, daß er morgen von diesem tödlichen Etwas, das ihn zerfraß, wieder nichts merken würde. Der Schmerz kam und ging. Es gab Tage, da versuchte er sich zu überzeugen, er würde nicht in wenigen Monaten schon sterben, doch beim Verlassen des Flughafens, als der scharfe Zahn des Schmerzes zuschlug, hatte er eingesehen, daß er sich nur etwas vormachte.

Er klopfte an die Tür von Zimmer 2, und eine quengelige Stimme rief, er solle doch hereinkommen.

Er öffnete die Tür und trat in eine kleine Wohnstube, karg, aber gemütlich, ein Zimmer, wo ganz alte Menschen sich entspannen konnten, während sie auf den Tod warteten.

Lu Bradey saß in einem Rollstuhl. Mike, der ihn betrachtete, sah einen kleinen dünnen Mann, der anscheinend nahe auf die achtzig zuging. Bradeys Maske war einmal mehr ein Meisterstück. Der weiße Haarschopf, der große weiße Schnauzbart, die schmalen Nasenlöcher, die trockene, runzelige Haut hatten Maggie komplett getäuscht. Bradey hatte ihr gesagt, sie solle ins Seaview Hotel kommen, wo auf den Namen Stella Jacques ein Zimmer für sie reserviert sei, und sie solle nach Mr. Vance fragen.

Als Maggie am vorhergehenden Abend eingetroffen und nach Zimmer 2 gekommen war, hatte sie diesen alten Mann im Rollstuhl angestarrt, dann verdattert »Oh, Entschuldigung! Ich bin wohl im falschen Zimmer« gerufen und den Rückzug angetreten.

Worauf Bradey mit seiner normalen Stimme sagte: »Komm nur rein, Herzblatt, und zieh dein Höschen aus.«

Maggie war so erschrocken, daß sie das überhaupt nicht lustig fand. Bradey brauchte eine ganze Weile, um sie zu beschwichtigen und sie zu überzeugen, daß dieser alte Krüppel, der sie streichelte, wirklich die große Liebe ihres Lebens war.

Schließlich kamen sie aber zur Sache. Er hatte ihr gesagt, am nächsten Morgen würde der Mann eintreffen, der so eine wichtige Rolle bei dem Hoteldiebstahl spielen sollte.

»Ich möchte, daß du im Schlafzimmer bleibst, Maggie«, erklärte er. »Laß die Tür angelehnt und hör zu. Du sollst dich vergewissern, daß du mit diesem Mann arbeiten kannst, genau wie ich mich davon vergewissern will. Haddon sagte mir, er sei okay, aber er ist ein Amateur. Er ist nicht vorbestraft, und ich mißtraue Amateuren. Wenn er uns im Stich läßt, die Nerven verliert, sitzen wir beide echt in der Patsche. Hör dir seine Stimme an und das, was er sagt, dann komm rein und schau ihn dir gut an. Wenn er dich nervös macht, fahr dir mit den Fingern durch die Haare. Wenn du sicher bist, du kannst mit ihm arbeiten, dann sag das.«

Maggie nickte staunend.

»Das ist eine große Schau, Lu, was? Ich bin ein bißchen besorgt. Ich würde nicht gern ins Gefängnis kommen, aber wenn du sagst, es geht in Ordnung, dann geht es für mich in Ordnung.«

»Du kommst nicht ins Gefängnis, Baby, und ich auch nicht.«

Maggie begann Bradeys Hand zu streicheln.

»Weißt du was, Keule? Ich bin noch nie von einem Achtzigjährigen gebumst worden. Sollen wir es mal probieren?«

Bradey lachte.

»Nein. Ich hab' drei Stunden gebraucht, um diese Maske herzurichten. Da kannst du mich doch nicht in Stücke beißen. Geh, reg dich ab.«

Von der Tür aus betrachtete Mike diesen alten Mann im Rollstuhl. Er ließ sich ebenso täuschen wie Maggie, und er dachte: »Madonna! Ist diese abgetakelte alte Krücke der Mann, mit dem ich arbeiten muß?«

Während Mike dastand und starrte, starrte auch Bradey mit kalten, forschenden Augen, dann entspannte er sich langsam. Der Mann war schon was, dachte er. Nicht nur hart, sondern er strahlte Disziplin aus. Haddon hatte gesagt, er sei ein Feldwebel. Das war kein Mann, der die Nerven verlieren würde. Die hohlen Augen störten Bradey, aber der entschlossene Mund und die starke Kinnpartie glichen die Augen aus.

»Ich bin Mike Bannion«, sagte der Mann. »Mr. Vance?«

»Kommen Sie rein, und nehmen Sie Platz«, sagte Bradey.

Er wartete, bis Bannion die Tür geschlossen und sich in einen Sessel nahe dem Rollstuhl gesetzt hatte.

»Also, Mike Bannion sind Sie«, sagte er mit seiner Altmännerstimme. »Erzählen Sie mir von sich.«

Mike sah Bradey direkt an. Irgendwas war faul an diesem alten Herrn. Das spürte er instinktiv.

»Ich bin hier, um eine Aufgabe zu übernehmen«, sagte er. »Sie wollen so wenig von mir wissen, wie ich von Ihnen. Um was für eine Aufgabe handelt es sich?«

Das gefiel Bradey. Der große Soldat meinte es offensichtlich ernst, sagte er sich, aber er beschloß, ihn weiter zu prüfen.

»Man sagte mir, Sie seien ein guter Schütze. Wie gut schießen Sie denn?«

»Wie wär's, wenn wir den Quatsch lassen?« erwiderte Mike. »Sagen Sie dem, der da im andern Zimmer ist, er soll rauskommen. Reden wir Klartext.«

Maggie kam aus dem Schlafzimmer, hielt inne, um Mike zu betrachten, und klatschte die Hände zusammen.

»Was für ein Prachtstück von einem Mann!« rief sie aus.

Bradey lachte, als er sah, wie Mike Maggie anstarrte.

»Trinken wir alle mal was«, sagte er, stand von seinem Rollstuhl auf und ging zu den Flaschen, die auf dem Tisch aufgereiht waren. »Das ist Maggie. Sie arbeitet auch mit uns. Was nehmen Sie, Mike?«

Verblüfft durch die plötzliche Aktivität eines alten Behinderten und Maggies höchsttourigen Anblick, gaffte Mike bloß mit offenem Mund. Dann riß er sich zusammen und stand auf.

»Scotch?« fragte Bradey.

»Was, zum Teufel, soll das alles?« wollte Mike wissen.

»Nehmen Sie einen Scotch, Mike«, sagte Bradey und goß einen großen Schuß ein. »Maggie, du enthältst dich besser. Ich weiß, daß

Scotch deine Konzentration zerstört. Gib Mike seinen Drink, dann mach' ich für mich einen.«

Maggie ergriff das Glas und ging hinüber zu Mike.

»Bitte sehr, Großer«, sagte sie.

Er nahm das Glas an und dachte dabei, daß er noch nie eine so rassige Frau gesehen hatte. Sein Verstand war leicht benommen, dann sah er Bradey auf einen Sessel deuten und setzte sich wieder.

»Okay, Mike, tut mir leid, daß wir Sie gefoppt haben, aber ich wollte sichergehen, daß Sie der richtige Mann für den Job sind«, erklärte Bradey, als er in seinem Rollstuhl Platz nahm. »Ich bin überzeugt.« Er blickte zu Maggie. »Und du?«

Maggie seufzte.

»Aber ja. Er strotzt vor Kraft!«

Bradey lachte.

»An Maggie müssen Sie sich gewöhnen. Bei mir dauerte es auch, bis ich mich an sie gewöhnt hatte.«

Inzwischen hatte Mike sich von dem Schock, diesen Greis wie einen Mann von dreißig agieren zu sehen, erholt und Maggies gewaltigen Eindruck verdaut.

»Mr. Vance«, sagte er in seinem barschen Militärton, »ich fragte Sie, um was für eine Aufgabe es sich handelt.«

Maggie stöhnte leise.

»Ist das nicht eine wundervolle Stimme?« sagte sie mit flatternden Wimpern.

»Maggie, wirst du wohl still sein!« raunzte Bradey, und zu Mike gewandt, fuhr er fort: »Es handelt sich um folgendes: Ich spiele einen Krüppel, dabei ist Maggie meine Pflegerin, und Sie sind mein Chauffeur.« Er unterbrach sich. »Haben Sie die Uniform?«

»Die habe ich.«

»Gut. Also der Plan.«

In den nächsten zwanzig Minuten erläuterte Bradey die Einzelheiten des Diebstahls.

»Ihre Aufgabe ist, die Wachen außer Gefecht zu setzen, falls sie erscheinen. Sie werden eine Pfeilpistole benutzen«, schloß Bradey und gab Maggie einen Wink. Sie ging ins Schlafzimmer und kam mit der Pistole zurück. »Es darf kein Fehler passieren«, fuhr Bradey fort, während Mike die Waffe untersuchte. »Sie ist nicht tödlich. Niemand stirbt. Der Trick besteht darin, die Pfeile den Wachen ins Genick zu hauen. Das ist Ihr Job, dann helfen Sie mir noch, die Kassetten aus dem Safe zu laden, und dafür bekommen Sie fünfzigtausend Dollar Lohn.«

Mike nickte.

»Schön. Sie fragten mich, ob ich ein guter Schütze sei«, sagte er. »Die Frage ist nur fair, wenn es dabei um fünfzigtausend Dollar geht.« Er schaute sich im Zimmer um. »Das Bild da an der Wand.« Er wies

41

auf die Kopie eines impressionistischen Gemäldes in verblaßten Farben. Es hing etwa sechs Meter von dort, wo sie saßen, entfernt. »Der Junge links – sein rechtes Auge . . . Klar?«

Bradey und Maggie drehten sich beide um und starrten auf das Gemälde. Zum erstenmal nahmen sie wahr, daß es an der Wand hing.

Mike hob die Pistole. Seine Bewegung war schnell und sicher. Es gab einen leisen Knall, als er abdrückte.

»Schauen Sie nach«, sagte er.

Bradey verließ seinen Rollstuhl, ging durch das Zimmer und linste auf das Gemälde. Im rechten Auge des Jungen steckte der Betäubungspfeil.

Es war 11 Uhr 40. Die Kellner des Spanish Bay Hotels kreisten mit bunt beladenen Cocktailtabletts um den großen Swimmingpool und folgten prompt den schnippenden Fingern der Reichen in ihren Liegestühlen. Hinter den Kellnern trugen gutgeschulte Pagen Tabletts mit köstlichen Leckereien her.

Wilbur Warrenton hatte seine Morgenrunde geschwommen. Neben ihm las seine Frau Maria, mit einem Bikini bekleidet, einen Roman. Schwimmen am Morgen war nichts für sie. Ihr Make-up und ihre Frisur waren so kunstvoll, daß sie nur abends schwamm und auch nur dann, wenn sie vor einem späten Dinner eine Stunde oder mehr darauf verwenden konnte, die Verwüstungen des Wassers zu beheben.

Wilbur hatte seinen zweiten Martini dry getrunken. Er fühlte sich locker. Bis jetzt waren seine Flitterwochen ein Erfolg. Das Hotel hielt alles, was es versprach. Der Service war tadellos und die Küche so gut wie nur je ein Dreisternerestaurant in Paris. Die einzige kleine Wolke am sonst strahlenden Horizont waren Marias zunehmende Nörgeleien. Restlos verwöhnt, gehörte sie zu der Sorte Frauen, die immer irgendwelche Mängel fanden, gleich welchen Luxus man ihnen bot. Momentan klagte sie darüber, daß zu viele alte Leute in dem Hotel wohnten.

Wilbur wies darauf hin, daß das Spanish Bay Hotel das teuerste und beste Hotel auf der Welt sei. Nur die alten Semester könnten es sich leisten, sich dort aufzuhalten.

»Wir haben Glück, daß mein Vater für uns zahlt, Maria«, sagte er, »sonst wären wir nicht hier.«

Maria schnaubte.

»Es ist doch, als ob man auf einem Friedhof wohnt.«

»Wir können jederzeit woanders hin. Möchtest du das gern? Wir könnten ins Rivage, wo junge Leute sind.«

»Ins Rivage? Bist du verrückt? Das ist ein Slum!«

Wilbur sah auf seine Uhr und erhob sich.

»Ich ruf' mal schnell Papa an.«

Maria krauste die Stirn.

»Gott nein! Schon wieder? Mußt du denn jeden Tag mit ihm telefonieren?«

»Er schwätzt halt gern«, sagte Wilbur. »Dauert nicht lange.«

Er stelzte davon, während Maria die Achseln zuckte und sich wieder ihrem Roman zuwandte.

Wilbur sprach selbst gern zwischendurch mit seinem Vater, und er wußte, daß der alte Herr sich darauf freute, seinem Sohn das tägliche Geschäftsgeschehen mitzuteilen. Wilbur wußte, daß sein Vater einsam war und sich danach sehnte, daß er wieder nach Dallas kam und ihm Enkelkinder schenkte. Mit Unbehagen hatte Wilbur Maria erzählt, daß sein Vater ein voll möbliertes Luxushaus für sie gekauft hatte, mitsamt Personal, zwei Autos, Swimmingpool und einem kleinen Park – mit allem eigentlich, was für Geld zu haben war.

»Wer möchte denn in einem Loch wie Dallas wohnen?« hatte sie mürrisch gefragt. »Wenn die Flitterwochen um sind, will ich nach Paris und Venedig.«

»Ich werde doch in Dallas arbeiten, Maria«, sagte Wilbur geduldig. »Es wird dir gefallen. Ich habe das Haus gesehen. Es ist wirklich wunderschön. Wir gehen später nach Paris.«

Sie hatte ihn unbeugsam angestarrt und nichts erwidert.

Wilbur nahm den Fahrstuhl zu seiner Penthaus-Suite, trat ins Wohnzimmer und ließ sich nach Dallas verbinden. Minuten später sprach er mit seinem Vater.

»Tag, Sohn!« Silas Warrentons Baßstimme dröhnte über die Leitung. »Wie geht's denn?«

»Prima, Dad, und dir?«

»Geschäfte noch und noch. Dow Jones steigt zur Abwechslung. Ich hab' gerade ein Aktienpaket verhökert – ganz nett verdient dabei. Zu Mittag eß ich mit zwei Arabern: große Tiere in ihrer Gegend, aber kleine Fische für mich. Die wollen einen Abschluß durchbringen. Wenn ich den zu meinen Bedingungen kriege, könnte er echt Geld wert sein.«

»Schön für dich, Dad.«

»Tja, der alte Kauz hier hält den Kessel am Dampfen.« Eine Pause, dann: »Wie geht's deiner Frau?« Silas nannte Maria selten bei ihrem Namen.

»Prima, Dad.«

»Schon schwanger gemacht?«

Wilbur lachte gezwungen.

»Laß uns Zeit, Dad. Maria möchte ein bißchen von der Welt sehen, bevor sie auf eine Familie einsteigt.«

Er hörte seinen Vater mißbilligend brummen.

»Schieb es nicht zu lange auf, Sohn. Ich werde nicht jünger. Wann kommst du heim?«

»Ach, in zwei Wochen ungefähr.«

43

»Ich hab' lauter interessante Sachen für dich anstehen. Ich möchte, daß du mir einiges von der Arbeitslast abnimmst, Sohn. Hast du deiner Frau von dem Haus erzählt? Ich hab's mir angesehen. Es ist traumhaft schön.«

»Klar, Dad, ich hab's ihr gesagt.« Wilbur mühte sich, Begeisterung in seinen Ton zu legen. »Sie ist angetan.«

Erneut das Brummen.

»Sollte sie auch sein. Es hat drei Millionen gekostet.« Eine Pause, dann: »Tja, laß es dir gutgehen, Sohn. Ich hab' jeden Moment einen Aufsichtsrat, und du wirst ziemlich bald mit mir in diesem Rat sitzen. Alsdann, Sohn, paß auf dich auf«, und Silas hängte ein.

Anita Certes war noch mit Marias Bad beschäftigt gewesen, als Wilbur hereinkam und das Gespräch mit seinem Vater aufnahm. Hastig hatte sie die Tür zugedrückt und gelauscht. Das einseitige Telefonat lieferte ihr keine Information, abgesehen von dem unbefangen herzlichen Ton Wilburs, der eine Bestätigung für das Gerede im Personal war, daß der unheimlich reiche Silas Warrenton und sein Filius einander gern hatten. Einer der kubanischen Kellner, die das Penthaus bedienten, hatte ihr gesagt, daß nach dem, was er aufgeschnappt habe, sich der alte Mann nach Enkeln sehnte. »Das reiche Flittchen spielt aber nicht mit. Ich hab' die im Schlafzimmer streiten gehört. Sie ist zu selbstsüchtig, als daß sie Kinder wollte. Der Sohn wird das Ölimperium übernehmen. Der ist Milliarden wert, wenn der Alte abkratzt«, hatte ihr der Kellner gesagt.

Anita hatte keinen Schlaf gefunden. Sie hatte Stunden in der muffigen Vorderkajüte von Manuel Torres' Fischerboot mit Reden zugebracht.

Erst hatte sie Fuentes gebeten, Pedro zu helfen. Er hatte die Schultern gezuckt.

»Was kann ich denn tun? Mich suchen doch die Bullen!« hatte er mit schriller Stimme gesagt. »Wenn ich Geld auftreiben könnte, ginge ich zurück nach Havanna, aber ich hänge fest.«

»Du wirst hier sicher sein«, sagte Manuel. »Ich lasse meine Freunde nicht im Stich.«

»Ist mein Mann nicht auch Ihr Freund?« wollte Anita wissen.

»Sein Freund«, sagte Manuel mit einer Kopfbewegung zu Fuentes. »Nicht meiner.«

Fuentes wedelte verzweifelt mit den Händen.

»Ich kann überhaupt nichts tun! Versteht ihr nicht? Die Bullen haben ihn! Er ist verletzt. Was kann ich da machen?«

Mit brennenden Augen beugte Anita sich vor und sagte es ihm.

Die beiden Männer hörten zu, während sie redete, dann unterbrach Fuentes plötzlich.

»Das ist irres Geschwätz!« explodierte er. »Du bist übergeschnappt! Geh! Laß dich nicht wieder hier sehen! Du bist verrückt.«

Manuel legte eine Hand beruhigend auf Fuentes' Arm.

»Ich sehe einige Möglichkeiten«, sagte er. »Laß uns die Idee einmal prüfen. Beruhige dich.«

»Es ist Irrsinn!«

»Wenn es dabei um fünf Millionen Dollar geht, ist nichts für mich Irrsinn. Beruhige dich.«

Anita beobachtete die beiden Männer. Sie war auf Widerstand gefaßt gewesen. Fuentes war dumm, aber sie konnte sehen, daß Manuel schon an dem Köder biß, den sie auswarf. Sie betrachtete ihn: groß, stark, mit einem struppigen schwarzen Bart, völlig kahlem Kopf und kleinen grausamen Augen. Wenn sie ihn nur überzeugen konnte, war sie zuversichtlich, daß er ihren Plan gut ausführen würde.

Manuel schaute sie an.

»Damit ich das recht verstehe«, sagte er. »Ihre Idee ist, daß wir die Penthaus-Suite des Hotels in unsere Gewalt bringen und Warrenton und seine Frau bis zur Zahlung eines Lösegeldes gefangenhalten?«

»Das ist mein Plan«, sagte Anita ruhig. »Warrenton ist Milliarden wert. Sein Vater liebt ihn. Ein Lösegeld von fünf Millionen wäre ein Klacks für ihn.«

»Und wie bringen wir das Penthaus in unsere Gewalt?« fragte Manuel.

»Ich sage dir, sie ist verrückt!« schrie Fuentes ärgerlich. »Ich kenne das Hotel. Die haben da Wachposten! Das Penthaus in unsere Gewalt bringen . . . irres Geschwätz!«

Manuel tätschelte Fuentes' Arm.

»Mein Freund, ich bitte dich, bleib ruhig. Laß uns zuhören. Fünf Millionen Dollar. Denk doch, was das heißen würde.« Er schaute Anita an und fragte erneut: »Wie bringen wir das Penthaus denn in unsere Gewalt?«

»Durch mich«, sagte Anita. »Ich arbeite in dem Hotel. Es gibt nichts, was ich über die Sicherheitsvorkehrungen nicht wüßte: wie man trotzdem in das Penthaus gelangt, wie man die Wachen und den Hausdetektiv umgeht.« Sie wandte sich an Fuentes. »Die Polizei sucht dich. Willst du monatelang in der Kajüte hier bleiben? Geht dir nicht ein, daß du rein alles verlangen kannst, wenn du erst in dem Penthaus bist; Essen, Trinken, Zigaretten . . . alles, und daß dir das Hotel alles gibt, was du verlangst, weil du die Warrentons gefangenhältst? Wenn das Lösegeld dann ausgehändigt wird, fahren wir alle, mit den Warrentons als Geiseln, mit fünf Millionen Dollar zurück in die Heimat.«

Fuentes gaffte sie an, dann blickte er nervös zu Manuel.

»Ja. Vielleicht«, sagte er langsam. »Bist du sicher, daß du uns in das Penthaus bringen kannst?«

Anita entspannte sich. Noch ein Fisch knabberte an ihrem Köder.

»Ich kann«, sagte sie. »Ich habe Duplikate von den Schlüsseln zum

45

Personaleingang und zum Penthaus.«

»Tatsächlich?« fragte Manuel scharf. »Wo haben Sie die her?«

Irgendwann früher hatte Pedro ihr gesagt: »Hotelschlüssel läßt man sich immer nachmachen. Man weiß nie, wann man sie mal brauchen könnte.« Und er hatte ihr erklärt, wie man einen Wachsabdruck herstellt, und hatte danach die Schlüssel anfertigen lassen.

»Das ist meine Sache«, erwiderte sie. »Ich habe sie eben.«

Fuentes sah Manuel an.

»Was meinst du?«

»Es gefällt mir. Wir werden einen dritten Mann brauchen. Wir wissen ja nicht, wie lange wir da oben eingepfercht sein werden. Einer wach, einer weg, das ist gefährlich. Wir brauchen einen dritten Mann.«

»Ich werde der dritte Mann sein«, sagte Anita.

Manuel schüttelte den Kopf.

»Nein. Es ist besser, wenn Sie sich da heraushalten.«

»Ich werde der dritte Mann sein«, sagte Anita entschlossen. »Über kurz oder lang stellt die Polizei den Namen meines Mannes fest. Dann bin ich dran und verliere meinen Job. Wenn das passiert, gibt es für Sie keine Möglichkeit mehr, in das Penthaus zu gelangen. Die Sache muß schnell gehen.«

Manuel dachte darüber nach und nickte dann.

»Sie ist ganz vernünftig«, sagte er zu Fuentes. »Lassen Sie mich sorgfältig über Ihren Plan nachdenken, Mrs. Certes. Kommen Sie morgen abend wieder her, und ich sage Ihnen, ob wir das durchführen.«

»Spätestens bis morgen abend.«

»Morgen abend. Es wird ein klares Ja oder Nein sein«, sagte Manuel.

Er zappelt im Netz, dachte sie, dann sah sie Manuel direkt ins Gesicht. »Jetzt hören Sie. Ich bringe Sie unter einer Bedingung in das Penthaus.«

Beide Männer schauten sie argwöhnisch an.

»Und was für eine Bedingung ist das?« fragte Manuel.

»Ich möchte nichts von dem Lösegeld. Was immer ihr kriegt, könnt ihr unter euch teilen, aber die Lösegeldforderung muß die Freilassung Pedros und sein sicheres Geleit einschließen, damit er mit uns kommen kann, wenn wir die Geiseln nach Havanna bringen. Solltet ihr mit dieser Bedingung nicht einverstanden sein, lasse ich euch nicht in das Penthaus.«

Fuentes explodierte erneut.

»Ich hab' dir ja gesagt, sie ist wahnsinnig!« schrie er Manuel an. »Pedro ist verletzt! Er könnte am Sterben sein! Die Bullen lassen ihn nie und nimmer frei! Er hat zwei Morde begangen! Das ist doch Irrsinn!«

»Halt's Maul!« bellte Manuel, der die Geduld verlor. »Also, Mrs. Certes, das ist eine sehr schwierige Bedingung, aber sie ist nicht unmöglich. Wenn wir erst in dem Penthaus sind und es unter Kontrolle haben, dann können wir auch Bedingungen diktieren. Ich verspreche Ihnen, ich werde mein Bestes tun, damit Ihr Mann bei uns ist, wenn wir fortgehen. Ich bin ein Mann, der Wort hält. Man nennt mich den Mann der Wahrheit. Ich gebe Ihnen mein Wort, aber es wird schwierig sein.«

»Manuel Torres«, sagte Anita mit kaltem, hartem Blick. »Ich bin keine dumme Frau. Mein einziger Gedanke ist, das Licht meines Lebens wieder bei mir zu haben . . . Pedro. Wenn die Zeit kommt und ich nicht überzeugt bin, daß sie Pedro freilassen, dann bringe ich dieses reiche südamerikanische Luder um und bringe Warrenton um, es sei denn, man erklärt sich bereit, Pedro wirklich freizulassen. Das werden Sie ihnen sagen, und wenn sie es Ihnen nicht glauben, werde ich es ihnen auch sagen, und mir wird man glauben!«

Manuel betrachtete sie verblüfft. Hier, dachte er, war eine Frau von großer Kraft, und er spürte, wie Bewunderung ihn überkam. Er hatte keinen Zweifel, daß es ihr mit dem, was sie sagte, ernst war.

Einen langen Augenblick sah er sie an, dann nickte er. Der Stahl in Anitas Stimme hatte ihn überzeugt.

»Ja, es könnte funktionieren. Kommen Sie morgen abend. Ich habe viele Beziehungen. Ich werde Nachforschungen anstellen. Zuerst müssen wir über die Verfassung Ihres Mannes Bescheid wissen. Das ist kein Problem. Morgen abend, wenn Sie mit der Arbeit fertig sind, besprechen wir, was wir zu tun haben.«

Müde, aber innerlich jubelnd, stand Anita auf, und Manuel erhob sich zu seiner vollen Größe und streckte die Hand aus.

»Du bist eine gute Ehefrau und ein feiner Mensch«, sagte er. »Wir werden gut zusammenarbeiten.«

Als sie fort war, platzte Fuentes heraus: »Sie ist doch verrückt!«

Manuel musterte ihn und schüttelte den Kopf.

»Sie liebt. Wenn Frauen wahrhaft lieben, sind sie stärker als Männer. Jetzt gehen wir schlafen.«

Claude Previn war der tagsüber diensttuende Empfangschef im Spanish Bay Hotel. Seine Arbeit brachte es mit sich, daß er neuangekommene Gäste begrüßte, sie eintrug, sie zu ihren Suiten oder Pavillons begleiten ließ und Rechnungen ausstellte. Einige Jahre hatte Previn – ein dunkler Typ von fünfunddreißig, hager, hochgewachsen und gut aussehend – im Hotel George V in Paris als kleiner Empfangsangestellter gearbeitet. Auf Rat seines Vaters, der ein Zweisternehotel am linken Seine-Ufer betrieb, hatte er sich hier um die Stelle des Empfangschefs beworben. Nun arbeitete er seit zwei Jahren in diesem besten aller Hotels. Jean Dulac, der Besitzer des Spanish Bay, war mit

47

ihm zufrieden. Previns Zukunft schien gesichert zu sein.

An diesem heißen, sonnigen Vormittag war Previn am Empfangs-schalter und überblickte den großen Gesellschaftsraum, in dem eine Reihe älterer Leute saß, sich unterhielt und einen späten Morgencock-tail zur Brust nahm. Er lauschte dem nasalen Geplapper dieser reichen alten Leute und dachte sehnsüchtig an das Hotel George V, wo immer etwas los war. Hier gab es fast nur alte Leute, die hohe Ansprüche stellten, aber mit Essen, Trinken und Geschwätz zufrieden waren. Die alten Reichen, dachte Previn, waren sterbenslangweilig, doch ohne sie würde dieses großartige Hotel nicht existieren.

Eine Vision in Weiß erschien vor ihm. Eine Sekunde lang kniff er die Augen zu, denn was er erblickte und nicht glauben wollte, war die prächtigste, schärfste Frau, die er jemals gesehen hatte.

Maggie Schultz, angetan mit einer Krankenschwesternuniform, ihr honigblondes Haar bis auf vereinzelte Locken bedeckt von einer Schwesternhaube, ihre großen, scharfen Augen sprühend, war selbst bekleidet für Previn besser als jede Faltbeilage im Playboy.

Maggie betrachtete diesen gutaussehenden Mann mit ihrem sexten Sinn und wußte, sie hatte großen Eindruck gemacht.

»Mr. Cornelius Vance hat eine Reservierung«, sagte sie ganz sittsam.

Sekundenlang konnte Previn sie nur anstarren, dann riß er sich zusammen und neigte den Kopf. Wenn es eine Frau auf Erden gab, mit der er ins Bett steigen wollte, dann war es die, die lächelnd vor ihm stand.

»Mr. Vance. Selbstverständlich. Pavillon 3«, sagte er belegt.

»Tja, er ist draußen vor der Tür«, erklärte Maggie. »Der Ärmste kann nicht hereinkommen. Er sagte mir, ich solle ihn anmelden. Ich bin seine Pflegerin: Stella Jacques.« Sie ließ ihr schärfstes Lächeln los. »Was muß ich machen?«

Previn, fast hypnotisiert von dem Lächeln, schnalzte mit den Fingern. Zwei Pagen erschienen wie durch Zauberei.

»Wenn Sie sich bitte für Mr. Vance eintragen wollen, Miss Jacques«, sagte er. »Die beiden Herren geleiten Sie dann zum Pavillon.«

Maggie unterschrieb das Register, lächelte Previn noch einmal sexy an und folgte den Pagen hinaus zu dem wartenden Rolls.

Previn holte tief Atem. Was für eine Frau! dachte er. Während er zusah, wie sie durch die Halle ging und er dabei das Schaukeln ihres hübschen Hinterns bestaunte, sagte eine Stimme auf französisch: »Wer ist sie, Claude?«

Previn schrak schuldbewußt auf und drehte sich um.

»Guten Morgen, Monsieur Dulac«, sagte er und neigte respektvoll den Kopf.

Jean Dulac, der Besitzer des Luxushotels, war noch nicht fünfzig Jahre alt, groß, eine distinguierte Erscheinung mit jenem geschliffenem Charme, den keiner hat wie die Franzosen. Doch hinter diesem Charme lag eine rücksichtslose Tüchtigkeit verborgen, die das Wunder des Spanish Bay Hotels bewerkstelligt hatte. Er duldete keinerlei Lässigkeit, keinen müden Service. Er hatte sein Hotel als das beste auf der Welt geschaffen, und er wollte unbedingt, daß es das beste blieb. Er überließ den Betrieb des Hotels hochbezahlten Fachkräften, doch er führte Aufsicht, brachte Korrekturen und Vorschläge ein.

Jeden Morgen um 9 Uhr 30 verließ er sein Büro und besichtigte alle Abteilungen des Hotels, lächelnd, anscheinend freundlich, aber ständig auf der Suche nach möglichen Mängeln. Er begann mit der Wäscherei, wo er ein nettes Wort mit den Frauen wechselte, die ihn verehrten. Dann ging er in die Weinkeller und unterhielt sich mit dem Kellermeister, den er aus Frankreich geholt hatte. Anschließend besuchte er die drei Restaurants, besprach die Tageskarte mit den Oberkellnern. Dann ging er weiter in die Küche zum Gespräch mit dem Chefkoch – ein schneller Rundblick, ein Lächeln für die Küchenjungen, aber stets eine Kontrolle.

Das morgendliche Ritual brauchte Zeit. Schließlich aber kam er in den Gesellschaftsraum und redete in seinem Maurice-Chevalier-Akzent mit den reichen alten Leutchen, die bezaubert waren.

Er trat an den Empfangsschalter und fragte nochmals: »Wer war das?«

»Mr. Cornelius Vance ist gerade eingetroffen, Monsieur«, sagte Previn. »Das war seine Pflegerin.«

»Ach ja. Mr. Vance – ein Krüppel.« Dulac lächelte. »Er weiß anscheinend, wie man sich eine Pflegerin aussucht.«

Previn neigte den Kopf.

»So scheint es, Monsieur.«

Dulac nickte und ging hinaus auf die Terrasse, wo er ab und zu stehenblieb und ein Wort sagte, bevor er zu seinen anderen reichen Gästen am Swimmingpool weiterzog.

Bradey, Maggie und Mike schauten sich um und grinsten sich an. Sie waren gerade in ihrem Luxuspavillon angekommen, nicht ohne einen gelinden Aufruhr bei der Aktion, den behinderten Mr. Vance aus dem Rolls und in seinen Rollstuhl zu bugsieren, zu verursachen.

Die Pagen waren fort. Das Angebot, die Koffer auszupacken, hatte Maggie abgelehnt. Zwei Flaschen Champagner in Eiskübeln, Blumen und ein großer Korb gemischtes Obst auf dem Wandbord standen zu ihrer Begrüßung bereit.

»Wirklich nobel«, sagte Bradey. »So etwas lobe ich mir: Luxus auf anderer Leute Kosten. Mike, köpfen Sie mal eine von den Flaschen. Nutzen wir den Laden aus, solange wir es können.«

Maggie war umhergehuscht, auf Forschungsreise durch den Pavillon, und hatte drei Schlafzimmer, drei Badezimmer und eine winzigkleine Küche entdeckt.

Als Mike mit dem Champagnerkorken rang, kam sie wieder ins Wohnzimmer.

»Es ist ganz, ganz dufte!« rief sie aus. »Guckt doch nur mal!«

»Es ist das beste Hotel auf der Welt«, sagte Bradey. »Stoßen wir an.«

Während sie den Champagner schlürften, sagte Bradey: »Maggie, wir dürfen keine Zeit verlieren. Ich möchte, daß du herumgehst. Du kennst deine Aufgabe. Wir müssen feststellen, wo sich der Safe befindet.«

»Eine Verbindung hab' ich schon geknüpft«, sagte Maggie. »Der Empfangschef ist irre. Wenn ich den für zehn Minuten allein erwischen kann, ist er geliefert.«

»Dann sieh zu, Baby, daß du ihn allein erwischst.«

Anita ging über die Laufplanke auf Manuels Fischerboot. Sie sah Manuel gegen das Licht der vorderen Kajüte abgezeichnet. Er hatte schon auf sie gewartet und hob zur Begrüßung die Hand.

In der stickigen Kajüte, wo Fuentes nervös an seinen Nägeln knabberte, sank Anita müde auf die Bank und legte die Hände auf den schmierigen Tisch, an dem Manuel seine Mahlzeiten einnahm.

»Ich habe angefangen, die Sache zu organisieren«, sagte Manuel und setzte sich ihr gegenüber. »Zunächst einmal habe ich Nachricht von deinem Mann. Er ist immer noch bewußtlos, doch er wird überleben. Er bekommt jede erdenkliche Pflege. Du brauchst dir um ihn keine Sorgen zu machen.«

Anita ballte die Fäuste und schloß die Augen. Manuel, der sie beobachtete, sah ihre hingebungsvolle Liebe zu diesem dummen, wertlosen Mann und staunte darüber.

»Die Polizei versucht herauszufinden, wer er ist«, fuhr Manuel fort, »aber sie ist auf eine Mauer des Schweigens gestoßen. Ich sagte unseren Leuten, sie sollten mit der Polizei nicht reden. Pedro wird auch, wenn er das Bewußtsein wiedererlangt, nicht reden. Also ist die Lage ermutigend. Wir haben jetzt Zeit, deinen Plan umzusetzen. Das ist gut so, denn überstürzen sollte man nichts.«

Anita sah ihn forschend an.

»Kommt mein Mann durch?«

»Ja. Einer der Internisten des Krankenhauses ist ein guter Freund von mir. Er sagt, Pedro sei schwer krank, aber er werde überleben.«

Tränen rollten über Anitas Gesicht, und sie wischte sie ungeduldig fort.

»Also . . .?«

»Wir müssen noch ein Weilchen warten, bis Pedro wieder reisefähig ist. Es wäre töricht, es zu übereilen. Wenn wir ihn zu früh aus der Intensivstation holen, kommt er vielleicht nicht durch«, sagte Manuel ruhig. »Verstehst du? Ich denke nicht nur an das Geld, sondern an

50

deinen Mann.«

Anita nickte.

»Nun gut«, fuhr Manuel fort. »Ich habe über diese Angelegenheit viel nachgedacht. Wir müssen Druck ausüben. Dieser Druck muß so stark sein, daß die Polizei gezwungen wird, Pedro herauszugeben.«

»Druck?« Anita sah verwirrt drein. »Wie denn Druck? Ich verstehe nicht.«

»Warrentons Vater wird das Lösegeld zahlen. Fünf Millionen Dollar bedeuten ihm da nichts, aber Pedro freizubekommen, das ist ein viel größeres Problem«, sagte Manuel. »Ich habe es mir überlegt. Die Polizei wird Widerstand leisten, also muß man großen Druck anwenden.«

»Was für einen Druck? Ich verstehe immer noch nicht.«

»Das Spanish Bay Hotel ist das beste und feinste Hotel auf der Welt. Für die Touristen ist es ein Statussymbol. Selbst wenn sie im Hotel nicht wohnen, so höre ich von meinen Informanten, fragt man sie, ob sie in dem Hotel diniert haben. Sie glauben, sie verlieren ihr Gesicht, wenn sie eingestehen müssen, daß sie nicht da waren: So versnobt sind die reichen Leute. Ich habe einen guten Freund, der im Rathaus tätig ist. Es sagte mir, die Einnahmen der Stadt würden fast auf die Hälfte reduziert, wenn es das Spanish Bay nicht gäbe. Der Besitzer des Hotels, Dulac, ist ein persönlicher Freund des Bürgermeisters. Wenn nun Dulac erführe, daß eine starke Bombe irgendwo im Hotel versteckt sei und daß die Bombe, sofern er den Bürgermeister und die Polizei nicht zur Freilassung Pedros überreden könne, hochgehe, wird er sein Möglichstes tun, um Pedro freizukriegen. Wir müßten ihm klipp und klar zu verstehen geben, daß die Bombe einen solchen Schaden anrichtete, daß sein Hotel monatelang außer Betrieb sein würde.«

»Aber angenommen, der Bürgermeister und die Polizei gehen auf deinen Bluff nicht ein?« sagte Anita.

Manuel lächelte boshaft.

»Ich bluffe niemals. Das wird ganz ernst sein, und du mußt einen sicheren Ort zum Verstecken der Bombe finden.«

Anita schlug weit die Augen auf.

»Du hast eine Bombe?«

Manuel nickte.

»In einigen Tagen habe ich zwei Bomben. Ich besitze viele dankbare Freunde. Ich habe mit einem Mann gesprochen, der, wenn ich nicht wäre, dreißig Jahre im Zuchthaus absäße. Er ist Sprengstoffexperte. Ich habe ihm erklärt, was ich will. In diesem Augenblick baut er an den Bomben: Eine davon ist kaum der Rede wert. Sie wird wenig Schaden anrichten. Sie wird lediglich ein paar Fenster zertrümmern, während die zweite Bombe jedoch schwere Zerstörungen verursachen wird. Sobald wir in dem Penthaus sind, brauche ich nur auf einen von zwei

51

Knöpfen zu drücken, und per Funkstrahl geht die kleine Bombe hoch. Dann weiß Dulac, daß ich nicht bluffe. Wenn ich auf den zweiten Knopf drücke, wird das Hotel für viele Monate außer Betrieb gesetzt.«

Anita errötete vor Aufregung.

»Der Plan ist wunderbar! Du bist wirklich ein Mann der Wahrheit! Wo soll ich diese Bomben denn verstecken?«

»Das ist eine gute Frage. Die kleine Bombe sollte in der Eingangshalle des Hotels verborgen werden. Sie ist nicht so stark, daß sie jemanden verletzen könnte, aber sie wird Lärm machen, und Glas wird zerschellen.«

»Die große Bombe?«

»Darüber habe ich lange nachgedacht. Ich habe mir überlegt: wo ist eigentlich das Herz des Hotels, das, was ein Hotel in Gang hält? Die Küche! Wenn wir androhen, die Küche zu vernichten, wird Dulac einsehen, daß sein schönes Hotel zum Stillstand käme. Also wirst du die große Bombe an einer ganz, ganz sicheren Stelle in der Küche verbergen.«

Anita zog tief die Luft ein.

»Das wird aber nicht leicht sein. Da gibt es Tages- und Nachtpersonal, durchgehend im Dienst. Die Küchen schließen niemals.«

»Wenn du deinen Mann haben möchtest, mußt du das Problem lösen. Wir haben ja Zeit. Denk darüber nach. Ich sehe keine andere Möglichkeit, um Pedros Freilassung zu erreichen. Es ist der einzige Weg.«

Anita saß bewegungslos da und überlegte, dann nickte sie. Sie stand auf.

»Ich werde so ein Versteck finden«, sagte sie. »Du bist ein kluger Mann.« Sie legte die Hand auf Manuels Schulter. »Dankeschön.«

Als sie gegangen war, rief Fuentes aus: »Wen kümmert dieser Hornochse Pedro? Fünf Millionen Dollar! Zum Teufel mit der Bombenidee. Die ist doch verrückt!«

»Wenn es möglich ist, geht Pedro mit uns fort«, sagte Manuel kalt. »Ich habe ihr mein Wort gegeben. Das aber ist endgültig.«

»Immer langsam«, sagte Fuentes. »Denk doch mal darüber nach. Wer will denn etwas mit Bomben zu schaffen haben? Siehst du nicht . . .«

Manuel unterbrach ihn.

»Dann geh, mein Freund. Geh hinaus in den Hafen und laß dich von der Polizei ergreifen. Entweder du arbeitest mit mir zusammen und tust, was ich sage, oder es steht dir frei, zu gehen.«

Fuentes saß eine ganze Weile stumm da. Er begriff, daß er keine andere Wahl hatte, als Manuels Bedingungen anzunehmen.

»Dann arbeite ich mit dir zusammen«, sagte er schließlich.

Manuel beugte sich vor und gab Fuentes einen Klaps auf die

Schulter.

»Schön gesagt. Darauf trinken wir.« Seine kalten kleinen Augen starrten unverwandt auf Fuentes. »Und denk dran, mein Freund, wenn ich mit dem Mann trinke, der mir sagt, er arbeite mit mir zusammen, dann ist das ein bindender Vertrag. Ist das abgemacht?«

Die beiden Männer starrten sich an, dann lächelte Fuentes gezwungen.

»Es ist abgemacht«, sagte er.

Unterstützt von sechs Detektiven, die sie bei der Polizei in Miami ausgeborgt hatten, durchkämmten die acht Polizeidetektive von Paradise City den Stadtteil Seacomb auf der Suche nach Fuentes. Sie hatten auch ein Foto von Pedro dabei, das aufgenommmen worden war, als er bewußtlos im Krankenhausbett lag. Niemand kannte ihn. Niemand hatte ihn jemals gesehen, genau wie kein Mensch je Fuentes gesehen hatte oder ihn kannte. Manuel Torres' Parole hatte sich herumgesprochen.

Die kubanischen Arbeiter befolgten Manuels Anweisungen. Eines Tages, sagte er ihnen, könnten auch sie Ärger mit der Polizei haben. Die Mauer des Schweigens war frustrierend für die müden Kriminalbeamten, die in der Hitze jede einzelne Wohnung abklapperten, an Türen klopften, Fotos hochielten und fragten: »Haben Sie diese Männer gesehen?«

Lepski bearbeitete mit dem zweiten Detektiv Jacoby das Hafengebiet. Die heiße Spur zum Aufenthalt von Fuentes führte über Lu Salinsbury, der für seinen Waffenschein gebürgt hatte. Dieser reiche Jachteigner hatte den Schein beantragt, damit Fuentes seine große und stattliche Jacht beschützen konnte. Salinsbury war zu den Bahamas gefahren, doch die Akten zeigten, daß Fuentes die Waffe nicht abgegeben hatte. Lepski kam zu dem Schluß, daß jemand von den Nachtwächtern, die die anderen Jachten kontrollierten, wissen könnte, wo Fuentes zu finden war.

Während die beiden Detektive am Hafen entlanggingen, kaute Lepski auf einem trockenen Cheeseburger herum und murrte. Es war 22 Uhr 30, und immer wieder mußte er an das Hühnchen denken, das er am Abend vorher auf Harry Atkins Tresen zurückgelassen hatte, als die Schießerei losging.

»Huhn in Weißweinsoße mit Pilzen!« stöhnte er beim Kauen. »Stell dir das vor!«

»Harry wird es in der Kühltruhe für dich aufheben«, meinte Jacoby tröstend. »Wenn es genug für drei ist, lad mich ein.«

Lepski schnaubte.

»Du denkst zuviel ans Essen, Max.«

»Es ist nicht die schlechteste Beschäftigung. Wie wäre es mit den beiden da?«

Die zwei Detektive gingen langsamer. Zwei Männer saßen auf einer Bank und tranken Dosenbier. Beide trugen Revolver an der Hüfte und waren offensichtlich angestellte Wächter, die zwei nebeneinander vertäute Jachten im Auge behielten.

Lepski stellte sich vor und zückte seine Marke.

Einer der beiden, stämmig, älteres Semester, sah sich mit zusammengekniffenen Augen das Foto von Fuentes an und reichte es dann seinem jüngeren Gefährten.

»Klar, das ist Fuentes«, sagte der Jüngere. »Er hat für Mr. Salinsbury gearbeitet. Stimmt's nicht, Jack?«

»Doch. Ein Kubaner.« Der Stämmige blickte zu Lepski auf. »Hat er Stunk?«

»Er könnte uns Auskunft geben«, sagte Lepski. »Irgend 'ne Idee, wo wir ihn finden können?«

»Er arbeitet nicht mehr in der Gegend hier. Hab' ihn seit Wochen nicht gesehen.«

Der Jüngere sagte: »Reden Sie mal mit Manuel Torres. Er und Fuentes sind Kumpel. Torres gehört ein Fischerboot am anderen Ende vom Hafen. Liegeplatz 3. Wenn einer weiß, wo Fuentes steckt, dann er.«

»Manuel Torres?« fragte Lepski. »Wer ist denn das?«

»Noch so ein verdammter Kubaner. Ich hab' für Kubaner nichts übrig, aber Torres scheint wichtig zu sein. Er besitzt den Kutter und betreibt einen Ramschladen auf dem Markt.«

»Wichtig?« forschte Lepski.

»Für Kubaner. Er hat massenhaft Freunde, die auf seinem Kahn verkehren.« Der jüngere Mann hob die Schultern. »Für einen Kubaner, nehme ich eben an, ist er wichtig.«

Lepski dankte den beiden Wächtern und zog weiter mit Jacoby an seiner Seite durch das Hafengebiet.

»Wir sehen uns Torres mal an«, sagte Lepski.

Es war ein langer Marsch, vorbei an den vertäuten Luxusjachten zu dem Becken, wo die Fischerboote lagen. Beide Männer schwitzten in der feuchten Nachtluft, und Lepski war scheußlicher Laune.

Eine untersetzte, dunkle Kubanerin ging an ihnen vorbei, warf einen raschen argwöhnischen Blick herüber und sah dann weg. Keiner der beiden Detektive konnte ahnen, daß sie die Frau von Pedro Certes war. Sie taten sie als nur eine weitere Hafenhure ab.

Sie fanden Manuels Fischerboot am dritten Liegeplatz festgemacht, zwischen zwei Muschelkähnen. Die Laufplanke war eingeholt, doch in der Vorderkajüte brannte Licht.

Mit seiner Bullenstimme brüllte Lepski: »Hey, Torres! Polizei!«

Manuel und Fuentes stießen gerade mit Whisky an, um ihren Vertrag zu zementieren, so daß beim Klang von Lepskis Stimme sie beide ihren Drink verschütteten.

54

Fuentes wurde gelbgrün, und seine Augen trübten sich vor Furcht. Polizei!

Manuel tätschelte seinen Arm.

»Ich schaukle das.« Schnell rückte er den Tisch zur Seite und hob eine Klapptür an. »Da runter, und verhalte dich still. Es passiert nichts. Laß mich nur machen.«

Während Fuentes sich in ein dunkles Loch hinabließ, das nach altem Fisch stank, ging Manuel hinaus an Deck.

»Sind Sie Torres?« bellte Lepski.

»So heiße ich«, sagte Manuel ruhig. »Was gibt es?«

»Wir möchten mit Ihnen reden.«

Manuel ließ die Laufplanke herunter und kam im nächsten Moment auf den Kai, wo ihm Lepski seine Marke entgegenhielt.

»Wo ist Roberto Fuentes?« fragte er scharf.

»Sie meinen meinen Freund, Roberto Fuentes?« sagte Manuel und lächelte.

»Haben Sie ja gehört! Wir suchen ihn wegen Beihilfe zum Mord. Wissen Sie, wo er ist?«

»Beihilfe zum Mord?« Manuel mimte ein verblüfftes Gesicht. »Ah! Das erklärt alles. Dachte ich mir doch, daß etwas nicht stimmt.«

»Was erklärt es?«

»Mein Freund kam gestern abend zu mir. Er wirkte erregt. Er sagte mir, er müßte sofort nach Havanna. Er bat mich, ihm Geld zu borgen. Ich kümmere mich um meine Freunde, also lieh ich ihm hundert Dollar. Wenn meine Freunde in Not sind, stelle ich keine Fragen. Sie, Herr Polizist, würden genauso handeln, wenn Ihre Freunde in Not sind.« Manuel amüsierte sich nicht schlecht, während er Lepskis frustrierte Miene beobachtete. »Also hat mein guter Freund Roberto Fuentes ein Boot genommen und ist jetzt bei seinen Angehörigen in Havanna.«

»Was für ein Boot?« knurrte Lepski.

»Das kann ich nicht wissen. Er hat Freunde im Hafengebiet. Viele davon fischen. Manche fahren geschäftlich nach Havanna. Wir Kubaner unterstützen einander.« Manuel zuckte die Achseln. »Boot? Darüber weiß ich nichts.«

Lepski trat vor und tippte Manuel an die Brust.

»Ich glaube, Fuentes ist auf Ihrem Rumpelkahn. Ich glaube, Sie belügen mich.«

»Herr Polizist, ich bin im Hafen bekannt als ein Mann, der die Wahrheit sagt. Sie dürfen mit Freuden mein bescheidenes Heim durchsuchen«, sagte Manuel. »Fuentes, das versichere ich Ihnen, ist jetzt bei seinen Eltern in Havanna. Sie haben doch bestimmt einen Durchsuchungsbefehl? Ich glaube, das ist die nötige Formalität.«

Lepski lockerte seinen Schlips.

»Hören Sie mal, Schlauberger, Sie könnten sich Begünstigung in einem Mordfall einhandeln. Da könnten Sie für fünf bis zehn Jahre weg vom Fenster sein. Ich frage Sie: ist Fuentes auf Ihrem Schiff?«

Manuel schüttelte den Kopf.

»Er ist inzwischen in Havanna. Ich bin ein Mann der Wahrheit. Fragen Sie nur die Kubaner. Und lassen Sie den Durchsuchungsbefehl. Kommen Sie an Bord. Suchen Sie – überzeugen Sie sich. Ich bin ein Mann der Wahrheit.«

Lepski zögerte. Wenn er an Bord ging und Fuentes nicht fand, konnte dieser glatte Hund sich beim Bürgermeister beschweren: Verletzung seiner Rechte. Lepski entschied, daß er in so einen Schlamassel nicht verwickelt werden wollte. Er entschied, erst einmal seinem Chef Bericht zu erstatten.

Manuel, ihn beobachtend, sah, daß sein Bluff gewirkt hatte.

»Ich brauche meinen Schlaf, Herr Polizist«, sagte er. »Ich bin ein schwer arbeitender Mann. Sie brauchen auch Ihren Schlaf. Ich wünsche eine gute Nacht.«

Er trat zurück, winkte Lepski ehrerbietig zu, ging die Laufplanke hinauf, winkte nochmals, zog die Laufplanke herein, dann ging er in die beleuchtete Kajüte.

»Er könnte die Wahrheit sagen«, meinte Jacoby.

»So wahr ich Greta Garbo bin«, knurrte Lepski.

4

Maria Warrenton war in Angeberlaune. Zu Wilburs Überraschung hatte sie ihm gesagt, sie würden im Empress Restaurant zu Abend essen, das nur den im Hotel wohnenden Gästen offenstand, fern von Musik, reichen Touristen und mit eigener Terrasse.

»Aber da wird's voller alter Leute sein«, sagte Wilbur, während er mit seinem Schlips kämpfte. »Hättest du nicht gern etwas Fröhlicheres, wo wir tanzen können?«

»Wir essen da«, sagte Maria bestimmt. »Ich möchte diesen stupiden alten Weibern mal zeigen, daß ich besseren und schöneren Schmuck habe als sie.«

»Wie du willst«, sagte Wilbur. »Dann hole ich die Diamanten.« Er ging zu dem versteckten Safe, den Dulac hatte einbauen lassen, öffnete ihn und nahm das rote Lederkästchen heraus. Dann legte er das Kästchen auf den Frisiertisch und brachte endgültig den Schlips in Ordnung. Er zog seinen weißen Smoking an und setzte sich, um zuzuschauen, wie Maria sich mit den Juwelen schmückte, die ihr Vater ihr geschenkt hatte. Er mußte zugeben, daß sie eine sehr schöne Frau war und das Glitzern von Diamanten gut zu ihrer dunklen Haut paßte.

Als Maggie Bradey ins Empress Restaurant karrte, wurde ihr Erscheinen zu einer kleinen Sensation. Die alten Leute saßen schon an ihren Tischen. Kellner trugen Tabletts mit Aperitifs herum. Der kleine dicke Oberkellner flitzte von Tisch zu Tisch und empfahl lächelnd allerlei Delikatessen, um die abgestumpften Gaumen der alten Herrschaften zu reizen. Als er Maggie mit dem Rollstuhl anrücken sah, schnippte er in die Finger, und sein Gehilfe nahm ihm den Stapel Speisekarten ab. Diensteifrig ging er ihr entgegen und lächelte Bradey an.

»Mr. Vance«, sagte er. »Welch ein Vergnügen! Ihr Tisch ist wie gewünscht in der hinteren Ecke.« Er schnippte in die Finger, und ein Kellner kam heran. »Bitte, Madame, dürfen wir Ihnen . . .«

»Ich erledige das lieber selbst«, sagte Maggie mit ihrem scharfen Lächeln. »Zeigen Sie mir nur den Weg.«

Von allen Tischgästen beobachtet, rollte sie Bradey zu einem abgeschiedenen, entfernten Tisch.

Gedämpfte Flüstereien kamen auf: »Wer ist das?« – »Hübsche Schwester.« – »Muß gerade angekommen sein.«

Als sie schließlich am Tisch Platz genommen hatten, reichte der Oberkellner Bradey als auch Maggie eine Speisekarte.

»Wenn ich empfehlen darf . . .«, begann er.

»Fort mit Ihnen!« knurrte Bradey mit seiner Altmännerstimme. »Ich weiß, was mir schmeckt! Ich bin kein Idiot!«

Das Lächeln des Oberkellners kippte ein wenig, doch Maggie blinzelte ihm wissend zu, um anzudeuten, daß ihr Patient schwierig sei. Er verbeugte sich und ging.

»Lu, Schätzchen, du brauchst doch zu dem netten Mann nicht grob zu sein«, flüsterte Maggie.

»Still, Baby«, sagte Bradey. »Ich spiele meine Rolle.« Dann nahm er sich der Karte an. Die Preise neben den Menüs ließen ihm die Augen aufgehen. »Was für ein Schwindel!« murrte er. »Glatter Raub!« Er sah sich nach dem billigsten Gericht um und entschied sich schließlich für *Sole de l'Impératrice* für 35 Dollar. »Wir nehmen die Seezunge«, beschied er Maggie, die sich in die feinschmeckerischen Genüsse vergafft hatte.

Maggie machte ein langes Gesicht.

»Ich steh' nicht auf Fisch, Keule. Aber ich liebe Hühnchen Maryland.«

»Sieh dir den Preis an!«

»Du hast mir erzählt, wir würden eine Million machen«, sagte Maggie. »Ich sterbe vor Hunger!«

»Wenn wir Pech haben, muß ich dein Essen aus meiner Tasche bezahlen. Wir nehmen die Seezunge.«

»Pech?« Sofort sah Maggie besorgt aus. »Du sagtest . . .«

»Still!« raunzte Bradey. »Benimm dich wie eine Krankenschwester! Du redest, wenn ich dich anspreche.«

Maggie seufzte und begann ein Brötchen mit Butter zu bestreichen.

Erst als die Seezunge kam und Maggie den Inhalt der mit Schwung servierten silbernen Schüssel erspäht hatte, lebte sie wieder auf. Die Seezunge, in sahniger Weinsauce, war mit zerteilten Trüffeln, in Würfel geschnittenem Hummer und gebratenen Austern garniert.

Bradey hatte den Vorschlag des Oberkellners, daß sie mit einem Garnelensalat anfangen sollten, strikt zurückgewiesen, und als der Weinkellner einen Weißwein anbot, bei dessen Preis Bradey zusammenfuhr, verlangte er Wasser.

»Wenn du dich weiter so mit Brötchen vollstopfst«, sagte Bradey, als der Weinkellner gegangen war, »wirst du fett.«

»Ich hab' Hunger«, winselte Maggie, »aber das sieht schon okay aus.« Und sie fiel über die Seezunge her.

Während Bradey aß, musterte er die Leute an den anderen Tischen.

»Ed hatte recht«, murmelte er. »Der Schmuck, den diese alten Kühe tragen, ist Kies in Mengen. Sieh mal die alte Fregatte rechts von dir. Das Armband ist mindestens hunderttausend wert.«

»Ich hätte nicht gedacht, daß Fisch mir schmeckt«, meinte Maggie, auf ihren Teller konzentriert, »aber er ist großartig.«

Ein plötzlicher Aufruhr erhob sich am Eingang des Restaurants. Der Oberkellner hastete nach vorn. Zwei seiner Satelliten folgten.

Wilbur und Maria traten ein.

Maria sah wundervoll aus. Hochgewachsen, mit hochmütiger, herablassender Miene, trug sie eine exklusive Kreation von Balmain. Ihre glitzernden Diamanten stellten alles, was an Diamanten sonst im Restaurant war, in den Schatten.

»Herr mein Heiland!« murmelte Bradey. »Guck dir das an! Was für ein Weib! Schau dir dieses Diamantenkollier an! Das ist mindestens zwei Millionen Dollar wert! Die Armbänder! Drei Millionen! Ihre Ohrringe! Sie muß Steine im Wert von sechs Millionen Dollar umhaben!«

Maggie war damit beschäftigt, die Fischsauce mit einem Stück Brot wegzuputzen. Sie blickte auf, betrachtete Maria, als diese zu einem Tisch ging, dann stopfte sie sich das Brot in den Mund.

»Ich wette, sie ist ein Scheusal«, mümmelte sie mit vollem Mund, »aber ich gäbe mein Augenlicht für so ein Kleid.« Und sie langte nach einem neuen Brötchen.

Bradey hörte nicht zu. Er war intensiv mit Kopfrechnen beschäftigt. In ihre Einzelteile zerlegt, würden diese Diamanten wenigstens fünf Millionen Dollar bringen, war das Ergebnis seiner Rechnerei. Er mußte herausfinden, wer die Frau war.

In diesem Moment näherte sich der zweite Ober.

»Ich hoffe, die Seezunge hat Ihnen geschmeckt«, sagte er.

»Sehr gut.«

»Vielleicht etwas Käse oder ein Dessert?«

»Dessert«, sagte Maggie entschlossen.

»Sehr wohl, Madame.« Finger schnalzten, und drei, vier Servierwagen, beladen mit den exotischsten und köstlichst aussehenden Puddings, Törtchen, Plätzchen und Kompotts rollten an.

Bradey beäugte noch Marias Diamantenschmuck, und seine Gedanken waren weit fort. Er kam erst wieder zurück auf die Erde, als der zweite Ober fragte: »Und was wünschen Sie, Sir?«

Bradey straffte sich und starrte auf Maggies Teller, der mit einer Auswahl von Desserts überhäuft war, daß ihm Hören und Sehen verging. Maggie hatte leise zu dem servierenden Kellner gesagt: »Von allem etwas.« Sie betete, daß Bradey zu beschäftigt war, um es zu hören. So bekam sie von allem etwas serviert.

»Nur Kaffee«, antwortete Bradey. »Sagen Sie, wer sind die beiden, die gerade hereingekommen sind?«

Der zweite Ober strahlte.

»Mr. und Mrs. Warrenton, Sir.«

»Sie kamen mir gleich bekannt vor«, log Bradey. »Wohnen sie hier?«

Der zweite Ober strahlte erneut.

»Sie verleben hier ihr Flitterwochen. Ja, in der Tat, sie werden in den nächsten zehn Tagen noch bei uns sein.«

»Ein schönes Paar«, meinte Bradey.

Ein Kellner brachte den Kaffee, und der zweite Ober ging mit einer Verbeugung zu einem anderen Tisch.

»Mußt du so tierisch reinhauen?« fragte Bradey und sah Maggie böse an. »Das kostet mich mindestens fünfzehn Dollar!«

»Ist es auch wert«, sagte Maggie mit rollenden Augen. Sie hielt ihm eine Portion Rumcreme auf ihrer Gabel hin. »Probier mal, Liebchen. Es ist nicht von dieser Welt.«

»Iß und sei still!« raunzte Bradey.

Während er seinen Kaffee umrührte, grub er in seinem enzyklopädischen Namensgedächtnis. Er hatte es sich vor langer Zeit zur Aufgabe gemacht, die Namen der superreichen Leute zu kennen, die Kunstwerke besaßen, und er brauchte nicht mehr als Sekunden, um Wilbur Warrenton unterzubringen. Dieser gutaussehende Mann war der Sohn von Silas Warrenton, dem milliardenschweren texanischen Ölmagnaten. Kein Wunder, daß dieses hochnäsige Weibsbild ein Vermögen an Diamanten trug.

Bradey rieb sich das Kinn, während es in seinem Gehirn fieberhaft arbeitete. Wenn er diese Juwelen in die Finger bekäme, war das vielleicht noch besser, als den Hotelsafe zu knacken. Obwohl Haddons Plan damals akzeptabel erschien, war sich Bradey jetzt nicht mehr so sicher. Es hing davon ab, wo der Hotelsafe stand. Er konnte unerreichbar sein.

Wieder studierte er die blitzenden Diamanten auf der anderen Seite des Raumes, und er spürte einen leidenschaftlichen Drang, sie zu besitzen. Er mußte mit Haddon reden. Aber erst mußte er feststellen, in welcher Suite die Warrentons wohnten. Dann galt es, herauszufinden, ob sie den Hotelsafe benutzten. So viele arrogante Frauen würden sich die Mühe nicht machen, ihren Schmuck jeden Abend in einen Hotelsafe zu legen, weil er ihres Erachtens genauso sicher in ihren Suiten oder Schlafzimmern aufgehoben war. Vielleicht gehörte Maria Warrenton auch zu ihnen.

Er überlegte noch, als Maggie mit einem Seufzer der Zufriedenheit ihre Gabel hinlegte.

Bradey warf ihr einen finsteren Blick zu.

»Hättest du vielleicht gern noch mehr, Maggie?« sagte er sarkastisch. »Etwas mehr Pudding?«

Maggie bekam große Augen.

»Er ist echt Spitze. Vielleicht noch ein ganz . . .«

»Du kriegst keinen mehr!« schnauzte Bradey. »Wir fahren zurück in den Pavillon.«

Maggie kicherte.

»Jawohl, mein Geliebter«, sagte sie, und schon stand sie auf und bugsierte Bradeys Rollstuhl vom Tisch weg.

Der zweite Ober kam schleunigst herbei.

»Darf ich behilflich sein?«

»Sie dürfen nicht!« raunzte Bradey. »Gute Nacht, mein Herr!«

Beobachtet von den meisten Gästen, fuhr Maggie den Rollstuhl vorbei am Tisch der Warrentons. Dort stocherte Maria gerade lustlos in einer Silberschale mit Kaviar in zerstoßenem Eis, als wäre es etwas, das die Katze hereingebracht hatte. Seufzend schob Maggie, die Maria beobachtet hatte, daraufhin das Gefährt in die Halle hinaus über die leicht abschüssige Rampe zu ihrem Pavillon.

»Kaviar!« stöhnte sie. »Das habe ich noch nie probiert!«

»Dann spar mal schön«, sagte Bradey, »und gönn dir was!«

»Liebling, mir scheint, du bist schlecht gelaunt.«

»Ich denke nach! Sei still!«

Im Pavillon, hinter geschlossenen Gardinen, verließ Bradey den Rollstuhl, goß sich einen steifen Scotch ein und setzte sich in einen bequemen Sessel.

»Maggie! Arbeit! Steig aus der Uniform, zieh dir ein schlichtes Kleid an und fang an, Informationen einzuholen. Stell fest, wo Mike ist. Ich will mit ihm reden.«

Zehn Minuten später verließ Maggie, jetzt in einem enganliegenden Kleid, das ihre Figur vollendet hervorhob, den Pavillon.

Zwanzig Minuten schleppten sich dahin, während Bradey wartete und überlegte. Dann kam Mike herein, nach wie vor in seiner Chauffeursuniform.

Bradey musterte ihn. Das war ein Mann aus einer andern Welt als seiner, dachte er: ein harter, disziplinierter Soldat; und mit Staunen erkannte Bradey, daß er ihn beneidete.

»Immer herein, Mike. Machen Sie sich was zu trinken.« Er winkte nach den Flaschen auf dem Tisch.

»Nein, danke.« Mike schloß die Tür und nahm einen Sessel gegenüber Bradey. »Maggie sagte, Sie wollten mich sprechen.«

»Wie nisten Sie sich ein?«

»Nicht schlecht. Das Personal hat es bequem hier. Am anderen Ende des Parks ist ein Personalrestaurant. Das Essen ist gut. Ich war gerade dort zum Dinner. Ich setzte mich zu einem von den Wachleuten, der dienstfrei hatte. Er merkte, daß ich bei der Armee war. Er heißt Dave Putnam, ein Exfeldwebel wie ich. Von der gesprächigen Sorte. Der andere Sicherheitsmann ging gerade, als ich kam. Er ist älter als Putnam, der nichts für ihn übrig hat. Sie kommen nicht miteinander aus. Putnam war froh, daß ich ihm Gesellschaft leistete.«

»Prima«, sagte Bradey. »Lassen Sie ihn reden, Mike. Ich möchte Bescheid wissen über ein Ehepaar, das ich im Restaurant gesehen habe: Mr. und Mrs. Warrenton. Sie hatte Diamanten um, die sich für teures Geld verkaufen. Sehen Sie mal, daß Sie rauskriegen, ob sie die Steine den Wachleuten zur Verwahrung gibt, wenn sie ins Bett geht. Nichts überstürzen, Mike. Ein paar Tage haben wir Zeit. Lassen Sie den Burschen einfach reden, dann bringen Sie die Warrentons an. Sagen Sie, Ihr Boß kennt die zwei. Ich möchte auch, daß Sie sich die beiden Hausdetektive gut ansehen. Nach dem, was man hört, sind das harte Brocken.«

Mike nickte. Der Schmerz in seiner Seite nagte an ihm.

»Okay. Putnam sagte, er sei heute abend wieder da. Ich unterhalte mich noch mal mit ihm.« Er stand auf und bekämpfte eine Grimasse des Schmerzes. »Ich schnappe etwas frische Luft. Bis dann«, und er ging zur Tür.

Bradey schaute ihm nach. Er empfand ein plötzliches Unbehagen. Stimmte etwas nicht mit diesem großen, zäh aussehenden Soldaten? fragte er sich. Die hohlen Augen, die straffe gelbliche Haut. Außerdem hatte er Schweißperlen auf Mikes Stirn bemerkt.

Vielleicht war es ein leichtes Fieber. Er wußte, daß Mike in Vietnam gewesen war. Irgend etwas Unbedeutendes mochte er haben, etwas, das vorbeigehen würde, dachte er.

Bradey rieb sich am Hinterkopf, runzelte die Stirn, dann schweiften seine Gedanken zu den Warrenton-Diamanten.

Nachdem er die Kajütentür geschlossen hatte, schob Manuel Torres den Tisch beiseite und hob die Klapptür. Er griff hinunter und half Fuentes aus dem nach Fisch stinkenden Loch.

Fuentes zitterte vor Furcht.

»Was ist passiert?«

»Ich habe sie geblufft«, sagte Manuel. »Aber nicht für lange.

»Kannst du schwimmen?«

Fuentes riß die Augen auf.

»Schwimmen? Ja.«

»Du mußt es vielleicht tun. Dieser Bulle ist haarig. Dafür ist er bekannt. Warte!« Manuel löschte das Licht. Er glitt aus der Kajüte wie ein Schatten. Hinter dem Mast versteckt, konnte er hinunter auf den Kai sehen.

Detektiv Jacoby saß auf einem Poller und rauchte eine Zigarette. Er schaute direkt auf das Fischerboot, und Manuel nickte bei sich. Ungesehen kehrte er zurück in die Kajüte.

»Du schwimmst, mein Freund«, sagte er. »Binnen einer Stunde haben die einen Durchsuchungsbefehl, dann wimmelt es auf meinem Boot von ihnen.«

»Wohin denn schwimmen?« fragte Fuentes mit belegter Stimme.

»Nicht weit. Zum dritten Boot auf der Hafenseite. Der Besitzer ist ein guter Freund von mir. Sag ihm, ich hätte dich geschickt. Wenn du dann in meiner Kajüte das Licht ausgehen siehst, kommst du wieder. Kein Problem.«

Nach Lepskis Anruf brauchte Beigler über eine Stunde, um einen Durchsuchungsbefehl zu bekommen und zwei Beamte zu Manuels Fischerboot zu schicken. Wie Manuel vorausgesehen hatte, wurde das Boot gründlich durchsucht. Wäre Fuentes an Bord gewesen, hätte man ihn entdeckt.

Manuel bedachte Lepski mit einem verschmitzten Lächeln, als die Durchsuchung gelaufen war.

»Ich hoffe, Herr Polizist, jetzt sind Sie überzeugt, daß ich ein Mann der Wahrheit bin«, sagte er. »Mein guter Freund Fuentes ist glücklich daheim bei seiner Familie in Havanna.«

Lepski funkelte ihn an und stampfte die Gangway hinunter.

Manuel blieb an Deck stehen und beobachtete, wie die vier Detektive zu ihren Autos gingen. Als sie fortgefahren waren, kehrte er in seine Kajüte zurück und schaltete das Licht aus.

Eine halbe Stunde später half er Fuentes wieder an Bord zu klettern.

»Die behelligen uns nicht mehr«, sagte Manuel. »Trockne dich ab und schlaf.«

Nach Mitternacht kam die fieberhafte Aktivität in den Küchen des Spanish Bay Hotels allmählich zum Stillstand. Der Küchenchef und sein Stellvertreter waren nach Hause gegangen. Die letzten Menüs waren serviert. Nur der dritte Chefkoch blieb. Er würde Dienst haben bis 5 Uhr 30, um für die wenigen noch etwas zuzubereiten, die spät aus den Nachtklubs oder dem Kasino kamen und Ei mit Schinken, Rührei mit Würstchen oder gegrillte Steaks und Kaffee anforderten.

Um 1 Uhr 30 hatten die Tellerwäscher und Putzfrauen Feierabend und ließen die Küchen blitzsauber zurück. Der dritte Chef und zwei Kellner blieben in Bereitschaft, die Verwöhnten zu stärken.

Der dritte Chef war Dominic Dezel. Er war dreißig Jahre alt. Brünett, nicht übel aussehend, verdroß ihn sein kurzer Wuchs. Mehr als alles andere wünschte er sich, er wäre geboren worden wie sein Bruder. Der, auch ein Koch, der jetzt in einem Zweisternerestaurant in Paris arbeitete, kam nach seinem Vater, der ein Riese von Gestalt war. Dominic hingegen glich im Wuchs der beinahe zwergenhaften Mutter.

Dominic war Saucier in einem der Relais-Hotels in Frankreich gewesen. Dulac, im Urlaub und auf Talentsuche, wurde von der Sauce beeindruckt, die man zu seinem *riz de veau* und Scampi servierte. Er hatte mit Dominic gesprochen und ihn überredet, als dritter Küchenchef ins Spanish Bay Hotel zu kommen.

Der Lohn und die Lebensbedingungen waren eindrucksvoll, und Dominic war froh, von Mitternacht bis 5 Uhr 30 über die Küche zu herrschen. Es kam zu diesen Stunden nicht oft vor, daß seine Dienste verlangt wurden. Er verbrachte die Zeit im Büro des Küchenchefs, las Kochbücher und plante, sein eigenes Restaurant zu eröffnen, wenn er genügend Kapital beisammen hatte. Hin und wieder kam ein Anruf, und er eilte in die Küche, um ein Essen anzurichten.

Diese Nacht war ruhig. Die zwei Kellner dösten im Servierraum hinter dem Chefbüro. Dominic, die Füße auf dem Schreibtisch seines Vorgesetzten, dachte an Frankreich, dachte an seine Angehörigen und plante, zurückzugehen, wenn er genug Geld gespart hatte.

Es war 2 Uhr 30. Anita Certes kam in die Küche wie ein Geist. Barfuß, lautlos schloß sie die Tür, dann hielt sie inne.

Als sie ihren Abenddienst beendet hatte und die Penthaus-Suite aufgeräumt war, hatte sie sich in der Damentoilette im Souterrain des Hotels versteckt. Dort, am anderen Ende des Ganges, befanden sich die Küchen. Sie hatte sich in einer Toilette eingeschlossen, sich auf den Deckel der Brille gesetzt und endlos gewartet. Um 2 Uhr 30 kam sie leise aus der Toilette und horchte. Das Hotel war still. Sie dachte an den Nachtdetektiv, der das Hotel überwachte. Er konnte überall sein.

Dieser Mann, Josh Prescott, ängstigte sie. Als ehemaliger Polizist nahm er seine Aufgabe, das Hotel zu schützen, sehr ernst. Sie wußte das nach dem, was ihr das Personal erzählt hatte. Er hatte mit einer Menge kleiner Diebstähle aufgeräumt, und das Personal haßte ihn. Er war nicht der übliche Hoteldetektiv, der herumsaß, rauchte und darauf wartete, daß sich etwas tat. Josh Prescott war ständig auf der Lauer und guckte, ob sich etwas tat. Während der Nacht schritt er die Gänge ab, durchstreifte die verlassenen Restaurants, schaute in die Küchenräume und inspizierte selbst die Terrassen und Schwimmbekken. Er war hier, dort und überall: ein großer, massiger Mann mit strohblondem Haar und den kalten Augen eines Polizisten, der sich

63

seiner Sache verschrieben hat.

Anita blieb stehen und horchte, sah sich in dem schwach erhellten Raum der Küche um, sah auf die Backöfen, die Herde, die blitzenden Kupfertöpfe und Pfannen, die an der Wand hingen, die Spülsteine, die großen Spülmaschinen. Wo könnte man sicher eine Bombe verstecken? Einige Minuten stand sie so am Kücheneingang, den Rücken an der Tür, schaute, rätselte und schaute wieder.

Keine Stelle, die sie sah, bot ein sicheres Versteck. Mit klopfendem Herzen ging sie durch den weiten Raum zur Vorratskammer, wo Einmachgläser die Regale säumten und große Behälter, Käse und der Butterkühlschrank an der Wand standen. Hier konnte vielleicht ein Versteck sein. Sie hob den Deckel eines Behälters mit der Aufschrift MEHL hoch. Während sie auf die glatte weiße Oberfläche des Mehls herunterschaute, hörte sie, wie jemand durch die Küche und zur Vorratskammer kam. Schnell klappte sie den Deckel des Behälters zu und suchte wild nach einer Möglichkeit, sich zu verstecken. Doch es gab nirgends eine. War es Prescott? Ihre Gedanken flogen zu Pedro. Wenn Prescott sie hier fand, würde sie gefeuert!

Sie konnte sogar im Gefängnis landen! Dann gab es keinen Weg mehr, Pedro zu befreien!

Sie nahm ihren Mut zusammen, trat aus der Vorratskammer und fand Dominic, der sie mit offenem Mund anglotzte.

»Anita! Was machst du denn hier?« fragte er.

Sie lächelte gezwungen und trat auf ihn zu.

»Ich habe dich gesucht«, sagte sie.

Schon seit einiger Zeit lechzte Dominic nach dieser großäugigen, untersetzten Kubanerin. Hin und wieder hatte sie ihm für Essensreste – die angeblich für ihren arbeitslosen Mann bestimmt waren – erlaubt, ihr unter den Rock zu greifen. Ihre runden, festen Hinterbacken erregten ihn. Er hatte manche Stunde in Gedanken an den Moment verbracht, wo er sie nehmen würde. Und hier war sie, um 2 Uhr 30, und sagte ihm, sie hätte ihn gesucht. So groß war sein Verlangen nach ihr, daß er sich nicht einmal fragte, was sie um diese Zeit im Hotel trieb. Das einzige, woran er denken konnte, war, daß sie ihn gesucht hatte, und das konnte nur eines bedeuten.

Er ergriff sie und zog sie an sich. Seine Hände glitten an ihrem Rücken herunter. Er hob ihren Rock, und seine Finger packten ihre straffen Hinterbacken.

Anita schloß die Augen. Seine Finger, die ihr Fleisch umklammerten, ekelten sie an. Sie dachte: »Pedro, mein Liebling, das ist nur für dich. Vergib mir! Das, was jetzt geschieht, ist nur für dich.«

»Komm ins Büro«, sagte Dominic mit erstickter Stimme. »Da ist es gut. Wir machen wunderbar Liebe.«

Er legte den Arm um sie und führte sie durch die Küche hinaus zum Büro des Küchenchefs. Während sie mit ihm ging, war Anita zuversichtlich, daß sie ein sicheres Versteck für die Bombe gefunden hatte. Jetzt mußte sie mit diesem Mann fertig werden, ihm ein bißchen geben, aber nur ein bißchen.

Sie traten in das Büro, und Dominic schloß die Tür.

»Leg dich über den Schreibtisch. Wir müssen uns beeilen«, sagte er.

Anita riß sich von ihm los.

»Nein! So nicht!«

Dominic, schwitzend, mit hämmerndem Puls, starrte sie an.

»Leg dich über den Schreibtisch! Ich weiß, daß du mich willst! Nur so geht es schnell. Leg dich auf den Schreibtisch!«

»Nein! Wir müssen ein Bett finden«, wies Anita ihn ab.

Als Dominic zum Protest ausholte, begann das Telefon auf dem Schreibtisch zu klingeln.

Das Geräusch der Klingel war wie ein Schlag in Dominics Gesicht. Seine Lust verschwand. Ihm wurde klar, was er tat. Mit dieser dummen Handlung konnte er seine Karriere zerstören! Er starrte auf Anita, sah jetzt in ihr eine dunkle, nicht sehr attraktive Kubanerin, und Kubanerinnen waren für ihn wie ein Nichts. Er mußte von Sinnen gewesen sein, nach dieser Frau zu lechzen, die da mit erschrockenen Augen zurückwich.

Er ergriff den Hörer.

»Rührei, Würstchen und Kaffee für zwei«, raunzte die Stimme eines Mannes. Sein undeutliches Nuscheln verriet Dominic, daß er betrunken war. »Suite sieben«, und der Hörer wurde aufgeknallt.

Dominic winkte zu einer Tür am anderen Ende des Büros.

»Geh da lang! Fix!« Und er eilte aus dem Büro.

Zitternd und dankbar, daß sie sich der Lust dieses Mannes nicht ergeben mußte, stieß Anita die Tür auf und fand sich auf einem betonierten Fußpfad, der zum Personalrestaurant führte. Anita kannte ihren Weg: eine Abkürzung um die Pavillonzeile herum zur Hauptstraße nach Seacomb.

Mit ihren Schuhen in der Hand lief sie lautlos in die Dunkelheit.

Zwei Tage vergingen.

Während dieser Tage setzte die Polizei ihre Jagd nach Fuentes fort und kam endlich zu dem Schluß, daß er tatsächlich in Havanna sei.

Pedro Certes blieb bewußtlos auf der Intensivstation. Ein gelangweilter Detektiv saß an seinem Bett.

Anita war mit Manuel Torres in Verbindung geblieben. Sie ging ihren gewohnten Pflichten im Hotel nach. Manuel hatte sie davor gewarnt, zu seinem Fischerboot zu kommen. Sie hatten sich am vorhergehenden Abend in einer kleinen Bar am Hafen getroffen. Sie hatte ihm erklärt, die Bombe könne in einem Mehlfaß versteckt werden, und nach einigem Nachdenken hatte Manuel zustimmend genickt. Die beiden Bomben waren noch nicht eingetroffen, doch Manuel hatte Nachricht von seinem Freund, daß die Bomben am nächsten Tag da sein würden. Manuel hatte ihr versichert, Pedro komme durch.

Während dieser zwei Tage war es Maggie und Mike zum Teil gelungen, die Informationen zu beschaffen, die Bradey brauchte. Er entschied, daß er mit Ed Haddon reden mußte, der sich im Belleview Hotel aufhielt, dem zweitbesten Hotel in der Stadt.

Ein Treffen wurde vereinbart. Haddon reservierte einen Tisch in einem ruhigen, teuren Fischrestaurant in der Nähe des Jachtklubs.

Bradey hatte seinen Pavillon um 21 Uhr ohne die Altherrenmaske verlassen. Er trug einen Straßenanzug und einen Hut. Um diese Zeit war das Spanish Bay Hotel sehr belebt. Bradey hatte keine Bedenken, daß irgend jemand ihn beim Verlassen des Pavillons bemerken würde. Rasch ging er den Weg zu einem Taxistand hinunter.

Er fand Haddon an einem abgeschiedenen Tisch, wo er vor einem doppelten Martini saß und schwarze Oliven knabberte.

Die beiden Männer begrüßten sich, und Haddon besorgte Bradey einen Drink. Der Ober kam mit den Speisekarten.

»Nimm den Muscheltopf«, sagte Haddon. »Er ist gut.«

Sie bestellten den Muscheltopf, dann, als der Ober gegangen war, fragte Haddon: »Wie entwickelt es sich?«

Bradey nippte an seinem Scotch on the Rocks und griff nach einer schwarzen Olive.

»Maggie kommt voran. Der Empfangsangestellte frißt ihr aus der Hand. Das Problem ist, den Hotelsafe zu finden. Ich riet ihr, nichts zu überstürzen. Irgenwann wird's der Empfangschef ihr sagen, aber wir müssen behutsam vorgehen. Die Opposition ist stark. Mike hat sich umgetan. Er steht jetzt auf freundlichem Fuß mit einem der Wachleute. Der zweite Wachmann ist heikel. Die beiden Hausdetektive sind Profis. Mike hat Kontakt zu ihnen aufgenommen. Er sagte mir, man müsse sie mit großer Vorsicht behandeln. Der Nachtschnüffler suche immer Scherereien.«

Der Kellner servierte den Muscheltopf. Beide Männer begannen zu essen. Haddon sagte: »Nach dem, was du erzählst, Lu, scheint ihr mir nicht so gut voranzukommen. Ich finanziere den Coup. Jeder Scheißtag, den ihr in dem Hotel verbringt, kostet mich Geld.«

Bradey schwang ein Stück Muschel in seinen Mund.

»Brauchst du mir nicht zu sagen, Ed. Wenn ich sehe, was das kostet, blutet mein Herz für dich.« Er grinste. »Aber du weißt ja, was man reinsteckt, holt man auch raus.«

Haddon blickte ihn finster an.

»Was soll das heißen?«

Bradey schaufelte sich weiter Essen herein, kaute und nickte anerkennend.

»Das Futter ist ziemlich gut, Ed.«

»Hör auf mit dem Quatsch!« knurrte Haddon. »Hast du was oder

66

nicht?«

»Natürlich hab' ich.« Bradey schaufelte sich weiter Essen herein. »Kommt dir der Name Silas Warrenton bekannt vor?«

Haddon kniff halb die Augen zu.

»Wer kennt Silas Warrenton nicht? Wovon quasselst du denn?«

Bradey aß weiter. Er ließ Haddon ein paar Minuten warten, ehe er die Gabel hinlegte.

»Warrentons Sohn verbringt samt seiner frisch angetrauten Ehefrau seine Flitterwochen im Penthaus des Hotels. Sie ist bepflastert mit Diamanten.«

Haddon ließ seine Gabel auf den Teller fallen.

»Die Warrentons sind im Spanish Bay?«

Bradey grinste.

»Das ist meine Rede, Ed. Sie und ihre Diamanten.«

Haddon schob seinen Teller beiseite. Essen interessierte ihn nicht mehr.

»Diese Diamanten, Lu, sind auf dem offenen Markt mindestens acht Millionen wert«, sagte er. »Ein Kollier, Armbänder und Ohrringe. Stimmt's?«

Bradey nickte.

»Das trug sie, als sie in das Restaurant kam.«

»Ich habe ein Auge auf diese Diamanten, seit ich davon hörte, daß dieser reiche alte Narr Gomez, ihr Vater, sie als Hochzeitsgeschenk gekauft hat. Man hat ihn geschröpft. Er soll zehn Millionen bezahlt haben. Es sind lauter gleiche Steine: einzig in ihrer Art, aber keine Zehn wert.« Haddon musterte Bradey. »Sie war also mit den Diamanten da. Mal weiter.«

»Die Warrentons bleiben noch zehn Tage im Hotel.« Bradey unterbrach sich, um zu essen. Dann fuhr er fort: »Jetzt sieh mal, Ed: Die Ausgangsidee war, daß wir den Hotelsafe knacken und rund fünf Millionen mitnehmen. Das sah mir gut aus, aber bisher war ich nicht in der Lage, den Safe ausfindig zu machen. Ich weiß, daß wir heftigen Widerstand haben: Wachbeamte und Hausdetektive. Ich frage mich langsam, ob es nicht sicherer für uns wäre, wenn wir uns um die Diamanten der Warrentons bemühen würden und den Safe vergessen.«

Haddon begann noch einmal mit dem Muscheltopf zu spielen.

»Red weiter, Lu«, sagte er. »Ich höre.«

»Als du mir Mike Bannion mitgabst, hast du einen starken Typ ausgesucht«, sagte Bradey. »Er ist nicht nur ein Meisterschütze, er hat auch das gewisse Etwas, das Exsoldaten haben.« Er schüttelte mit dem Kopf. »Ich beneide ihn. Du siehst ihn einmal an und denkst, dem Burschen kannst du trauen.« Wieder unterbrach er sich und aß. »Aber er macht mir Sorgen, Ed. Dauernd frag ich mich, warum ein Kerl wie er ein krummes Ding dreht. Das leuchtet mir nicht ein.«

Haddon machte eine ungeduldige Bewegung.

»Warum fängst du von ihm an? Sein Bruder, der – und das will schon was heißen – noch verdorbener ist als du, verbürgt sich für den Jungen, und das genügt mir. Wozu die Dinge komplizieren? Willst du mir sagen, daß du mit Mike Bannions Leistung nicht zufrieden bist?«

»Nein. Was er bringt, ist fast zu schön, um wahr zu sein. Ich wundere mich nur über ihn; und noch was. Mir gefällt nicht, wie er aussieht. Er sieht aus wie ein Kranker.«

Haddon zuckte die Achseln.

»Sein Bruder sagte mir, Mike brauche dringend Geld. Na schön, wenn er doch die Erwartungen erfüllt, was juckt es dich?«

Bradey aß den Muscheltopf auf.

»Du magst schon recht haben.«

»Wie, zum Teufel, kamen wir darauf? Bannion interessiert mich nicht. Mich interessieren die Diamanten.«

»Daran habe ich gearbeitet. Ich habe Mike ins Bild gesetzt, und gestern abend lieferte er die gewünschte Information. Was ich wissen wollte, war, ob diese Warrentons ihre Steine jeden Abend in Sicherheitsverwahrung gibt, das heißt, ob sie von der Kassette Gebrauch macht, die das Hotel jedem Gast zur Verfügung stellt, und ob die Kassette in den Hotelsafe gesperrt wird. Der Wachmann erzählte Mike, daß sie es nicht tut. Sie ist eins von den arroganten Weibsbildern, die meinen, ihre Juwelen seien sicherer, nur weil sie im Hotel wohnten. Es macht ihr wohl zuviel Mühe, die Steine abzugeben und sich vom Wachmann eine Quittung zu holen, wenn sie spät nach Hause kommt. Der Wachmann erzählte Mike, daß es eine ziemliche Szene gegeben habe, als er ihr klarmachte, welches Risiko sie einginge. Er wies darauf hin, daß das Hotel keine Verantwortung übernähme, wenn der Schmuck gestohlen würde. Sie sagte ihm, er solle sich zum Teufel scheren. Daraufhin ging Dulac zu ihr und hielt noch einmal das Risiko vor Augen. Sie erklärte ihm, es sei seine Aufgabe, das Penthaus abzusichern. Das hat er getan. Wenn du im Spanish Bay Hotel einen Service möchtest, bekommst du ihn.« Bradey verschnaufte und redete weiter. »Also wurde ein versteckter Safe installiert. Dulac und die Warrentons bilden sich ein, daß ihre Diamanten in Sicherheit seien.« Bradey grinste. »Safes? Safes sind ein Witz für mich. Ich komme an diese Steine heran, Ed, wenn du interessiert bist.«

Haddon signalisierte dem Ober, der eilends an den Tisch kam.

»Pecano-Nußkuchen«, sagte Haddon. »Das gleiche?«

»Für mich Apfelkuchen«, sagte Bradey und lehnte sich zurück, um in seinen Zähnen zu stochern.

Er beobachtete Haddon, wie er auf das Tischtuch herunterstarrte. Er wußte, daß Haddons Verstand beschäftigt war, und deshalb verhielt er sich entsprechend still. Als die Kuchenstücke serviert

68

waren, sagte Haddon: »Das Problem wird sein, die Diamanten abzustoßen, aber ich denke, das läßt sich arrangieren. Der einzige Mann, der einen solchen Coup handhaben kann, ist Claude Kendrick. Morgen rede ich mit ihm.«

Bradey machte sich über den Apfelkuchen her. Es gefiel ihm, daß Haddon seine Fähigkeit, die Diamanten zu bekommen, gar nicht erst in Frage gestellt hatte.

Haddon aß seinen Kuchen bedächtig, hielt die Augenbrauen in stirnrunzelnder Konzentration gesenkt. Da Bradey die Anzeichen kannte, entspannte er sich und ließ es sich schmecken.

Im Anschluß an den Kuchen wurde Kaffee und Brandy in Ballongläsern serviert.

Haddon sagte unvermittelt: »Du hast dich gefragt, ob es für uns sicherer wäre, uns um die Warrenton-Diamanten zu bemühen, anstatt den Safe zu knacken.«

Bradey blickte ihn scharf an.

»Klingt doch plausibel, oder?«

»Das meiste, was du sagst, Lu, klingt plausibel«, erwiderte Haddon ruhig. »Der Haken bei dir ist, du denkst nicht im Großen.«

»Acht Millionen finde ich schon groß«, sagte Bradey mit einem verschmitzten Lächeln.

»Dreizehn Millionen, womöglich fünfzehn Millionen, sind größer, oder nicht?«

Bradey trank einen Schluck Brandy.

»Du meinst, wir schnappen uns die Diamanten und knacken den Hotelsafe außerdem?«

»Ich sage nicht, daß wir es machen. Aber sehen wir uns beides mal gut und gründlich an. Stelle fest, wo sich der Safe befindet. Wenn du das heraushast, unterhalten wir uns noch einmal. In der Zwischenzeit rede ich mit Kendrick wegen der Diamanten der Warrentons. Machen wir Dampf dahinter, Lu. Wie wäre es, wenn wir uns morgen abend um die gleiche Zeit hier treffen? Ich werde Neuigkeiten für dich haben, du hast welche für mich. Gut?«

Bradey zögerte und nickte dann.

»Ich rede mit Maggie«, sagte er, gab Haddon die Hand, überließ es ihm, die Rechnung zu begleichen und eilte hinaus in die feuchtwarme Nacht.

Während der letzten Stunde hatte Maggie sich mit Mike Bannion unterhalten. Sie saßen, nachdem sie beide im Personalrestaurant zu Abend gegessen hatten, im behaglichen Wohnzimmer des Pavillons.

Maggie hatte Zuneigung zu Mike gefaßt. Er erinnerte sie an ihren Vater, der auch Feldwebel gewesen war, bevor er wegen umfangreicher Diebereien unehrenhaft aus der Armee entlassen worden war. Seit seinem Tod bei einer Prügelei dachte Maggie oft an ihn. Wenn er nicht betrunken gewesen war, hatte er an Maggie gehangen und sie an ihm. Für ihre Mutter hatte sie nichts übrig gehabt. Als dann ihr Vater starb, war ihr einziger Gedanke, von zu Hause abzuhauen. Mit dreizehn hatte sie den Hauptlehrer ihrer Schule verführt. Er war ins Gefängnis gekommen und sie »in Obhut«. Nach ihrer Flucht griff sie ein reicher alter Lebemann auf, der eine besondere Vorliebe für junge Mädchen hatte. Sie lernte eine Menge von ihm, so daß sich ihre sexuelle Technik eindrucksvoll entwickelte. Sechs Jahre als Callgirl hatten sie weder kaputt noch hart gemacht. Sie war, wie Bradey oft dachte, der Prototyp einer Hure mit goldenem Herzen.

Sie hatte eine warme, mitfühlende Ader, die Männer spüren konnten. Sie war es gewohnt, daß Männer ihr ihre Sorgen anvertrauten, und sie hörte stets zu, streichelte sie, lächelte sie an und ließ sie sich erleichtern.

Es dauerte nicht lange, bis Mike ihr von seiner Tochter Chrissy erzählte. Sie hatten zusammengesessen, darauf gewartet, daß Bradey von seinem Treffen mit Haddon wiederkäme, und Maggie hatte Mike von ihrem Vater erzählt.

»Sie erinnern mich an ihn«, sagte sie. »Nicht im Aussehen, aber durch die Art, wie Sie reden. Soldaten reden alle gleich.«

»Wahrscheinlich«, sagte Mike. »Wissen Sie, Maggie, ich habe bis jetzt noch nie im Leben ein krummes Ding gedreht.«

Maggie lachte.

»Ich hatte mich schon gewundert. Ich bin nicht scharf auf die Geschichte hier, aber ich bin verrückt auf Lu. Ich würde alles für ihn tun. Was hat Sie zu uns geführt, Mike?«

So erzählte er ihr denn von Chrissy. Maggie war beim Zuhören bald so gerührt, daß ihr Tränen in die Augen traten.

»Wie furchtbar!« rief sie aus, als Mike erklärt hatte, daß das Geld, mit dem Bradey ihn entlohnen würde, dazu bestimmt war, Chrissys Pflege bis zu ihrem Tod zu sichern. »Sie meinen, das arme kleine Ding stirbt in fünfzehn Jahren?«

Mike nickte.

»Aber das ist ja schrecklich!« Maggie wischte eine Träne fort. »Mike, Sie sind ein wunderbarer Vater!«

»Ich liebe sie«, sagte Mike ruhig. »Mein einziger Gedanke ist, für sie zu sorgen. Das allein ist der Grund, warum ich diesen Job mache.« Er schaute Maggie an. »Ob es klappt?«

»Es klappt«, sagte Maggie. »Lu ist fabelhaft! Sie glauben doch nicht, daß ich ins Gefängnis will?« Sie verzog das Gesicht. »Was für ein Gedanke! Aber Lu hat mir gesagt, es klappt, und ich komme nicht ins Gefängnis, also klappt es auch, Mike. Da können Sie unbesorgt sein.«

»Lu ist doch kein richtiger alter Mann, was? Wenn er aus seinem Rollstuhl aufsteht, bewegt er sich wie ein Junger.«

»Er ist jünger als Sie, Mike. Er ist ein großer Künstler. Machen Sie sich keine Gedanken.«

In diesem Moment hörten sie, wie Bradey den Pavillon betrat und rasch in das Schlafzimmer ging, das er und Maggie teilten.

Als er an der Wohnzimmertür vorbeikam, rief er: »Maggie! Ich brauch' dich!«

Maggie rappelte sich hoch und lief in das Schlafzimmer. Sie zog die Tür zu. Bradey saß am Frisiertisch und war dabei, rasch seine Maske wieder anzulegen. Er hatte nicht die Absicht, Mike vorzuführen, wie er in Wirklichkeit aussah. Ihm war nicht ganz wohl bei Mike. Wenn etwas schiefging und Mike der Polizei in die Hände fiel, war es immerhin möglich, daß er ihr eine Beschreibung von Bradey gegeben hätte, wie er wirklich war. Dazu durfte es nie kommen.

»Hallo, Liebling«, rief Maggie aus und trat zu ihm.

Er wies sie ab, ganz konzentriert darauf, sich in einen alten Mann zu verwandeln.

»Baby! Arbeit! Dieser Empfangschef, Claude Previn. Wie läuft's mit ihm?«

Seine Stimme hatte einen scharfen Ton, der Maggie verblüffte.

»Ist etwas los, Schätzchen?«

»Jammere nicht«, sagte Bradey und richtete seinen Schnauzbart. »Wie kommst du mit Previn voran?«

»Er ist so heiß, der könnte in Flammen aufgehen«, sagte Maggie. »Hat er jetzt dienstfrei?«

»Ja.«

»Kannst du mit ihm Kontakt aufnehmen?«

Maggie blickte erstaunt drein.

»Du meinst jetzt?«

»Natürlich meine ich jetzt! Stell dich nicht so dumm an!«

»O Lu, was bist du aber verdreht!« sagte Maggie. »Ich weiß nicht, ob ich Kontakt mit ihm kriege. Seine Telefonnummer hab' ich.«

»Wo wohnt er?«

»Das hat er mir nicht gesagt.«

Bradey stieß einen entnervten Seufzer aus.

»Ruf ihn an!« Er drehte seinen Schnauzbart fertig und begann, Alter in seine Gesichtshaut zu werkeln. »Also paß auf. Du gehst zu ihm, ganz gleich, wo er steckt, und du vögelst ihn dumm und dämlich. Verstanden? Wenn du ihn aufgeweicht hast, findest du raus, wo der Hotelsafe untergebracht ist.«

Maggie bekam große Augen.

»Wie mach' ich das? Männe?«

»Erzähl ihm, daß dein Patient verschroben sei. Daß er irgendwelchen wertvollen Schmuck erwarte, den er seiner Tochter schenken wolle. Daß er wissen möchte, wie das Sicherheitssystem des Hotels arbeite und wo der Hotelsafe sei. Daß er den Safe inspizieren wolle. Sag ihm, du hättest Angst vor deinem Patienten und möchtest deinen

71

Job nicht verlieren. Sag ihm, dein Patient sei sehr schwierig. Verstehst du mich?«

Maggie überlegte lange. Bradey hörte fast, wie ihr Gehirn arbeitete.

»Aber Lu, Keule, kann ich dem das nicht alles morgen sagen, wenn er Dienst hat, anstatt daß ich mit ihm ins Bett muß?«

»Nein! Wenn wir den Safe knacken, wird die Polente Fragen stellen. Ich möchte nicht, daß du da reingezogen wirst. Previn wird lieber seinen Mund halten, als zuzugeben, daß er es mit dir getrieben hat.«

Maggie ließ sich das durch den Kopf gehen, dann lächelte sie.

»Ich dachte schon immer, daß du gerissen bist, Lu.«

Bradey wies auf das Telefon.

»Ruf ihn an.«

Am nächsten Abend saß Ed Haddon an dem Ecktisch des Fischrestaurants vor einem doppelten Martini und knabberte schwarze Oliven, als Bradey hereinkam.

Der Ober erschien, sobald Bradey sich hingesetzt hatte.

»Nimm das Marylandhuhn«, sagte Haddon. »Es ist gut.«

Bradey gab dem Marylandhuhn seinen Segen. Haddon bestellte für Bradey einen Scotch on the Rocks, der kurz darauf eintraf. Beide Männer saßen eine Weile stumm da.

Nachdem Bradey einen Schluck getrunken hatte, sagte er: »Du wolltest Taten sehen, Ed. Jetzt kannst du.«

»Nichts anderes habe ich erwartet.« Haddon grinste. »Als Partner sind wir unübertroffen.«

Da der Kellner herumwuselte und Brötchen, Butter und belegten Toast bereitstellte, verfielen die beiden Männer wieder in Schweigen. Erst als das Hühnchen aufgetragen und der Kellner fort war, sagte Haddon: »Du hast herausgefunden, wo der Safe ist?«

Bradey schnitt eine Portion Hühnerbrust ab, tunkte sie in eine Schüssel mit Chilisoße und führte sie zum Mund. Er kaute, nickte dann und sagte: »Das ist großartig!«

Haddon kannte niemanden, der sich für Essen so begeisterte wie Bradey. Trotz seiner Magerkeit liebte Bradey die gute Küche. Haddon bezähmte seine Ungeduld. Nach fünf Minuten, in denen Bradey zulangte, als hätte er seit einer Woche nichts gegessen, wiederholte Haddon seine Frage.

»Der Safe?«

»Ein Minütchen noch«, sagte Bradey und säbelte in den Hühnerschenkel. »Weißt du was, Ed?« Er sprach mit vollem Mund. »Als ich kleiner war, mußte ich hungern. Das ist kein Witz. Wenn ich ein Stück schimmeliges Brot am Tag bekam, hatte ich schon Glück. Meine Mutter ist regelrecht verhungert. Essen ist das Schönste, was es im Leben gibt!«

Haddon riß die Geduld.

»Lu! Der Safe, verdammt noch mal!« Das Schnarren in seiner Stimme erschreckte Bradey, der widerstrebend die Gabel weglegte.

»Maggie hat es herausgekriegt. Du kommst nie drauf, wo er sich befindet. Du hättest gedacht, er wäre irgendwo hinter dem Empfangstisch, wo die meisten Safes sind, oder gar im Kellergeschoß. Stimmt's?«

Haddon knurrte: »Wo ist er?«

»In der Penthausetage. Wie gefällt dir das?«

Haddon nahm die Information in sich auf, dann grinste er.

»Gefällt mir sehr gut. Erzähl mal.«

»Maggie ist mit dem Empfangschef ins Bett gestiegen. Sie hat ihm eine Story erzählt von ihrem verschrobenen Patienten. Maggie versteht sich wirklich auf ihr Fach, und Previn war bedient bis auf die Knochen. Also machte sie fest, daß er mich und Maggie zu dem Safe führen würde, damit wir ihn uns mal ansehen könnten. Es gibt zum Penthausgeschoß einen besonderen Fahrstuhl, der direkt in den Tresorraum führt. Die Warrentons dürften nicht mal wissen, daß der Tresorraum da oben ist. Der Ablauf ist wie folgt. Jeden Abend, bevor die Gäste sich zurückziehen, rufen sie die Wachleute und stecken ihre Wertsachen in die Kassetten; jede Kassette ist nummeriert, und die Gäste erhalten eine Quittung. Die Kassetten werden in diesem Fahrstuhl zum Safe gebracht. Dieser Service fängt um 23 Uhr an und geht bis 2 Uhr. Danach packen sie ein. Previn – der Empfangschef – brennt darauf, Maggie noch mal ins Bett zu kriegen und hat mich die Sache besichtigen lassen. Das ist streng gegen die Hausvorschriften, aber Maggie hat ihn mit der Verheißung einer weiteren Nacht angespitzt. Der Safe sieht schwierig aus, aber das ist mein Fach. Das eigentliche Problem ist, die ganzen Kassetten, nachdem wir den Safe geknackt haben, vom Penthausgeschoß nach unten und aus dem Hotel herauszubringen. Das will überlegt sein.«

Haddon nickte.

»Ich werde mir auch darüber Gedanken machen.« Er aß, während er vor sich hinbrütete. Dann fuhr er fort: »Ich war bei Kendrick. Er kann die Warrenton-Diamanten übernehmen. Er bietet fünf Millionen. Das heißt, daß er sechs dafür kriegt. Nur fair. Aber er ist beunruhigt über die Kassetten. Die müssen geöffnet und das ganze Zeug geschätzt werden. Das kostet Zeit. Es wird dicke Luft geben. Der erste Verdächtige wird Kendrick sein. Ich verstehe seinen Standpunkt. Vielleicht muß ich für die Kassetten einen anderen Hehler finden.«

Bradey schnitt ein Gesicht.

»Vielleicht wäre es besser, die Kassetten zu vergessen und nur die Warrenton-Diamanten aufzureißen.«

»Wenn der Tresorraum irgendwo sonst gewesen wäre außer im Penthaus, Lu, würde ich dir zustimmen, aber das ist doch ein

Geschenk des Himmels. Es will nur noch mehr überlegt sein. Die Steine der Warrentons plus der Inhalt der Kassetten, das gäbe für jeden von uns an die acht Millionen.«

Darüber dachte Bradey nach. Acht Millionen! Was könnte er mit so einem Betrag nicht alles machen!

»Erzähl mir von dem Tresorraum und dem Fahrstuhl«, knüpfte Haddon an, als er die Gier in Bradeys Augen aufleuchten sah.

»Der Fahrstuhl befindet sich im Obergeschoß und geht einen Stock höher in die Penthausetage. Die Fahrstuhltür im Obergeschoß ist durch eine Tür mit der Aufschrift ›Service‹ verborgen. Previn schloß diese Tür auf, und Maggie schob meinen Rollstuhl in die Kabine. Der Fahrstuhl hat ein Schloß statt einem Knopf. Previn hatte einen Schlüssel. Er steckte den Schlüssel ins Schloß und drehte ihn, worauf der Fahrstuhl einen Stock hoch fuhr, und wir kamen in den Tresorraum. Dieser Raum hat weder Fenster noch Türen, aber ich sah, daß eine Falltür in der Decke war, wahrscheinlich als Notausgang aufs Dach bei einem Feuer.«

Haddon war mit seinem Hühnchen fertig.

»Okay, Lu, denk darüber nach. Hast du dir so eine Kassette mal angesehen?«

»Klar. Previn zeigte mir eine. Das Schloß ist kinderleicht.«

»Wenn in dem Safe zwanzig Kassetten wären, wie lange würdest du brauche, um alle zu öffnen?«

»Halbe Stunde«, erwiderte Bradey prompt.

»Dann nimm mal an, nachdem du die Warrenton-Steine kassiert hast, gehst du in den Tresorraum, öffnest den Sack, öffnest die Kassetten, leerst ihren Inhalt in einen Sack, verschließt die Kassetten, stellst sie zurück und sperrst den Safe wieder zu. Wie wäre es damit?«

Bradey ließ sich den Vorschlag durch den Kopf gehen.

»Es muß überdacht und organisiert werden, Ed, aber es ist eine Idee. Gib mir einen Tag oder so, um darüber nachzudenken, ja?«

»Ich muß mit Kendrick noch mal reden«, sagte Haddon. »Ja, übermorgen abend. Dann schließen wir das ab. In Ordnung?«

»Übermorgen abend hier«, sagte Bradey, dann: »Wie wäre es mit einem Stück von dem Apfelkuchen, den ich gestern abend hatte? Der war gut.«

5

Als die Sonne wie ein roter Feuersaum ins Meer glitt und die Dämmerung sich über den Hafen legte, ging Manuel Torres heim zu seinem Fischerboot. Er trug einen Segeltuchsack über der Schulter. Sein kahler Kopf sah im Licht des schwindenden Sonnenuntergangs einer Orange ähnlich.

Dann und wann legte er eine Pause ein, um Grüße mit anderen Kubanern zu tauschen, die ziellos auf den Zeitpunkt warteten, wo sie in ihre Baracken zurückkehren konnten, in der Hoffnung, daß ihre Frauen ihnen irgend etwas zu essen vorsetzten.

Ein kalter, düsterer Ausdruck lag auf Manuels Gesicht, als er über die Laufplanke auf sein Schiff ging. Behutsam stellte er den Segeltuchsack ab und zog die Planke hoch. Als er in die Nähe seines Bootes gekommen war, hatte er blitzschnell nach links und rechts gesehen. Nichts wies auf beobachtende Detektive oder auch nur einen Polizisten hin.

Er pfiff, um Fuentes anzukündigen, daß er wieder da war, dann ergriff er den Sack und ging über Deck zur Vorderkajüte, die im Dunkeln lag. Er hatte Fuentes ermahnt, nicht das Licht anzuschalten. Er war etwa sechs Stunden fort gewesen, und es tat ihm leid, daß Fuentes so allein in der zunehmenden Dunkelheit sitzen mußte, aber wenigstens hatte er ihm Essen dagelassen.

Er betrat die Kajüte, schloß die Tür und schaltete das Licht an.

Fuentes, der in der Koje lag, richtete sich auf.

»Du hast dir aber Zeit gelassen!« knurrte er. »Glaubst du, ich lieg' gern hier herum und warte und warte?«

»Mein Freund«, sagte Manuel ruhig, »Du brauchst nicht zu warten und zu warten. Du bist kein Gefangener. Du brauchst nur aufstehen und weggehen. Niemand, ausgenommen die Bullen, wird dich aufhalten.«

Ernüchtert legte Fuentes sich wieder auf die harte Matratze.

»Ich bin geschlaucht. Es macht keinen Spaß, stundenlang in der heißen Kajüte eingepfercht zu sein. Vergiß es, Manuel. Ich weiß, du tust dein Bestes für mich, und ich bin dankbar dafür.«

Manuel begann den Segeltuchsack auszupacken.

»Heute abend essen wir was Gutes«, sagte er. »Nudeln, Hühnchen, Käse.«

Fuentes musterte Manuels Gesicht im Licht der Deckenlampe. Manuels düsterer, brütender Ausdruck beunruhigte ihn.

»Stimmt etwas nicht?« fragte er. Er stand von der Koje auf und kam näher an den Tisch, auf dem Manuel eine Packung Spaghetti, Dosen mit Chili- und Tomatensoße und ein dickes Hühnchen ausbreitete.

»Wir essen erst«, sagte Manuel. »Ich habe Hunger.«

Obwohl er den Sack nicht geleert hatte, zog er an den Schnüren, verschloß ihn und legte ihn vorsichtig in einen Spind.

»Hast du da noch was drin?« fragte Fuentes.

»Die Bomben«, sagte Manuel. »Aber erst essen wir mal.«

Er ging in die kleine Bordküche. Nachdem er einen Topf Wasser auf den Gasbrenner gesetzt und den elektrischen Grill eingeschaltet hatte, machte er die Dosen auf. Er steckte das Hühnchen an den Bratspieß. Seine Bewegungen waren methodisch; seine Miene blieb düster.

Fuentes stand am Eingang der Kombüse und beobachtete Manuel nervös. Er hatte den Mann noch nie so nachdenklich und düster erlebt, und seine Nervosität nahm zu.

»Gibt es Ärger?« fragte er nach einigen Minuten.

»Wir essen. Dann reden wir«, sagte Manuel und gab die Spaghetti in das jetzt kochende Wasser.

Fuentes kehrte in die Kajüte zurück und legte Messer und Gabeln bereit. Dann hockte er sich in die Koje und wartete.

Vierzig Minuten später saßen die beiden Männer am Tisch, jeder mit einem halben gegrillten Hühnchen und einer Schüssel mit Spaghetti, die unter Chili- und Tomatensoße begraben war.

Manuel schlang das Essen hinunter. Sein Gesicht wirkte immer noch wie zu einer finsteren Maske erstarrt. Fuentes, keineswegs beruhigt, aß langsam. Immer wieder sah er zu Manuel und dann zur Seite.

Schließlich platzte er heraus: »Manuel, mein Freund! Was ist passiert? Erzähl es mir, um Gottes willen!«

»Er wird sterben«, sagte Manuel beim letzten Bissen seines Hühnchens.

Fuentes straffte sich.

»Du meinst Pedro?«

»Wen sonst? Ich habe mit meinem Freund im Krankenhaus gesprochen. Es besteht jetzt keine Hoffnung mehr. Es ist eine Frage der Zeit. Pedro könnte noch eine Woche, sogar vierzehn Tage leben, aber er ist bereits ein toter Mann.«

Fuentes, der nur an sich selbst dachte, entspannte sich.

»Also brauchen wir die Bomben nicht?« Ihm graute davor, etwas mit Bomben zu tun zu haben. »Wir haben also weniger Probleme?«

Manuel starrte ihn an. Seine kleinen Augen waren wie schwarze Oliven.

»Mein Freund, du denkst nicht nach. Du hast anscheinend vergessen, was wir vorhaben: du, Anita und ich.«

Fuentes starrte ihn an.

»Da irrst du dich! Ich weiß genau, was wir vorhaben! Wir dringen in das Penthaus des Hotels ein, halten diese zwei reichen Leute bis zur Zahlung eines Lösegeldes gefangen und reisen mit fünf Millionen Dollar ab nach Havanna. Wieso sagst du, ich denke nicht nach?«

»Wie kommen wir denn in das Penthaus?«

»Das ist doch geregelt. Anita hat einen Nachschlüssel. Sie läßt uns in das Penthaus. Wieso sagst du, ich denke nicht nach?«

»Jetzt denkst du nicht nur nicht nach, mein Freund, sondern bist auch noch vergeßlich«, sagte Manuel und schnitt sich ein Stück Käse ab. »Du hast vergessen, daß Anita unter einer Bedingung versprochen hat, uns in das Penthaus zu lassen.« Er beugte sich vor und starrte Fuentes an. »Pedro soll freigelassen werden und mit uns nach Havanna reisen.«

Fuentes fuhr sich mit den Fingern durch sein langes, fettiges Haar.
»Aber du sagst doch, er stirbt.«

»Jetzt, mein Freund, fängst du an, das Problem zu sehen. Pedro
wird in etwa einer Woche tot sein. Anita liebt diesen Mann. Sie ist
bereit, alles zu tun, um ihn wieder bei sich zu haben.« Manuel schnitt
sich noch ein Stück Käse ab. »Frauen brauchen Verständnis. Ich
verstehe sie. Geld bedeutet ihr nichts. Ihr Leben wird ganz in
Anspruch genommen von Pedro. Ich habe ihr mein Wort gegeben,
daß ihr Mann die Freiheit erhält und mit uns nach Havanna geht, wenn
sie uns in das Penthaus bringt. Ich habe alles Erdenkliche getan, um
Pedros Freilassung zu sichern. Ich habe zwei Bomben, die einen
solchen Druck schaffen werden, daß man Pedro freilassen wird.« Er
schloß die Augen, und Fuentes konnte sehen, daß er Qualen ausstand.

Ein langes Schweigen trat ein, während Fuentes Manuel mit
wachsender Ungeduld beobachtete. Ihm war angst vor dem großen
Mann, deshalb verhielt er sich still.

»Ich gab Anita mein Wort«, begann Manuel wieder und starrte
dabei auf seine großen Hände hinunter, die auf dem Tisch ruhten. »Ich
versprach ihr, ich würde ihren Mann freibekommen, wenn sie uns in
das Penthaus ließe. Das war die Abmachung.«

»Ich weiß«, sagte Fuentes. »Aber Pedro stirbt doch.«

»Ja. Daran besteht kein Zweifel. Also gibt es jetzt keine Abmachung mehr zwischen Anita und mir.«

Fuentes preßte seinen Kopf in die Hände.

»Willst du mir erzählen, daß wir im Begriff sind, fünf Millionen
Dollar zu verlieren, weil das blöde Weib, das so vernarrt in diesen
unnützen Knilch ist, uns nicht in das Penthaus lassen wird, wenn sie
weiß, daß der Scheißkerl im Sterben liegt?« brüllte Fuentes.

»Das will ich damit sagen. Ein Mann wie du versteht das nicht. Ich
bin bekannt als ein Mann der Wahrheit.« Manuel hielt inne, starrte ins
Leere, dann redete er weiter. »Es hängen fünf Millionen Dollar daran.
Man sagt, daß jeder Mensch seinen Preis hat.« Manuel wischte sich
den Schweiß aus seinem Gesicht. »Fünf Millionen Dollar! Ich habe
Stunden gelitten, um zu einer Entscheidung zu kommen. Fünf Millionen Dollar! Mit solchem Geld werden sich viele Türen, die mir bisher
verschlossen blieben, auftun.«

»Du vergißt meinen Anteil«, sagte Fuentes scharf.

Manuels schwarze, olivenhafte Augen waren ausdruckslos, als er
nickte.

»Ja. Du bekommst eine Million. Also vier Millionen Dollar!«

»Was hast du entschieden?« fragte Fuentes, und die Muskeln in
seinem fetten Gesicht zuckten.

»Ich werde sie belügen müssen. Sie anzulügen, setzt mich in meinen
eigenen Augen herab. Jemand aus meinem Volk belügen zu müssen,
ist ein Akt der Schande.« Manuel ballte die Fäuste. »Du denkst nur an

Geld. Das kann ich verstehen. Du bist ein armer Mann. Diese Lüge wird ein Loch in mein Herz schlagen.«

Mühsam beherrschte sich Fuentes. Er wollte Manuel anschreien, er solle aufhören, sich wie ein gottverfluchter Schmierenkomödiant aufzuführen. Wer scherte sich um Anita? Was war sie denn überhaupt? Ein Nichts, genauso wie ihr lausiger Ehemann. Aber er hielt sich zurück und blieb stumm. Niemand schrie Manuel an, ohne daß dessen Faust in sein Gesicht krachte.

»Die Bomben?« fragte er nach einer langen Pause. »Sind sie jetzt noch nötig?«

»Natürlich. Wir müssen die Lüge durchspielen. Sie ist nicht dumm. Ich werde sie mit der größten Vorsicht belügen müssen.« Er stand auf. »Geh ins Bett, mein Freund. In einer halben Stunde treffe ich Anita. Wir dürfen keine Zeit mehr vergeuden. Wenn Pedro morgen oder übermorgen stirbt, erfährt Anita vielleicht von seinem Tod, dann gibt es keine fünf Millionen. Sie muß uns spätestens übermorgen nacht in das Penthaus lassen.«

»Wir werden Pistolen brauchen«, sagte Fuentes.

»All das ist geregelt. Alles ist geregelt, außer Anitas Rolle bei dem Unternehmen.«

Eine halbe Stunde später verließ Manuel sein Fischerboot und ging am Hafen entlang, den Seesack geschultert, der die zwei Bomben enthielt. Er erreichte Anitas Mietshaus, stieg die Treppe hinauf und klopfte an ihre Tür.

Anita riß die Tür auf. Im grellen Licht der Deckenlampe fand Manuel, daß sie krank aussah. Sie hatte dunkle Ränder unter den Augen und schien geschrumpft zu sein.

»Gute Neuigkeit«, sagte Manuel beim Eintritt in das kleine Wohnzimmer.

Anitas Augen leuchteten auf, als sie die Tür schloß.

»Pedro?«

»Ja, Pedro.« Manuel stellte den Segeltuchsack auf den Tisch. Seine dicken Lippen verzogen sich zu einem falschen Lächeln. »Ich komme gerade aus dem Krankenhaus. Mein Freund dort sagt mir, Pedro habe das Bewußtsein wiedererlangt und sein Fieber sei zurückgegangen. In weiteren zwei Tagen wird er transportfähig sein.«

Anita starrte ihn an.

»Ich kann es nicht glauben!« sagte sie leise. »Er war so krank. In zwei Tagen? Nein, es kann doch nicht möglich sein!«

»Antibiotika wirken Wunder«, sagte Manuel und wich Anitas suchendem Blick tunlichst aus. »Mein Freund im Krankenhaus sagt mir, die Polente versuchte schon, deinen Mann zu vernehmen. Er ist ein feiner Kerl, Anita! Du solltest stolz sein auf ihn! Er weigert sich, ihnen irgend etwas zu sagen. Auch jetzt wissen sie noch nicht, wer er ist. Er schützt dich.«

Anitas Gesicht bebte. Sie wandte sich ab und lief in das winzige Schlafzimmer. Während er ihrem Schluchzen lauschte, schloß Manuel die Augen. Würden vier Millionen Dollar jemals diesen Augenblick auslöschen, seit dem er sich nicht mehr einen Mann der Wahrheit nennen konnte?

Er wartete mit verschwitztem Gesicht, dann, als das Schluchzen aufhörte, trat er leise an die Tür und späte in das Schlafzimmer.

Anita lag auf den Knien, den Kopf im Gebet geneigt, dankte Gott für dieses Wunder. Manuel wandte sich mit verzerrtem Gesicht ab.

Zehn Minuten später kam Anita aus dem Schlafzimmer und sah aus wie eine andere Frau. Sie hatte ihre Augen ausgewaschen, sich die Haare gekämmt. Ihr harter Gesichtsausdruck verriet Manuel, daß sie jetzt die Frau war, die er brauchte, damit sie in das Penthaus kamen.

»Gott hat meine Gebete erhört«, sagte sie und ergriff mit beiden Händen die Rechte Manuels. »Ich habe andauernd gebetet. Gott hat mich gehört! Jetzt müssen wir Pedro nach Hause holen. In zwei Tagen, sagst du, kann er reisen?«

»Ja, aber es gibt einiges vorzubereiten in diesen zwei Tagen«, sagte Manuel. »Zunächst die Bomben.« Er ging an den Tisch und öffnete den Sack, aus dem er einen schwarzen Kasten von der Größe und Form einer Zigarettenschachtel hervorholte. »Das ist die kleine Bombe. Du mußt sie in der Hotelhalle verstecken.« Er holte einen zweiten schwarzen Kasten aus dem Sack. Dieser war viermal so groß wie der erste und in Zellophan verpackt. Er legte den Kasten vorsichtig auf den Tisch. »Das ist die große Bombe, die die Küche zerstören wird. Ich hoffe, daß wir sie nicht zu benutzen brauchen.« Dann nahm er eine schmale Box aus dem Sack. »Das ist der Zünder. Du siehst die beiden Knöpfe hier. Ich drücke den oberen Knopf, und die kleine Bombe explodiert. Ich drücke den zweiten Knopf, und die große Bombe explodiert. Den Zünder behalte ich bei mir. Du nimmst die beiden Bomben.«

Anita trat vor und starrte die beiden Kästen auf dem Tisch an. Manuel beobachtete sie. Ihr harter, entschlossener Ausdruck gab ihm Zuversicht.

»Ich werde die Bomben verstecken«, sagte sie. »Du kannst dich auf mich verlassen.«

»Gut. Morgen um Mitternacht kommen Fuentes und ich hierher. Dann gehen wir drei zum Hotel. Bist du noch sicher, daß du uns in das Penthaus bringen kannst?«

»Ich kann bestimmt«, sagte Anita.

»Dann morgen abend hier, um Mitternacht.« Manuel trat zur Tür. Sie legte ihm die Hand auf den Arm.

»Ich vertraue dir. Du bist ein guter Mensch. Fuentes traue ich nicht, aber du . . .« Sie schaute ihn direkt an. »Unsere Leute sagen, du bist ein Mann der Wahrheit. Ich tue dies nur für Pedro.«

Manuel trat hinaus auf den Flur.

»Alles wird gutgehen«, sagte er und haßte sich dabei, dachte jetzt aber nur noch, was vier Millionen Dollar für seine Zukunft bedeuten würden. »Morgen nacht«, und er ging über den Flur und die Treppe hinunter, während Anita ihm nachsah.

Sie schloß die Tür und sperrte ab. Dann ging sie durch das Zimmer, zog eine Schublade auf und nahm einen Dolch heraus, den Pedro sich hielt. Ein Mann, so hatte er ihr erklärt, müsse sich manchmal schützen.

Sie zog das Messer aus der Scheide. Sie dachte an Josh Prescott, den Nachtdetektiv des Hotels. Er war die Gefahr. Er war der einzige, der sie am Verstecken der Bomben hindern konnte.

Sie betrachtete die glänzende Klinge. Für Pedro würde sie alles tun: sogar jemanden umbringen.

Sie zog sich ein schwarzes Sweatshirt und eine schwarze Hose an. Sie befestigte das Messer an ihrem Gürtel und zog das Sweatshirt herunter, so daß es das Messer verbarg. Dann steckte sie die beiden Bomben in einen Plastikbeutel.

Es war jetzt 1 Uhr 15.

Sie verließ die Wohnung und machte sich auf den langen Weg zum Spanish Bay Hotel.

Jeder Mann hat eine Schwäche, und Josh Prescott, der Nachtdetektiv im Spanish Bay Hotel, war keine Ausnahme. Er war ein Mann der fixen Routine. Er war außerdem ein Mann, der von Frauen nie genug bekam. Sogar er selbst gab zu, daß er übermäßig scharf war.

Mike Bannion hatte in dem Bewußtsein, daß der Mann gefährlich war, seinen Routinegang studiert. Um 1 Uhr patrouillierte Prescott die Gänge des Hotels ab. Um 1 Uhr 40 ging er durch die Hotelhalle und die leeren Restaurants. Um 2 Uhr inspizierte er die Küche. Um 2 Uhr 45 patrouillierte er das Hotelgelände und den Swimmingpool ab. Er war so pünktlich, daß Mike nach seinem Inspektionsgang die Uhr stellen konnte. Darin lag Prescotts Schwäche. Bannion hatte diese Erkenntnis an Bradey weitergegeben.

Um 2 Uhr 45 also ließ sich Maggie in den jetzt verlassenen Swimmingpool gleiten und schwamm im hellen Flutlicht mit der Anmut einer Nixe, und Prescott blieb stehen, um sich das anzuschauen.

Er hatte sie hin und wieder schon flüchtig gesehen und sie für eine beachtliche Puppe gehalten. Aber wie er so am Rand des Schwimmbeckens stand und sie – praktisch nackt in einem Minibikini – bei ihren Kapriolen beobachtete, trat genau das ein, was Bradey vorausgesehen hatte: Prescott war sofort total verrückt auf sie.

Maggie winkte ihm zu und schwamm an die Leiter. Sie gab sich den Anschein, als käme sie die Leiter nicht hoch, und Prescott eilte hinzu

80

und nahm ihre Hand.

Bradey, der aus der Dunkelheit zusah, nickte Beifall. Schnell und lautlos wandte er sich zum Seiteneingang des Hotels. Prescott würde für mindestens eine halbe Stunde voll beschäftigt sein.

Selbst um diese Zeit waren noch Leute in der Halle, die meisten halb betrunken. Sie nahmen lautstark Abschied voneinander, ehe sie sich nach oben in ihre langweiligen Suiten begaben.

Angetan mit einem Smoking, einer Nelke im Knopfloch und blondem Kinnbart ging Bradey ohne Zögern durch die Halle zu den Fahrstühlen. Niemand schenkte ihm Beachtung. Er ging im Hintergrund der Szene auf.

Um diese Zeit waren die Fahrstühle auf Automatik geschaltet. Er trat in eine der Kabinen und drückte den Knopf zum Obergeschoß.

Vier Minuten später hatte er die Tür mit der Aufschrift »Service« aufgeschlossen und den Lift betreten, der ihn zum Tresorraum bringen würde.

Er brauchte mehrere Minuten, um sein Werkzeug so einzustellen, daß es den Lift in Gang setzte. Er war ganz entspannt, denn er wußte, daß die beiden Wachleute inzwischen die Juwelen und Wertsachen in den verschiedenen Suiten abgeholt, sie in den Kassetten verstaut und die Kassetten im Safe eingeschlossen hatten.

Oben schaltete er das Licht an und untersuchte die drei Schlösser des Safes. Kein Problem dabei, sagte er sich. Er würde ein Stück Stahl nehmen und zurechtbiegen müssen. Diese Schlösser waren ein Klacks. Der Notausstieg in der Decke interessierte ihn mehr.

Er zog den Riegel zurück und ließ die Falltür vorsichtig herunter, dann stieg er die Leiter hoch und kam hinaus in die mondhelle Nacht. Katzenhaft leise schob er sich vorwärts und sah geradewegs hinunter auf die Terrasse des Penthauses.

Dort, unter ihm, in dämmriger Beleuchtung, standen Klubsessel und mehrere glasgedeckte Tische. Im übrigen hatte man vor dort eine blendende Aussicht auf den Strand und das Meer.

Licht drang aus dem Penthaus. Während er beobachtend dastand, tauchte ein Schatten auf. Dann kam Maria Warrenton auf die Terrasse geschlendert. Sie war nackt bis auf ihre Diamanten.

Bradey betrachtete sie, geduckt jetzt, den Blick nur auf dem Glanz der Diamanten, die im Mondschein aufleuchteten wie Feuer.

Dann kam Wilbur Warrenton hinaus auf die Terrasse. Er trug eine Nikon-Kamera mit Blitzlicht bei sich.

Während Maria voll im Schein des Mondes vor der Penthausbrüstung posierte, lichtete Wilbur sie ab.

Bradey sah zu und dachte, die Abzüge würde er gern einmal sehen. Wie diese Reichen das Protzen liebten! Die Frau hatte einen guten Körper, und ihre sonnengebräunte Haut ließ die glitzernden Diamanten hervortreten. Aber trotz der Diamanten, fand Bradey, hatte sie

81

nicht Maggies Format.

»Die werden prima«, sagte Wilbur. »Jetzt laß uns in Bett gehen.«

Bradey beobachtete Maria, als sie von der Brüstung weg trat, zu Wilbur ging und die Arme um ihn legte.

»Wir werden lange schlafen«, sagte sie. »Müde?«

»Na ja, es war ein ziemlich anstrengender Tag. Die Diamanten sind fantastisch an dir, und du bist noch fantastischer.«

Zusammen gingen sie in das Penthaus und damit aus Bradeys Sicht. Er rührte sich nicht, bis die Lichter ausgingen. Dann schwang er sich im Mondschein lautlos vom Dach auf die Terrasse.

Die große Glastür des Penthauses stand weit offen, und er lächelte bei sich. Das würde eine sehr leichte Aufgabe. Wie ein Schatten glitt er in das große Wohnzimmer.

Die Diamanten waren sorglos auf eine der Sitzbänke geworfen. Bradey machte Halt, traute kaum dem, was er sah. Ein schwaches Licht drang aus dem Schlafzimmer, und er hörte, wie Maria stöhnte.

»Ja, jetzt, Liebling«, rief sie aus. »Schnell . . . jetzt!«

Bradey war versucht, sich dieses steinerne Vermögen zu schnappen, dachte aber daran, daß Haddon auch den Inhalt der Kassetten haben wollte und wandte sich ab.

Morgen nacht! dachte er. Welch eine Beute!

Er schwang sich auf das Dach des Penthauses und hinunter in den Tresorraum. Dann bestieg er den Lift und fuhr eine Etage tiefer ins Obergeschoß. Er verschloß wieder die »Service«-Tür und nahm zufrieden den Fahrstuhl zum ersten Stock.

Es war jetzt 2 Uhr 50. Über das Treppengeländer gebeugt, sah er hinunter in die Hotelhalle. Dort redeten noch immer ein paar Leute, doch die strebten den Fahrstühlen zu.

Überzeugt, daß Maggie den Hoteldetektiv noch in Beschlag hielt, schlenderte Bradey die Treppe hinab. Er wirkte wie einer der Gäste, die aufbrachen.

Fünf Minuten später war er zurück in seinem Pavillon. Zwanzig Minuten darauf stieß Maggie im Schlafzimmer zu ihm.

»Puh!« rief sie aus. »Der ist ein toller Liebhaber! Wir haben es im Gebüsch getrieben.«

Bradey saß auf dem Bett und sah sie bewundernd an.

»Was für ein Mädchen! Wie steht's mit morgen nacht?«

Sie streifte ihren Bikini ab.

»Wir sind verabredet.« Sie ging zum Badezimmer. »Er war ein kleines bißchen zu spitz. Was dagegen, wenn ich penne, Schatz? Ich bin echt gebügelt.«

»Wenn je ein Mädchen seinen Schlaf verdient hat, bist du es«, sagte er. »Morgen nacht drehen wir das Ding.«

»Ehrlich?«

»Geh unter die Dusche. Morgen nacht.«

Als er sich auszog, dachte er an die Diamanten, wie sie auf der Sitzbank lagen. Würde dieses leichtsinnige Luder sie auch morgen abend auf das Sofa werfen? Würde es so leicht sein? Er hatte plötzlich das Gefühl – und dabei lief es ihm eiskalt den Rücken hinunter –, daß er eine einmalige Gelegenheit verpaßt haben könnte.

Anita strich in ihrer schwarzen Hose und dem schwarzen Sweatshirt unsichtbar über das Gelände des Spanish Bay Hotels. Sie hielt auf den Personaleingang zu, was bedeutete, daß sie um den Swimmingpool herumgehen mußte.

Sie zögerte, als sie Josh Prescott unter der Beleuchtung des Beckens stehen sah, und ihr Herz übersprang einen Schlag. Dann sah sie, wie er Maggie aus dem Becken half. Sie beobachtete Maggie, triefend von Sex. Sie sah, wie sie redeten, sah dann, wie Maggie Prescotts Arm ergriff und ihn weg zu den blühenden Büschen zog.

Befreit von der Angst, daß Prescott sie erwischen könnte, lief Anita rasch zum Personaleingang. Mit ihrem Nachschlüssel schlich sie in den dunklen Korridor und ging lautlos zur Küche.

Sie drückte die Tür auf und spähte hinein. Sie hörte das Geklapper von Geschirr und Tischbesteck, und sie erriet, daß die beiden Kellner im Servierraum waren, bei der Vorbereitung der Frühstückstabletts. Aber wo war Dominic, der dritte Küchenchef?

Auf leisen Sohlen ging sie in die schwach erhellte Küche und schaute hinüber nach dem beleuchteten Chefbüro. Sie konnte Dominic am Schreibtisch lesen sehen.

Schnell hatte sie den Vorratsraum erreicht. Sie hob den Deckel des Mehlbehälters und nahm die Kelle, um ein tiefes Loch in das Mehl zu schaufeln. Sie steckte die große Bombe hinein, drückte sie behutsam nieder und vergrub sie. Ihr Puls raste, ihr Atem ging schwer. Sorgfältig glättete sie die Oberfläche des Mehls, wischte hastig ihre Hände an einem Handtuch neben dem Faß ab und verließ rasch die Vorratskammer.

Als sie den langen Gang durch die Küche antrat, klingelte das Telefon im Chefbüro. Sie fiel in einen geräuschlosen Laufschritt und erreichte gerade die Tür, als einer der Kellner aus dem Servierraum kam. Er blickte nicht in ihre Richtung, sondern eilte in das Chefbüro.

Sie hörte Dominic rufen: »Gebackener Schinken und Ei für Suite 6 . . .«, und sie rannte durch den Korridor, zum Personaleingang hinaus in die feuchtwarme Nacht.

Wie lange würde es dauern, bis Prescott zum Hotel zurückkam?

Sie lief um das Hotel herum und die Eingangstreppe hoch. Sie zögerte und sah sich um. Die Halle war verlassen. Der Nachtportier war außer Sicht. Sie trat in die Halle und blickte sich hektisch nach einem Versteck für die kleine Bombe um. Auf der anderen Seite der Halle entdeckte sie an der Wand, nahe dem Eingang zum Restaurant,

83

die große bemalte Holzfigur einer mexikanischen Frau.

Jean Dulac hatte diese Schnitzerei in einem Dorf in der Nähe von Taxco in Mexiko entdeckt. Mit seinem reichen Wissen über Antiquitäten hatte er erkannt, daß die Statue aus der Zeit von Cortez stammte, und sie gekauft. Jetzt hatte sie einen Ehrenplatz in der Halle.

Anita lief zu ihr hinüber. Zwischen den Brüsten der Frau fand sie einen Spalt, in den die kleine Bombe so genau paßte, als sei er für sie gemacht.

Eine nuschelige Männerstimme sagte: »Ein hübsches Ding, Baby, aber du bist noch hübscher.«

Anitas Herz tat einen Satz, dann raste es. Ihre Hand fuhr nach dem Heft des Messers, das unter ihrem Sweatshirt verborgen war. Sie drehte sich um.

Ein dicker weißhaariger Mann saß in einem tiefen Klubsessel und beobachtete sie. Sein Gesicht war gerötet, und er sah halb eingeschlafen aus.

»Wo kommst du plötzlich her?« fragte er.

Ihr Panikgefühl bezähmend, sagte Anita: »Ich bin bloß eine von den Putzfrauen.«

»Reizend. Ich glaub', ich gehe mal ins Bett.« Er hievte sich aus dem Sessel und kam schwankend auf sie zu. Sie konnte sehen, daß er sehr betrunken war.

Sie schlüpfte um ihn herum und rannte zum Hoteleingang.

»Hey! Doch nicht weglaufen«, rief der Mann aus. »Wie wär's mit einem Küßchen?«

Aber sie war schon die Treppe hinunter und draußen in der Nacht. Sie rannte, als ginge es um ihr Leben. Als sie das Eingangstor erreichte und anfing, den Boulevard hinunterzulaufen, hörte sie eine Stimme, die sie erkannte.

»Anita!«

Sie hielt inne und blickte zurück.

Ein verbeulter Lincoln löste sich aus dem Dunkel und hielt neben ihr.

Manuel grinste sie an.

»Ich habe gewartet«, sagte er. »In Ordnung?«

»Ja.« Sie erschauerte. »Ich sagte, ich würde es tun. Es ist getan!«

»Steig ein«, sagte Manuel und öffnete die Beifahrertür. »Du bist eine großartige Frau!«

Sie lief um das Auto herum und kletterte rasch zu ihm.

»Pedro? Hast du noch etwas Neues gehört?« fragte sie.

Manuel tätschelte ihr Knie.

»Ich komme gerade aus dem Krankenhaus«, log er. »Alles geht wunderbar. Man spricht davon, deinen Mann übermorgen in die Gefängnisklinik zu verlegen. Er weigert sich, ihnen irgend etwas mitzuteilen. Er denkt nur an dich und schützt dich. Er ist ein feiner jünger Mann, so wie du eine feine junge Frau bist.«

»Geht es ihm wirklich soviel besser?«

»Ganz wie ich sage. Jetzt erzähl mir von den Bomben.«

Während er sie nach Hause fuhr, hörte Manuel sich an, was sie mit den beiden Bomben gemacht hatte. Ihre Stimme bebte, Tränen der Erleichterung liefen über ihr Gesicht. Er hörte zu, nickte anerkennend, und doch war in ihm dieses widerwärtige Gefühl, daß er an ihr Verrat beging.

Aber immer wieder dachte er: fünf Millionen Dollar! Was konnte er mit so einem Betrag nicht alles anfangen! Er dachte außerdem an Fuentes. Einem solch hohlen, wertlosen Mann eine Million zu geben wäre absurd! Nein, fünf Millionen waren allemal besser als vier. Wenn die Zeit gekommen war, würde er Fuentes beseitigen: ein schneller Schlag – und dann in die See. Es würde einfach sein.

Als er vor Anitas Wohnblock anhielt, tätschelte er ihren Arm.

»Wir machen das morgen nacht. Wir kommen um Mitternacht her und schließen unsere Planung ab. Okay?«

Sie ergriff mit beiden Händen die seine.

»Ja. Morgen nacht.« Sie zögerte und fuhr dann fort: »Mein Freund, ich vertraue dir. Du bist als ein Mann der Wahrheit bekannt. Geld bedeutet mir nichts. Ich will nur Pedro, meinen Mann.«

Bittere Galle stieg in Manuel hoch. Er schluckte und verzog das Gesicht, als er nochmals ihren Arm tätschelte.

»Verlaß dich auf mich«, sagte er, außerstande, sie anzusehen. »Du wirst deinen Mann bekommen. Morgen also, um Mitternacht.«

»Gott segne und behüte dich«, sagte sie, hob seine Hand und drückte ihre Lippen auf seine harte, schuppige Haut.

»Geh zu Bett«, sagte er und riß die Hand weg. »Morgen nacht.«

Er beobachtete, wie sie die Treppe zum Eingang ihrer Wohnung hinaufging.

Mit einem Frösteln wischte er sich den Handrücken, wischte die Berührung ihrer Lippen fort. Sekundenlang noch starrte er durch die verstaubte Windschutzscheibe seines Wagens, voller Haß auf sich selbst. Dann hob er – in Gedanken an den Besitz von fünf Millionen Dollar – seine schweren Schultern zu einem verzagten Achselzucken, startete den Wagen und fuhr davon.

Am nächsten Morgen, im klimatisierten Wohnzimmer des Hotelpavillons, saß Lu Bradey in seiner Altmännermaske im Rollstuhl und formte einen kleinen Streifen Stahl mit Hilfe einer Feile.

Von der anderen Seite des Zimmers schaute Mike Bannion zu.

Maggie war zum Schwimmen an den Pool gegangen. Sie hatte Bradey am Abend vorher von Mikes Tochter Chrissy erzählt, und da er den großen Exfeldwebel schätzen gelernt hatte, war Bradey schockiert gewesen.

85

Eine anhaltende Stille lag auf dem Zimmer, bis auf das leise raspelnde Geräusch der Feile. Von Zeit zu Zeit warf Bradey einen raschen Blick auf Mike und schaute wieder weg.

Mike brach das Schweigen. »Sie verstehen Ihr Handwerk«, sagte er. »Wofür ist das?«

Bradey legte die Feile hin und bog seine Finger durch.

»Das bißchen Stahl hier, Mike, schließt uns den Safe auf.« Er nickte. »Kann schon sein, daß ich mein Handwerk verstehe.« Er unterbrach sich, um sich eine Zigarette anzuzünden. »Heute nacht drehen wir das Ding. Es dürfte leicht sein. Maggie hat mir von Ihrer kleinen Tochter erzählt. Es tut mir leid. Sie bekommen das Geld, Mike. Mit etwas Glück wird es eine problemlose Geschichte. Machen Sie sich Sorgen darüber?«

Mike schüttelte den Kopf.

»Nein. Wenn Sie sagen, es wird kein Problem, was soll ich mir da Sorgen machen? Genau wie Maggie habe ich eine Menge Vertrauen zu Ihnen.« Dann riß ein stechender Schmerz wie ein rotglühendes Messer ihn in die Höhe. Er kämpfte gegen seinen gequälten Gesichtsausdruck an, aber Bradey, der ihn ansah, ging es unter die Haut.

»Sie sind krank, Mike, nicht wahr?« sagte er. »Hören Sie, wir arbeiten zusammen. Ich mag Sie. Wir haben eine große Sache vor. Wenn etwas schiefgeht, landen wir alle im Knast. Jeder von uns hat eine Aufgabe zu erfüllen. Maggie muß sich um den Hotelschnüffler kümmern. Sie müssen unerwartet Störende ausschalten, ich muß den Safe aufknacken und die Warrenton-Diamanten holen. Wir sind ein Team. Seien Sie ehrlich zu mir, Mike. Sie sind krank, nicht wahr?«

Mike starrte sekundenlang auf seine großen Hände nieder, dann sah er Bradey an.

»In sechs Monaten werde ich tot sein«, sagte er. »Deshalb mache ich diesen Job. Ich habe unheilbaren Krebs.«

Bradey spürte, wie Schweiß seine Hände verklebte.

Unheilbarer Krebs!

Er hatte panische Angst vor dem Tod. Da kam dieser große disziplinierte Mann und sagte ihm, sein großer, disziplinierter Körper würde innerhalb von sechs Monaten im Sarg liegen, und trotzdem war ein fast heiterer Ausdruck in den Augen Mikes.

»Ich selbst bin mir völlig egal«, sagte Mike. »Ich hatte ein gutes Leben. Es ist so eine Sache. Aber an meiner Tochter liegt mir sehr viel. Seien Sie unbesorgt. Ich brauche das Geld. Ich lasse Sie nicht im Stich.«

Bradey beugte sich vor und starrte Mike an.

»Heute nacht, Mike. Angenommen, Sie kriegen diese Schmerzen, wenn ich Sie am meisten brauche? Also, um Gottes willen, seien Sie ehrlich zu mir. Wenn Sie nicht wirklich glauben, daß Sie mit dem Job fertig werden, blasen wir es ab. Wir können hier ja weg. Ich will nicht im Gefängnis landen. Ich will nicht, daß Maggie im Gefängnis landet. Um Himmels willen, Mike, seien Sie ehrlich zu mir!«

Mike sah ihm in die Augen.

»Ich lasse Sie nicht im Stich«, sagte er langsam und bestimmt. »Ich erledige den Job, für den Sie mich angeheuert haben. Ich habe schmerzstillende Tabletten. Ich hasse Pillen, aber heute abend nehme ich sie. Ich gebe Ihnen mein Wort, ich werde tun, was Sie von mir verlangen.«

Bradey starrte diesen großen Mann an, der seinen Blick erwiderte, und spürte eine Aufwallung von Zuversicht.

»Okay, Mike«, nickte er. »Ich brauche Ihnen nicht zu sagen, wie leid es mir tut. Wirklich verdammt leid! Okay, wenn es von Ihnen kommt, weiß ich, daß Sie die Sache schaffen.«

In dem Augenblick kam Maggie herein, eingehüllt in ihren Bademantel.

»Ich verhungere gleich!« rief sie aus. »Wann essen wir?«

»Maggie, Kleines«, sagte Bradey, »du darfst dich ganz tierisch vollschlagen. Wir verschwinden hier heute nacht, und ich brauche die Rechnung nicht zu bezahlen. Wir hauen ab.«

Maggie quiekte vor Aufregung.

»Du meinst, ich kann essen, was ich will?«

»Das meine ich«, sagte Bradey. »Du kannst die ganze gottverdammte Karte durchprobieren. Jetzt hol uns was zu trinken.«

Während Maggie zwei Gin-Martinis mischte, weil Mike keinen wollte, ging Bradey den Operationsplan durch.

»Sobald Maggie diesen Hausdetektiv im Gebüsch hat, steigen wir ein«, erklärte er Mike. »Ich habe alles, was wir an Ausrüstung brauchen. Überlassen Sie das ruhig mir. Zuerst räumen wir die Kassetten aus, dann gehen wir runter auf die Penthausterrasse. Wenn die Warrentons nicht schlafen, betäuben Sie sie. Wir kassieren die Diamanten ein und marschieren raus. Es ist nichts Kompliziertes dabei. Wir gehen ans Werk, sobald Maggie den Schnüffler übernimmt: gegen 2 Uhr 45. Um die Zeit sind kaum Leute da, die meisten halb betrunken. Wir kehren hierher zurück, warten auf Maggie, nehmen den Rolls und weg sind wir. Nach dem Abendessen rede ich mit dem Boß. Er wird einen Treffpunkt festsetzen. Das alles habe ich klar, bis wir in Aktion treten.«

Maggie nippte an ihrem Drink.

»Ach, Keule, ich werde aber traurig hier weggehen. Es ist ja so reizend.«

»Ist es woanders auch«, sagte Bradey. Er sah auf seine Uhr. »Ich glaube, wir können essen.«

Maggie klatschte in die Hände.

»Los, kommt! Ich verhungere bald!«

»Wann wärst du das jemals nicht?« sagte Bradey. »Wie steht's mit

Ihnen, Mike?«

Mike kämpfte gegen einen neuerlichen stechenden Schmerz an und grinste gezwungen.

»Ich bleibe wohl mal hier. Amüsiert euch gut!«

»Sie meinen, Sie wollen nicht essen?« schrie Maggie mit weit aufgerissenen Augen.

»Maggie!« schimpfte Bradey. »Karr mich in das Restaurant! Nicht jeder ist so ein Vielfraß wie du!«

Verblüfft ergriff Maggie den Rollstuhl und manövrierte ihn aus dem Pavillon.

»Stell dir das vor! Lauter wunderbares Gratisessen, und ihn interessiert es nicht!« sagte sie, als sie mit dem Rollstuhl dem Terrassenrestaurant entgegenraste.

»Fahr langsamer!« raunzte Bradey. »Glaubst du, du bist im Grand-Prix gestartet?«

»Ich habe Hunger, Schatz«, jammerte sie.

»Wiederhol dich nicht!« sagte Bradey. Er entschied, Maggie nichts davon zu sagen, daß Mike ein todgeweihter Mann war. Er wußte, Maggie war hoffnungslos sentimental. Wenn sie erfuhr, daß Mike in wenigen Monaten sterben mußte, konnte sie in Rotz und Tränen zerfließen und für das bevorstehende Unternehmen vollkommen unbrauchbar sein.

Als Maggie den Rollstuhl auf die Restaurantterrasse bugsierte und sogleich der Ober an ihre Seite kam, entspannte sich Bradey.

Entweder du gewinnst, oder du verlierst, dachte er, während Maggie den Rollstuhl zu ihrem Ecktisch steuerte.

Acht Millionen Dollar!

Das war der große Coup!

Er hatte das Penthaus in Augenschein genommen. Er wußte, er konnte den Safe und die Kassetten mit den Wertsachen dieser superreichen Leute knacken. Er war sicher, er würde die Diamanten der Warrentons bekommen. Die Sache sah gut aus. Er hatte Vertrauen zu Mike, trotz dessen Krankheit. Er wußte mit Sicherheit, daß Maggie den Hoteldetektiv in Beschlag halten würde.

Acht Millionen Dollar!

Sie waren schon so gut wie auf seiner Schweizer Bank!

Der Gedanke machte ihn hungrig. Er ließ sich vom Ober die Karte geben und warf einen Blick auf die Speisekarte: ein Lunch mit fünf Gängen.

»Wir nehmen das Ganze«, sagte er, »und eine Flasche von Ihrem besten Wein.«

Maggie gab ein erregtes Quicken von sich, das die alten Leute, die schon aßen, aufschreckte.

Als die Sonne langsam aufging, war Manuel Torres mit seinem Boot beschäftigt. In der Vorderkajüte lag Fuentes schwitzend auf der Koje und lauschte Manuels Aktivitäten.

Fuentes hatte Angst, an Deck zu gehen, und so erstickte er schier in der kleinen Kabine. Er war unruhig und fragte sich ständig, ob eine Hafenstreife unterwegs war, und er verfluchte Manuel dafür, daß er ihn nicht beachtete.

Erst nach Mittag kam Manuel hinunter in die Kajüte.

»Was, zum Teufel, hast du getrieben?« schnarrte Fuentes. »Ich liege in der gottverfluchten Hitze hier . . .«

»Ja, mein Freund«, sagte Manuel, »es tut mir leid für dich, aber bald wirst du zu Hause sein. Hab' Geduld.«

Er ging in die Bordküche.

Fuentes wischte sich den Schweiß vom Gesicht und trat an die Küchentür.

»Was geht vor?« wollte er wissen. »Wie lange muß ich noch in der Kajüte bleiben?«

Manuel setzte einen Topf Wasser auf den Herd. Er streute Salz hinein.

»Mein Boot ist reisefertig«, sagte er. »Heute nacht drehen wir das Ding. Wir treffen uns um Mitternacht mit Anita in ihrer Wohnung. Wir bringen die Sache zum Abschluß.« Als das Wasser zu kochen anfing, gab er die Spaghetti hinein. »In ein paar Tagen reisen wir mit fünf Millionen Dollar in meinem Boot ab nach Havanna. Wir nehmen Warrenton als Geisel mir. Niemand wird uns aufzuhalten wagen.«

Fuentes sog die Luft ein. Plötzlich war er in Laune. Wie klug, daß er diesen Mann um Hilfe gebeten hatte! Natürlich das Boot! Er hatte sich vorgestellt, sie würden ein Flugzeug entführen! Wieviel sicherer war doch ein Boot! Mit diesem reichen Mann als Geisel würde es kein Problem geben. Ein perfekter Plan!

»Du bist großartig, Manuel!« rief er aus. »Es ist eine glänzende Idee!«

Manuel begann Zwiebeln und Tomaten zu schneiden.

»Geh weg«, sagte er. »Ich muß über vieles nachdenken. Ich denke besser allein.«

Fuentes wußte, daß er zum Denken nicht in der Lage war, und zog sich in die Kajüte zurück. In ein paar Tagen, hatte Manuel gesagt, würden sie mit fünf Millionen Dollar auf dem Weg nach Havanna sein. Manuel war ein Mann, der Wort hielt. Wenn er etwas sagte, dann geschah das auch. Alle Kubaner in der kleinen Kolonie hatten dem zugestimmt. Alle sagten immer wieder: »Manuel ist ein Mann der Wahrheit. Was er verspricht, das wird.«

Fuentes lehnte sich auf der Koje zurück, die Hände zwischen seine Knie gepreßt. In ein paar Tagen würde er eine Million Dollar schwer sein! Allein bei dem Gedanken an eine solch gewaltige Summe schwindelte ihm.

Eine Million Dollar!

Was würde er mit so einem Betrag anfangen? Vielleicht eine Farm kaufen? Er schüttelte den Kopf. Nein, eine Zuckerrohrfarm betreiben war zu anstrengend. Fuentes hatte seine Heimatstadt verlassen, weil das tägliche Schneiden des Zuckerrohrs ihm unerträglich geworden war. Vielleicht ein Schiff? Er konnte eine Mannschaft zusammenbringen und Fische fangen. Er stellte sich vor, daß er – wie Manuel – ein großes Fischerboot besäße. Aber er würde nicht arbeiten wie Manuel, der nicht mal eine Mannschaft als Hilfe hatte.

Er saß da und überlegte.

Eine Million Dollar!«

Nein, er dachte doch wie ein Bauer, sagte er sich. Zuckerrohr! Fischen! Lächerlich! Er würde sich ein Mädchen suchen. Mit einer Million Dollar würden Mädchen leicht zu finden sein. Er würde eine Café-Bar kaufen. Das Mädchen würde sie führen, und er würde der wichtige Patron sein, umhergehen, reden, Freunde treffen. Ja, das wäre das richtige Leben für ihn.

Manuel kam in die Küche und stellte eine große Schüssel Spaghetti hin.

»Wir essen«, sagte er.

Erst als die Mahlzeit vorbei war und Manuel sich entspannt hatte, begann er zu reden.

»Du sollst wissen, mein Freund«, sagte er und blickte Fuentes starr in die Augen, »daß dieses Unternehmen nicht ohne Probleme ist.«

Fuentes, der glaubte, wo Manuel am Ruder sei, könne es keine Probleme geben, straffte sich.

»Probleme? Was für Probleme denn?« fragte er nervös.

Manuel zündete sich eine Zigarette an und legte seine großen Hände auf den Tisch. Er sah über Fuentes hinweg auf die schmutzige Kajütenwand, als wäre Fuentes nicht dort und als er spräche mit sich selbst.

»Wir werden in das Penthaus kommen, weil Anita einen Nachschlüssel hat«, sagte er. »Das ist der erste Schritt. Dann nehmen wir diese zwei reichen Leute gefangen, fesseln die Frau und zwingen den Mann, seinen Vater in Texas anzurufen. Sein Vater wird die fünf Millionen Dollar beschaffen. Das wird eine kleine Weile dauern. Es muß ja in bar und die Scheine dürfen nicht größer als hundert Dollar sein. Das, mein Freund, bedeutet eine Menge Scheine. Selbstverständlich wird sein Vater davor gewarnt, zur Polizei zu gehen. Bei seinem vielen Geld dürfte das auch kein Problem sein. Ich werde ihm erklären, daß wir per Schiff mit seinem Sohn als Geisel abreisen. Bei unserer Ankunft in Havanna oder sonstwo werde sein Sohn freigelassen. Du nimmst deinen Anteil. Ich fahre mit dem Rest des Geldes woanders hin. Das alles scheint mir annehmbar. Keine Polizei. Keine Probleme.« Er zögerte und senkte den Blick auf Fuentes. »Stimmst du mir zu?«

Fuentes rutschte unruhig umher.

»Ja, aber du sagtest doch gerade, es gäbe Probleme.« Er fuhr mit der Hand über sein verschwitztes Gesicht. »Jetzt erzählst du mir, es gäbe keine Probleme. Ich komme nicht mit.«

»Mein Freund, du bist leicht vergeßlich«, sagte Manuel ruhig. »Unser großes Problem ist Pedros Frau.«

Fuentes starrte ihn an.

»Ja, aber was ist denn eine Frau? Wenn sie Schwierigkeiten macht, räume ich sie aus dem Weg.«

Manuel schüttelte den Kopf.

»Dann kommt die Polente ins Spiel. Du überlegst nicht. Es darf keine Toten geben. Bis jetzt kommen bei meinem Plan die Bullen nicht ins Spiel. Der Vater gibt uns das Geld, und wir fahren. Keine Polizei. Wenn wir Anita töten, was sollen wir dann mit ihrer Leiche machen? Wir reisen mit diesem Mann ab und warnen seine Frau, daß sie den Mund hält, weil wir ihn sonst umbringen. Niemand wird wissen, was sich abspielt. Wir gehen auf das Boot und fahren davon, aber wenn wir Anita töten, sitzen wir in der Scheiße. Verstehst du mich?«

Fuentes' schwerfälliger Verstand suchte aufzunehmen, was Manuel sagte, aber der Gedanke an die Million Dollar, die er bald besitzen würde, kam immer dazwischen. Er zwang sich zum Nachdenken, dann hellte ein listiges Lächeln sein fettes Gesicht auf.

»Ist es ein so großes Problem?« fragte er. »Wir gehen alle auf das Boot. Wenn wir auf See sind, bringe ich sie um, und sie fällt an die Haie.«

Manuel beugte sich vor und tippte mit seinem dicken Finger auf den Tisch, als buchstabiere er jedes Wort.

»Das ist keine gewöhnliche Frau. Wie kriegen wir sie denn ohne ihren Mann auf das Boot, der im Sterben liegt und jetzt schon tot sein könnte?«

Fuentes gab auf. Das war etwas, womit sein schwerfälliger Verstand nicht fertig wurde.

»Was machen wir also?« fragte er. »Du sagst ihr, ich darf sie nicht töten. Du sagst mir, sie wird ohne ihren blöden Mann das Penthaus nicht verlassen. Was sollen wir denn tun?«

Manuel nickte.

»Das ist das Problem. Wenn ich es nicht löse, gibt es für uns beide kein Geld.« Er ballte die Fäuste und schlug sie krachend auf den Tisch. »Ich muß dieses Problem lösen!«

Fuentes lehnte sich zurück. Ihm war das zu hoch. Er wartete.

Manuel schien wieder mit sich selbst zu reden. Um Fuentes nicht ansehen zu müssen, starrte er über dessen Kopf hinweg an die Wand. »Ich muß sie belügen: immer wieder lügen und lügen. Ich muß dieses

91

Geld haben! Mit dem Geld ändert sich meine ganze Zukunft! Ich muß sie belügen! Ich muß sie glauben machen, daß sie ihren Mann bekommt. Ich muß sie einlullen, bis ich sie auf mein Boot kriege. Ja, du hast recht, mein Freund. Wenn – und nur dann – also wenn sie schwierig wird, nachdem sie erfahren hat, daß sie ihren Mann nicht bekommt, überlasse ich sie dir.« Er legte die Hände auf seinen kahlen Kopf und stöhnte. »Meine Landsleute vertrauen mir. Sie vertraut mir. Dadurch, daß ich so handle, bin ich kein Mann der Wahrheit mehr. Seit Jahren habe ich nun als Mann der Wahrheit gelebt.«

Während Fuentes zuhörte, drang in sein kleines verschlagenes Hirn plötzlich ein erschreckender Gedanke.

Wenn dieser wahrheitsliebende Mann von der Wahrheit abgehen und jemanden aus seinem Volk verraten konnte, wie sicher war dann die eine Million Dollar, die dieser Mann der Wahrheit ihm versprochen hatte?

Was, wenn sie mit fünf Millionen Dollar auf dem Boot waren und Manuel ihm befahl, Anita zu töten? Würde es da aufhören? Würde dieser Mann der Wahrheit zu dem Schluß kommen, fünf Millionen seien besser als vier? Würde er ihn unversehens erschlagen und ihn hinter Anita drein den Haien zum Fraß vorwerfen?

Er spürte, wie ihn ein Zittern der Angst durchlief.

Manuel sah ihn nicht an. Er starrte jetzt auf seine großen Hände nieder.

»Das ist die einzige Lösung. Ich muß sie anlügen«, murmelte er.

6

Übelgelaunt saß 1. Detektiv Tom Lepski an seinem Schreibtisch im Bereitschaftsraum des Polizeipräsidiums von Paradise City. Er blätterte die Verbrechensberichte der vorhergehenden Nacht durch und murmelte dabei vor sich hin.

Seine üble Laune rührte von einem Streit her, den er mit seiner Frau Carroll gehabt hatte: ein Streit, den er – wie stets – verloren hatte, und das verbitterte ihn.

Lepski hing an seinem Bett. Er mußte sich immer abhetzen, um noch rechtzeitig ins Polizeipräsidium zu kommen. Aber das kümmerte ihn nicht. Er hatte die Hetzjagd auf die Sekunde genau zeitlich geregelt.

Es gab nichts, was er lieber mochte als sein Frühstück: drei Eier, gebackener Schinken, Toast, Marmelade und Kaffee. Um 7 Uhr 15 wälzte sich Carroll aus dem Bett, ging in die Küche und bereitete sein Essen zu, während sich Lepski rasierte, duschte und in die Kleider hineinschlüpfte.

An diesem Morgen hatte er gerade sein Hemd angezogen und

wollte sich in die Hose zwängen, als seine Nase zuckte. Er roch nicht den gewohnten, appetitanregenden Duft schmorenden Schinkens und hörte auch nicht das Brutzeln backender Eier. Verdutzt zog er den Reißverschluß seiner Hose hoch und peilte die Küche an, doch Carroll stand vor ihm in der Schlafzimmertür und hielt ein saftiges Stück Schinken an der Gabelspitze hoch.

»Hey, Liebling«, sagte Lepski stockend. »Was macht mein Frühstück?«

»Kein sauberes Hemd, kein Frühstück«, sagte Carroll in ihrem gebieterischen Ton.

»Hemd?« Lepski sperrte den Mund auf. »Was hat ein Hemd mit meinen Frühstück zu tun?«

»Du hast das frische Hemd nicht angezogen, das ich gestern abend für dich rausgelegt habe.«

Lepski gab ein Geräusch von sich, das eine Wildkatze erschreckt hätte.

»An dem verfluchten Hemd hier ist doch gar nichts! Laß uns frühstücken.«

»Das Hemd ist dreckig!« sagte Carroll. »Hast du denn keinen Stolz?«

»Stolz? Was, zum Teufel, hat Stolz mit meinem Frühstück zu tun?«

»Lepski? Du trägst das Hemd schon seit drei Tagen«, sagte Carroll langsam und deutlich. »Es ist eine Schande! Ich habe mir die Mühe gemacht, ein neues herauszulegen. Zieh es an!«

»Ein Tag mehr schadet doch nichts. Laß uns frühstücken!«

»Ich dulde es nicht, daß du als Erster Detektiv wie ein Penner aussiehst! Kein frisches Hemd, kein Frühstück!«

Lepski zögerte. Die Zeit war knapp. Er wollte sein Frühstück, und angesichts der entschlossenen Miene Carrolls stöhnte er und riß sich das Hemd herunter, daß die Knöpfe flogen. Als er das saubere Hemd überstreifte, nickte Carroll und zog sich in die Küche zurück.

Er kam zehn Minuten zu spät ins Präsidium. Max Jacoby hatte ihn erst hänseln wollen, als er aber Lepskis saures Gesicht sah, beschloß er, den Mund zu halten.

»Kubaner!« explodierte Lepski plötzlich. »Sieh dir bloß die Schweinerei von heute nacht an!« Er schwenkte die Zettel mit den Berichten der Fälle der letzten Nacht in Jacobys Richtung. »Jede verdammte Nacht stiften die Ärger! Flüchtlinge! Florida wird noch so schlimm wie Chicago!«

»Tja, es gibt uns Arbeit«, meinte Jacoby.

Das Telefon auf Lepskis Schreibtisch klingelte.

Er riß den Hörer hoch und brüllte: »Lepski!«

»Hier ist Larry. Der Vogel, der die beiden in dem Mietraub abgeschossen hat, kommt an die Oberfläche. Der Medizinmann sagt, wir können drei Minuten mit ihm reden. Soll ich mit ihm reden, oder

93

willst du?«

»Ich!« rief Lepski. »Ich bin in zehn Minuten da.« Er knallte den Hörer auf. »Los, Max. Dieser Mietskiller wird bald wach. Gehen wir!«

Auf der Fahrt zum Krankenhaus, mit Lepski am Steuer, sagte Jacoby: »Ein ziemlich schickes Hemd, das du da anhast, Tom.«

Lepski sah ihn argwöhnisch an und fragte sich, ob er auf den Arm genommen wurde.

»Findest du?«

»Klar doch. Weiß nicht, wie du das schaffst, ein sauberes Hemd nach dem andern zu tragen.«

Lepski sah blasiert drein.

»Es ist eine Frage des Stolzes. Immerhin bin ich der Spitzenzivi in der Gegend. Ein Spitzenpolizist muß wohlgekleidet erscheinen. Da wir von Hemden reden, Max, der Fetzen, den du da anhast, ist eine Schande.«

»Wahrscheinlich«, seufzte Jacoby, »aber andererseits habe ich auch nicht so ein tolles Mädchen wie Carroll, das sich um mich kümmert.«

Lepski guckte finster.

»Was hat sie damit zu tun? Okay, sie erledigt die Wäsche, aber jeder, der was auf sich hält, sollte täglich sein Hemd wechseln. Besser, du achtest mal drauf.«

»Ja, klar.« Jacoby seufzte. »Ich werde darauf achten.«

Dr. Gerald Skinner, der Chef des Paradise City Hospitals, empfing sie in seinem Büro. Er war lang, dünn, angehend kahl und beschäftigt.

»Ich höre, meine Herren Polizeibeamte, daß Sie diesen Kubaner vernehmen wollen«, sagte er. »Ich muß klarstellen, daß er im Sterben liegt. Es gibt günstige Anzeichen dafür, daß er das Bewußtsein wiedererlangt. Ob er sich aber klar ausdrücken kann, muß man abwarten.«

»Er geht wirklich drauf?« fragte Lepski in dem Bewußtsein, daß er den jungen Kubaner niedergeschossen hatte.

Skinner zuckte die Achseln.

»Ich möchte es meinen, aber er ist jung. Wir könnten ihn gerade noch durchbringen. Die Anzeichen sind nicht günstig. Mit Intensivpflege könnte er überleben, und er wird bestens versorgt.«

Lepski schnaubte.

»Er hat zwei Menschen umgebracht. Wen kümmert's?«

Skinner sah ihn kalt an.

»Uns kümmert es«, sagte er. »Wir sind dafür bekannt, daß wir Leben retten, ganz gleich, welches Leben. Ich muß Sie bitten, das Verhör mit dem Mann kurz zu machen.«

»Okay, Doc.«

Skinner drückte eine Klingeltaste, und eine Krankenschwester kam herein.

»Bringen Sie diese beiden Polizeibeamten nach Zimmer 6«, sagte er. »Guten Tag, die Herren«, und nickend griff er zu einem umfangreichen Ordner.

Lepski und Jacoby folgten der Schwester und betraten den Raum, in dem Pedro Certes untergebracht war. An seinem Bett saß Dritter Detektiv Larry Stevens in höchster Langeweile. Sein rundes, sommersprossiges Gesicht leuchtete auf, als er Lepski erblickte.

»Das Scheusal gibt Geräusche von sich«, sagte er und stand auf. »In Ordnung, wenn ich mal frühstücke?«

»Nur zu, Larry. Überlaß ihn mir.«

Lepski setzte sich auf den freien Stuhl am Bett. Jacoby zog einen zweiten Stuhl heran, ließ sich nieder und nahm hoffnungsvoll Papier und Bleistift heraus.

Lepski betrachtete den Mann, der in dem Bett lag, und verzog das Gesicht. Wenn jemals der Tod sich ankündigte, dann auf dem dünnen, weißen Gesicht dieses Kubaners.

Sie warteten.

Fünf Minuten schleppten sich hin, dann ging Lepski die Geduld verloren. Er ergriff Pedros heißes, dünnes Handgelenk und gab ihm einen raschen Ruck.

Pedro stöhnte, dann schlug er die Augen auf.

»Wie fühlst du dich, mein Sohn?« fragte Lepski. Sein sanfter Ton verblüffte Jacoby, der Lepski noch nie in einer gütigen Rolle erlebt hatte.

Pedro ächzte und schlug die Augen wieder zu.

»Hör einmal, Sohn, wer bist du?« fragte Lepski langsam und deutlich. »Wie ist dein Name?«

Pedros Augen öffneten sich langsam.

»Geh zum Teufel«, murmelte er und schlug die Augen zu.

»Sohn, ich muß dir etwas sagen. Du bist ein schwerkranker Junge, und der Arzt teilt mir mit, daß du nicht durchkommst. Bald wirst du ein nicht zu identifizierender Leichnam sein, wenn du mir nicht deinen Namen sagst«, holte Lepski aus. »Möchtest du, daß es soweit kommt?«

Pedro öffnete die Augen und starrte Lepski an.

»Ein nicht zu identifizierender Leichnam«, wiederholte Lepski mit einem traurigen Ton in der Stimme, der Jacoby staunen machte. »Nun sprechen wir darüber zwar nicht gern, aber in dieser Stadt sterben eine Menge Penner. Erst gestern ist wieder ein alter Säufer gestorben. Er hatte keine Papiere. Niemand wußte, wer er war. Wir versuchten, seine nächsten Verwandten aufzutun, aber es meldete sich niemand. Wenn die Stadt an einen nicht identifizierbaren Leichnam gerät, weißt du, was dann geschiht? Beerdigungen kosten Geld. Dieser alte Säufer wurde in eine Gummiplane gewickelt und hinaus aufs Meer gebracht und den Haien vorgeworfen. Du möchtest doch nicht, daß es dir auch so geht, mein Sohn, oder?«

95

Jacoby hörte sich das an und sperrte den Mund auf. Fast hätte er Lepskis Lügengarn durch einen Protest verdorben, doch Lepski bedachte ihn mit seinem finstersten Polypenblick, und er hielt an sich.

»Niemand möchte als Haifischfutter enden, nicht wahr?« führte Lepski aus. »Wenn wir wissen, wer du bist, können wir uns an deine Familie wenden oder an deine Frau, falls du verheiratet bist. Dann wirst du anständig begraben. Du möchtest doch nicht ins Meer geschmissen werden, oder?«

Pedro fröstelte, und ein Schatten des Entsetzens huschte über sein Gesicht. Da Lepski wußte, daß Kubaner nicht nur religiös, sondern auch abergläubisch waren, wartete er.

Nach einer Pause fuhr Lepski fort: »Also, mein Sohn, hilf uns, dir ein anständiges Begräbnis zu geben.« Er beugte sich vor. »Wie heißt du?«

Pedros Atem ging ungleichmäßig.

»Haie?« murmelte er.

»Ja, mein Sohn, du weißt doch, daß draußen in der Bucht hungrige Haie auf eine Mahlzeit warten.«

Pedro erschauerte.

»Mein Name ist Pedro Certes«, sagte er schließlich.

Noch immer in seiner gütigen, sanften Tonart fragte Lepski: »Und wo wohnst du, Pedro?«

»Fish Road 27, in Seacomb«, murmelte Pedro nach einem langen Zögern.

»Hast du eine Frau, Pedro? Wir werden zu ihr gehen und mit ihr reden, damit du ein anständiges Begräbnis bekommst.«

»Anita.«

»Was macht sie, Pedro? Wo geht sie arbeiten?«

»Sie arbeitet . . .« Pedro stieß ächzende Seufzer aus, schloß die Augen, und sein Gesicht erschlaffte.

»Hol die Schwester!« sagte Lepski scharf. »Sieht aus, als ob er abkratzt.«

Als Jacoby auf die Füße sprang, kam die Schwester schon herein.

»Die Zeit ist um«, sagte sie energisch.

»Er ist schlecht dran«, sagte Lepski.

Die Schwester kam ans Bett, fühlte Pedros Puls und zuckte mit den Schultern.

»Er hält schon noch ein bißchen«, sagte sie ungerührt. »Fort jetzt mit Ihnen. Ich muß mich um ihn kümmern.«

Draußen im Gang meinte Jacoby: »Das Märchen mit den Haien war ziemlich brutal, meinst du nicht?«

»Es hat gewirkt, oder? Jetzt in die Fish Road.«

Zehn Minuten später redeten die beiden Detektive mit dem kubanischen Hausmeister des schäbigen Mietshauses, in dem die Certes' wohnten.

Der Hausmeister war ein untersetzter Mann mit schwarzem Schnurrbart und kleinen listigen Augen.

»Pedro Certes? Klar, der wohnt hier. Dachgeschoß links.«

»Ist seine Frau daheim?«

»Nein. Sie arbeitet.«

»Wo arbeitet sie?«

Der Hausmeister mochte Anita. Für Pedro hatte er nichts übrig, aber Anita grüßte ihn immer. Sein Gesicht wurde ausdruckslos.

»Ich weiß es nicht.«

Lepski schnaubte.

»Wir möchten sie schnell finden. Es handelt sich um einen Notfall. Ihr Mann liegt im Sterben. Wir wollen sie zu ihm bringen.«

Der Hausmeister grinste höhnisch.

»Einer aus dem Volk liegt im Sterben, und zwei Polypen holen seine Frau. Ist ja allerhand.«

»Wissen Sie, wo sie arbeitet oder nicht?« bellte Lepski.

»Sagte ich schon. Ich weiß es nicht.«

»Um welche Zeit kommt sie von der Arbeit wieder?«

Der Hausmeister kannte Anitas Zeiten, aber einem Bullen hätte er sie nicht verraten. Er zuckte die Achseln.

»Woher soll ich das wissen. Spät manchmal. Keine Ahnung.«

»Wie sieht sie aus?«

Also hatten diese zwei superschlauen Bullen keine Beschreibung von Anita, dachte der Hausmeister. Das war gut zu hören.

»Wie sie aussieht? Wie alle Kubanerinnen: dunkel, dick und fett, steckt sich die Haare auf den Kopf.« Eine falschere Beschreibung von Anita fiel ihm nicht ein.

»Alter?«

»Wie sollte ich's wissen? Irgendein Alter. Zwanzig, dreißig, so ungefähr.«

Lepski grollte innerlich. Ihm war klar, daß er von dem Kubaner keine brauchbare Auskunft bekommen würde. Er machte eine ruckartige Kopfbewegung zu Jacoby und marschierte auf die Straße.

»Diese verdammten Kubaner halten doch alle zusammen«, sagte er. »Wir werden das Haus beobachten müssen. Bleib in der Nähe, Max. Ich schicke zwei Jungs her, die dich ablösen. Prüf die Papiere von jeder Kubanerin, dick oder dünn, die in das Gebäude geht.«

»Feiner Job«, sagte Jacoby bitter.

Lepski grunzte, stieg in seinen Wagen und nahm rasch Kurs auf das Präsidium.

Wenige Minuten später kam der Hausmeister hinaus auf die Straße und stellte einen Mülleimer auf dem Gehsteig ab. Er entdeckte Jacoby, der versuchte, sich für das Angelzeug in einem nahen Schaufenster zu interessieren.

Der Hausmeister kehrte in seine Wohnung zurück. Sekundenlang stand er da und überlegte, dann rief er seinen Sohn, einen dunkeläugigen, pfiffig wirkenden Jungen von zwölf Jahren.

»Kennst du das Boot von Manuel Torres?« fragte ihn sein Vater.

»Na klar! Ich kenn doch alle Boote.«

»Gut. Geh mal schnell dahin. Sag Mr. Torres, daß die Polizei hier war und nach Mrs. Certes gefragt hat. Sag ihm, daß sie unser Haus beobachten. Verstanden?«

Der Junge nickte, verließ das Gebäude und lief mit einem verschmitzten Grinsen an Jacoby vorbei in Richtung Hafengebiet.

Maria Warrenton hatte ein solches Durcheinander in ihrem Bad zurückgelassen, daß Anita mit Verspätung das Hotel verließ. Als sie den langen Rückweg nach Seacomb antrat, hielt Manuels zerbeulter Lincoln neben ihr.

»Steig ein, Anita«, sagte er.

Anita öffnete die Beifahrertür und kletterte hinein.

»Pedro doch nicht? Es geht ihm doch nicht schlechter?« fragte sie mit bebender Stimme.

»Nein, es geht ihm gut.« Manuel legte den Gang hinein und fuhr in eine Seitenstraße, die zum Hafen führte. »Du darfst nicht heim. Die Polizei erkundigt sich nach dir.«

Anita schnappte nach Luft und bedeckte ihr Gesicht mit den Händen.

»Die Polizei?«

»Ja. Nun reg dich aber nicht auf«, sagte Manuel. »Du mußt dich solange auf meinem Boot aufhalten, bis du wieder ins Hotel zur Arbeit gehst. Du mußt von der Straße bleiben. Wie ich höre, hat die Polizei keine Beschreibung von dir. Sie befragten deinen Hausmeister, und er hat ihnen nichts gesagt. Aber es ist sicherer, wenn du eine kleine Weile auf meinem Boot bleibst. Dann können wir regeln, was wir heute nacht zu tun haben.«

»Aber wie sind sie an meine Adresse gekommen?« fragte Anita. »Pedro hätte sie ihnen niemals gegeben.«

Daran glaubte Manuel nicht. Er war sicher, daß die Polizei mit Pedro gesprochen und, obwohl er im Sterben lag, seinen Namen und seine Adresse aus ihm herausgeholt hatte.

»Pedro? Nein, natürlich nicht! Irgendein Denunziant. Selbst in unserem Volk gibt es Denunzianten«, sagte Manuel. »Mach dir keine Sorgen darüber. Es geht schon alles gut.« Er hielt in der Nähe seines Fischerbootes. »Jetzt schmieden wir die letzten Pläne.«

In der Vorderkajüte fanden sie Fuentes, der in der Koje lag. Er setzte sich auf und starrte Anita an.

»Was macht sie denn hier?« wollte er wissen.

»Es ist bedauerlich«, sagte Manuel ruhig und setzte sich an den

Tisch. »Die Bullen suchen nach ihr. Sie wird hierbleiben, bis sie zur Arbeit geht.«

Fuentes wollte etwas sagen, aber Manuel brachte ihn mit einer Handbewegung zum Schweigen.

»Setz dich, Anita.«

Als sie am Tisch saß, redete er weiter. »Um wieviel Uhr sollten wir das Unternehmen starten?«

»Halb eins«, sagte Anita ohne Zögern. »Dann ist kein Mensch in den Suiten. Der Hoteldetektiv beginnt erst um eins seinen Kontrollgang durch die Korridore. Das Personal ist mit dem Aufräumen der Küche beschäftigt. Es ist genau die Zeit.«

»Wann wirst du mit deiner Arbeit fertig sein?«

»Kurz nach zehn. Gib mir ein Stück Papier und einen Bleistift. Ich zeichne dir auf, wie du zum Personaleingang kommst.«

Manuel holte Papier und Stift hervor und sah Anita beim Zeichnen des Lageplans zu. Während sie zeichnete, warf er Fuentes einen Blick zu und nickte, um ihm anzudeuten, daß Anita wußte, was sie tat.

Sie reichte ihm den Zettel.

»Siehst du?«

Manuel betrachtete sekundenlang den Plan, dann nickte er.

»Also kommen wir von hinten, über die Ranch Road. Wir gehen am Golfplatz entlang, dann einen kleinen Fußweg hinunter, der zum Personaleingang führt?«

»Ja.«

»Gibt es irgendwelche Probleme?«

»Nein, aber paßt auf, daß man euch nicht sieht.«

»Wie geht's dann weiter?«

»Genau um 12 Uhr 30 öffne ich die Personaltür. Ihr müßt dort sein und sofort hereinkommen. Niemand wird in der Nähe sein. Ich bringe euch zu dem Fahrstuhl im Souterrain, und wir fahren ins Obergeschoß. Die Penthaus-Suite, wo die Warrentons sind, hat einen Privatfahrstuhl. Wir gehen die Treppe hoch, und ich schließe ihre Tür auf.«

»Was ist, wenn sie drinnen sind?«

»Sie sind nie vor halb zwei da, höchstens später. Ich sperre die Tür wieder ab, und wir gehen hinaus auf die Terrasse und warten auf sie. Den Rest überlasse ich euch.«

Manuel dachte darüber nach, und er merkte, daß ihn Fuentes beobachtete.

Schließlich sagte er: »Es hört sich gut an.«

»Manuel«, sagte Anita ruhig. »Es versteht sich, daß mein Mann mit uns kommt.«

Eine lange Pause trat ein. Fuentes fuhr sich mit den Fingern durch die langen, fettigen Haare. Manuel starrte auf den zerschrammten Tisch nieder, hob dann die Augen und starrte direkt Anita an.

»Ja«, sagte er, »das war immer vorausgesetzt. Pedro erholt sich zwar, aber, Anita, wenn er mit uns auf dem Boot fährt, könnte er einen Rückfall bekommen. Er ist immer noch sehr krank.«

Anita straffte sich.

»Wenn du nicht versprichst, daß er mit uns kommt, öffne ich die Personaltür nicht«, sagte sie entschlossen.

»Ich verstehe deine Gefühle. Du bist eine gute Frau, aber schauen wir uns das Problem einmal näher an«, sagte Manuel und zwang sich zu einem mitfühlenden Lächeln. »Wir haben alles, was nötig ist, um den Druck auszuüben: zwei Bomben und die Warrentons. Aber dein Mann ist noch immer sehr krank. In zwei Wochen könnten wir reisen, ohne einen Rückfall herbeizuführen. Da jetzt aber die Polizei nach dir sucht, können wir keine zwei Wochen warten. Unser Plan muß heute nacht in die Tat umgesetzt werden. Ich fahre jetzt ins Krankenhaus und rede mit meinem Freund, um zu hören, ob Pedro transportfähig ist. Wenn er meint, es geht, gibt es kein Problem. Wenn er mir aber sagt, eine Seereise sei gefährlich für Pedro, dann habe ich dir einen anderen Vorschlag zu machen.«

Anita saß bewegungslos und starrte Manuel an. Er spürte, wie ein Unbehagen ihn durchlief. Ihre großen schwarzen Augen blickten forschend und hart.

»Was für einen anderen Vorschlag?« Ihre Stimme war tief und rauh.

»Das brauchen wir im Moment nicht zu erörtern.« Manuel erhob sich. »Ich fahre jetzt ins Krankenhaus und rede mit meinem Freund. Ich hoffe, daß es keine Ersatzlösung geben wird. Ich bin in einer Stunde wieder hier.«

»Ich warte«, sagte Anita, »aber es versteht sich, daß ich, wenn Pedro nicht mit uns kommt, keine Türen öffne.«

»Es versteht sich«, sagte Manuel und verließ die Kajüte, überquerte die Laufplanke, stieg in seinen Wagen und fuhr davon.

Fuentes starrte mit vor Haß funkelnden Augen auf Anita. Er mußte sich beherrschen, um nicht sein Messer zu ziehen und ihr die Kehle durchzuschneiden. Eine Million Dollar war – wenn er Glück hatte – zum Greifen nahe. Aber diese Frau konnte das ganze Unternehmen vermasseln.

Anita sah ihn nicht an. Sie starrte auf ihre geballten Fäuste nieder.

»Manuel ist ein Mann der Wahrheit«, sagte Fuentes. »Du mußt tun, was er sagt. Du mußt vernünftig sein.«

Anita schaute auf. Der Ausdruck in ihren Augen ließ Fuentes zurückzucken.

»Du hast das angerichtet! Du warst es, der meinen Mann überredet hat, diese furchtbare Sache zu machen! Du hast ihm die Pistole gegeben! Sprich mich nicht an! Gott bestrafe dich!«

Fuentes hatte nichts zu sagen. Er legte sich auf die Koje und starrte gegen das Kajütendach. Die Frau war gefährlich, dachte er. Welche Lüge würde Manuel für sie erfinden?

Als Lepski Sergeant Joe Beigler mitteilte, daß er jetzt den Namen des Mietkillers habe und es wichtig sei, die Frau des Mörders ausfindig zu machen, meinte Beigler über einem Schluck Kaffee, Lepski habe ganze Arbeit geleistet. Als Lepski jedoch sagte, er brauche zwei Mann für die Fish Road, um den Wohnblock zu überwachen und Jacoby abzulösen, starrte Beigler Lepski an, als hätte er um eine Tonne Gold gebeten.

»Ich kann keine zwei Mann entbehren«, sagte Beigler nach einer gedehnten Pause.

»Das ist dein Problem. Ich will, daß dieser Laden beobachtet wird. Ich kann nicht feststellen, wo die Frau arbeitet. Folglich ist es am besten, sie abzufangen, wenn sie von der Arbeit heimkommt«, sagte Lepski geduldig, als erkläre er es einem schwachsinnigen Kind.

Beigler trank noch etwas Kaffee.

»Weißt du, was ich machte, wenn ich ein smarter Erster Detektiv wäre?« fragte er. »Ich könnte vielleicht hinzufügen, daß ich kein smarter Erster Detektiv, sondern ein sehr smarter Sergeant bin. Nun ja, wenn ich wissen wollte, wo eine bestimmte Kubanerin arbeitet, weißt du, was ich dann machte?«

Lepski lockerte seinen Schlips. Wenn Beigler herablassend wurde, schnellte Lepskis Blutdruck hoch.

»Bin gespannt«, knurrte er.

Beigler lehnte sich zurück, ein selbstzufriedenes Lächeln auf dem sommersprossigen Gesicht.

»Da ich ein sehr smarter Sergeant und für diesen Polypenstall verantwortlich bin, solange der Chef weg ist, würde ich zum Rathaus gehen. Dort würde ich mich beim Ausländer- und Einwanderungsbüro über alle Kubaner, die in unserer Stadt arbeiten, erkundigen. Die führen nämlich eine Kartei darüber.«

Lepski glotzte ihn an.

»Wie, zum Teufel, kann ich das wissen?«

»Du kannst es nicht, aber ich weiß diese Dinge, da ich ein sehr smarter . . .«

Aber Lepski war bereits davongestürmt. Er warf sich in seinen Wagen und fuhr zum Rathaus.

Im hinteren Teil des Rathauses fand er das Ausländer- und Einwanderungsbüro. Eine lange Schlange ärmlich aussehender Kubaner stand vor der Tür. Alle warteten darauf, sich anzumelden.

Lepski hatte für Kubaner nichts übrig. Er baggerte sich durch in das große Büro, wo kubanische Männer und Frauen befragt wurden.

Als er sich zur Spitze der Warteschlange vorgedrängt hatte, fiel ihm eine junge Frau auf, die an einem langen Schaltertisch saß und eine Karte ausschrieb. Das Schild vor ihr verriet ihm, daß sie Miss Hepplewaite hieß.

Er faßte sie ins Auge und entschied, sie sei ein kluger Kopf, außerdem gut aussehend und tüchtig.

»Miss Hepplewaite?« Er zückte seine Marke. »Polizeidetektiv Lepski.«

Sie blickte nicht auf, sondern füllte weiter die Karte aus. Lepski konnte nicht wissen, daß sie an diesem Morgen eine Auseinandersetzung mit einem Polizisten wegen falschen Parkens gehabt und ein Protokoll bekommen hatte. In eben diesem Augenblick waren Miss Heppelwaite, einem Mädchen von ungemein starkem Charakter, alle Polizisten verhaßt.

Lepski wartete und trommelte mit den Fingern auf den Schaltertisch. Als sie die Karte ausgefüllt hatte, sah sie hoch, die graublauen Augen versteinert.

»Ich bin für Kubaner zuständig«, sagte sie. »Was meinten Sie, wer Sie sind?«

Lepski lockerte seinen Schlips.

»Detektiv Lepski, Stadtpolizei«, sagte er mit seiner Bullenstimme und zückte die Marke noch einmal.

»Was soll ich tun?« fragte sie. »Auf die Knie fallen und Sie anbeten?«

Ein gescheites Mädchen, dachte Lepski.

»Polizeisache, Miss Hepplewaite. Ich möchte feststellen, wo Anita Certes, wohnhaft Fish Road 27 in Seacomb, arbeitet.«

Sie betrachtete ihn feindselig.

»Weshalb?«

Lepskis Blutdruck stieg. Er hatte Lust, sie über den Schalter zu zerren und ihr den Hintern zu versohlen.

»Polizeisache«, wiederholte er. »Sie brauchen sich nicht den Kopf darüber zu zerbrechen, weshalb, Baby.«

»Nennen Sie mich nicht Baby! Ich könnte Sie wegen Beleidigung anzeigen!«

Lepski hatte allmählich genug.

»Klar, und ich könnte Sie wegen Behinderung der Polizeiarbeit festnehmen, Baby. Ich bearbeite einen Mordfall. Möchten Sie mit in die Zentrale kommen, damit wir uns dort auseinandersetzen können?«

Miss Hepplewaite musterte Lepskis hageres, hartes Gesicht und kam zu dem Schluß, daß genug genug war. Er sah aus, als würde er seine Drohung in die Tat umsetzen. Das letzte, wohin Miss Hepplewaite wollte, war die Polizeizentrale. Widerwillig streckte sie die Waffen.

»Wie war der Name?«

Lepski bedachte sie mit seinem harten Bullenlächeln.

»Anita Certes, Fish Road 27, Seacomb.«

»Sie werden verstehen, daß wir viele . . .«, begann Miss Hepplewaite in dem Versuch, ihre schwindende Würde aufzumöbeln.

»Anita Certes, Fish Road 27, Seacomb«, bellte Lepski.

»Ich schau mal.« Wütend auf sich selbst, weil sie sich von diesem Bullen hatte einschüchtern lassen, stampfte Miss Hepplewaite zu den Karteischränken. Sie nahm sich absichtlich Zeit, während Lepski auf den Schaltertisch trommelte und die Kubaner Augen und Ohren aufsperrten.

Schließlich kam sie mit einer Karte zurück.

»Die Frau arbeitet halbtags im Spanish Bay Hotel«, sagte sie. »Ihre Schichten gehen von zehn Uhr bis eins und wieder abends ab acht. Sie ist eine Putzfrau.«

Lepski bedachte sie mit einem anzüglichen Lächeln.

»Danke, Baby. Halten Sie die Beine über Kreuz«, warf er ihr noch zu und ging.

Ein kleiner, dünner Kubaner in der Mitte der Warteschlange redete leise mit seinem vor ihm stehenden Freund. »Halt mal frei für mich.« Dann ging er und machte sich auf die Suche nach einer Fernsprechzelle. Er war ein guter Bekannter von Anita Certes. Es gab nur einen Mann, der die Nachricht, daß Anita von der Polizei gejagt wurde, weitergeben konnte. Er rief Manuel Torres an.

Josh Prescott, der Hausdetektiv des Spanish Bay Hotels, bereitete sich auf seinen Nachtdienst vor. Er hatte geduscht, sich rasiert und war jetzt beim Anziehen. Ständig mußte er an diese fantastische, berückend schöne Krankenschwester denken. Er hatte -zig Mädchen gehabt, aber keine konnte sich mit ihr vergleichen. Für heute nacht waren sie verabredet. Der Gedanke, sie noch einmal ins Gebüsch zu kriegen, trieb seinen Blutdruck in rauschende Höhen. Als er sich den Schlips zurechtrückte, klingelte es an seiner Wohnungstür.

Lepski platzte herein.

»Hallo, Josh!«

»Was wollen Sie denn?« fragte Prescott. »Ich mache mich gerade fertig für den Dienstantritt.«

»Na, und?« Lepski setzte sich. »Eine Kubanerin arbeitet da im Hotel. Anita Certes. Sagt das Ihnen was?«

»Klar. Sie putzt halbtags. Was ist mit ihr?«

»Haben Sie von dem Vogel gelesen, der den Mietskassierer in der Fish Road erschossen hat?«

Prescott nickte.

»Anita Certes ist die Frau des Mörders. Ich möchte mit ihr reden.«

»Diese verdammten Kubaner machen doch dauernd Ärger.«

»Allerdings. Sage ich auch immer. Die Frau arbeitet von acht bis zehn, stimmt's?«

»Ja.«

»Also komme ich mal mit ins Hotel und rede mit ihr, hm?«

Prescott überlegte einen Moment, dann schüttelte er den Kopf.

»Sie betreut das Penthaus der Warrentons, Tom. Mein Chef würde aus der Haut fahren, wenn das Penthaus nicht betreut würde. Nein, um das richtig anzugehen, warten Sie, bis sie Feierabend hat. Ich sorge dafür, daß ich sie gleich nach zehn in mein Büro kriege. Dann können Sie mit ihr reden.«

Lepski, der Dulacs Einfluß in der Stadt kannte, hob die Schultern.

»In Ordnung, Josh. Ich bin kurz vor zehn in Ihrem Büro.«

»Ich hole sie Ihnen«, versprach Prescott.

Inzwischen war es 18 Uhr 30.

Lepski hatte Hunger. Carroll hatte ihm gesagt, sie würde ein neues Gericht zubereiten, sich aber geweigert, ihm zu verraten, was es sein würde. Wenn Carroll nicht Stunden am Telefon oder mit dem Besuch von Kaffeekränzchen zubrachte und mit ihren Freundinnen klönte, studierte sie Kochbücher. Immer fand sie irgendein neues kompliziertes Gericht, das unweigerlich mit einem Fiasko endete.

Lepski lebte in der Hoffnung, daß sie eines Tages eine Mahlzeit hervorbringen würde, die sie essen konnten, anstatt auf den Aufschnitt aus dem Kühlschrank zurückzugreifen.

Als er seine Haustür öffnete, überfielen ihn Schwaden von Angebranntem, und die lauten Flüche Carrolls dröhnten in seinen Ohren.

Er versuchte, ein verständnisvolles Lächeln zustandezukriegen, als er in die raucherfüllte Küche trat. Doch er sah eher aus wie ein Mann, der einem Horrorfilm entsprungen war.

Anita und Fuentes warteten über drei Stunden, bis Manuel zurück auf sein Schiff kam. Diese drei Stunden waren die schlimmsten, die Fuentes jemals erlebt hatte.

In der Kajüte war es erstickend heiß. Er rauchte ununterbrochen, lief rastlos herum, murmelte vor sich hin und war sich immerzu bewußt, daß die Frau, die wie ein Steingötze dasaß, ihn haßte.

Dann und wann warf er ihr einen unruhigen Blick zu. Sie starrte weiter auf ihre geballten Fäuste nieder, ihr Gesicht unter dem dichten, nach vorn fallenden schwarzen Haar halb verdeckt.

Als er Manuels tappende Schritte an Deck hörte, atmete er erleichtert auf. Da, und erst da, regte sich Anita. Sie hob den Kopf und blickte starr auf die Kajütentür. Doch ihr Gesicht war immer noch wie Stein.

Manuel kam herein und schloß die Tür. Er trat sofort an den Tisch und setzte sich gegenüber Anita.

»Gute Neuigkeit!« sagte er. Zur Koje gewandt, wo Fuentes saß, bat er: »Hol mir etwas zu trinken, mein Freund.«

Fuentes holte eine Flasche Rum aus einem Schrank und goß einen mächtigen Schluck in ein Glas.

»Anita, es tut mir leid, daß es so lange gedauert hat«, sagte Manuel. »Mein Freund im Krankenhaus war beschäftigt. Ich mußte warten.«

»Pedro?« fragte Anita belegt.

»Ja . . . Pedro.« Manuel nahm Fuentes das Glas ab und trank den unverdünnten Rum, seufzte und stellte das Glas auf den Tisch. »Schließlich bekam ich meinen Freund zu sprechen. Ich erklärte die Situation. Ich fragte ihn, ob Pedro eine Seereise unternehmen könne. Er meinte, wenn man alles richtig arrangieren würde, könnte Pedro mit uns kommen. Pedro kann schon im Bett sitzen. Er nimmt Nahrung zu sich, aber man darf nichts falsch machen.«

Fuentes saß auf der Koje und rieb sich das schwitzende Gesicht. Er wußte, daß Manuel log, aber er log überzeugend.

»Was muß denn gemacht werden?« fragte Anita.

»Mein Freund sagt mir, daß Pedro in einer Ambulanz vom Krankenhaus zu meinem Boot gebracht werden muß. Wenn er erst an Bord ist, kannst du dich seiner annehmen. Ihn ins Hotel zu bringen, kommt nicht in Frage. Man muß ihm auch die geringste Anstrengung ersparen.«

Anita sah auf ihre geballten Fäuste nieder, während sie nachdachte.

Fuentes spürte, wie ihm der Schweiß übers Gesicht lief. Dieses gottverfluchte Weibsstück! dachte er. Sie steht zwischen mir und einer Million Dollar!

Auch Manuel beobachtete Anita und dachte dabei, daß sie den Schlüssel zu fünf Millionen Dollar in der Hand hielt.

Hatte er sie mit seinen Lügen überzeugt?

Anita blickte auf.

»Wird die Polizei ihn auf das Boot kommen lassen?« fragte sie.

»Was sonst kann sie tun? Wir haben sie doch unter der Fuchtel«, sagte Manuel. »Es ist narrensicher. Wir holen uns die Warrentons. Wir haben zwei Bomben. Ich werde Dulac erklären, daß ich sein Hotel von meinem Boot aus zerstören kann, wenn Pedro nicht an Bord gebracht wird.«

Sie starrte ihn unverwandt an.

»Aber kannst du das auch?«

»Ja. Der Mann, der die Bomben gebaut hat, verdankt mir sein Leben. Er sagte mir, mit dem Gerät, das er mir gegeben hat, können die Bomben innerhalb eines Radius von zwei Meilen gezündet werden.«

Immer noch starrte ihn Anita unverwandt an.

»Zeig mir das Gerät.«

Manuel rutschte unbehaglich herum, aber unter ihrem harten, starren Blick erhob er sich, ging zu einem Spind und nahm einen schwarzen Kasten heraus.

»Das ist das Gerät«, sagte er. »Schau: es hat zwei Knöpfe. Ich drücke den oberen, und die kleine Bombe geht hoch. Ich drücke den unteren Knopf, und die große Bombe geht hoch. Dieses Gerät nehme ich mit.«

Anita starrte auf den schwarzen Kasten, der das Format einer Zigarettenpackung hatte.

»Wird es funktionieren?«

»Ja. Es wird funktionieren.«

Sie entspannte sich, lehnte sich zurück und lächelte Manuel an.

»Dann fahren Pedro und ich irgendwann heute nacht zusammen nach Havanna?«

»Ja.«

Sie streckte die Hand aus und legte sie auf seine.

»Mein guter Freund. Es heißt zu Recht, daß du ein Mann der Wahrheit bist und ein Freund meines Volkes. Dankeschön.«

Die Berührung ihrer Hand war wie sengend heißes Eisen, aber Manuel schaffte es, nicht zurückzuzucken. Fünf Millionen Dollar! Wer, zum Teufel, wollte als ein Mann der Wahrheit bekannt sein, wenn es so viel Geld abzusahnen gab?

»Also, es ist abgemacht«, sagte er und nahm die Hand fort, um sich am Bart zu kratzen. »Du öffnest die Türen, wir kidnappen die Warrentons, holen uns das Geld, und du bekommst Pedro.«

»Es ist abgemacht«, sagte Anita und sah ihm ins Gesicht. »Ich möchte eine Pistole.«

»Ich habe nur zwei Pistolen«, sagte Manuel nach einer Pause. »Eine für mich und die andere für Fuentes. Er und du werdet euch die Pistole teilen, wenn ihr euch in der Bewachung der Warrentons abwechselt.«

Anita saß still. Unter dem Schutz des Tisches fuhr ihre Hand zum Griff des Messers, das durch ihr schwarzes Sweatshirt verborgen war. Sie würde keine Pistole brauchen, wenn irgendetwas schiefging. Ein Messer war lautlos. Sie warf einen Blick auf Fuentes, der sie anstarrte. Diesen Mann haßte sie, und sie mißtraute ihm.

»Ich verstehe nichts von Waffen. Zeig mir die Pistole, die ich vielleicht gebrauchen muß.«

Manuel ging zu einem Spind und holte einen Plastikbeutel heraus. Ihm entnahm er einen 38er-Revolver.

»Es ist nichts dabei«, sagte er und reichte die Waffe Anita. »Er ist nicht geladen. Man hält die Waffe mit beiden Händen, zielt und drückt ab. Es ist wichtig, die Waffe mit beiden Händen zu halten.«

Anita musterte die Waffe nachdenklich, während beide Männer ihr zusahen. Dann wandte sie sich ab, nahm den Revolver in beide Hände und zog den Hahn durch. Das Schnappen des Schlagbolzens ließ sie zusammenzucken.

»Ja«, sagte sie und gab Manuel die Waffe zurück. »Ich verstehe.«

Manuel steckte die Waffe wieder in den Plastikbeutel und den Beutel in den Spind.

»Laßt uns was essen«, sagte er. »Wir müssen vielleicht zwei oder drei Tage in dem Penthaus bleiben. Da ist es klug, auf Vorrat zu essen.«

Während er eine Mahlzeit aus Fisch und Gemüse zubereitete, blieb Anita am Tisch und starrte herunter auf ihre Hände.

Fuentes stieg aus der Koje und ging zum Kücheneingang. Er hatte Anitas brütende Miene satt.

Manuel zwinkerte ihm zu, dann legte er seine dicken Finger an die Lippen, um Fuentes zu bedeuten, daß er nicht reden solle.

Schweigend nahmen sie die Mahlzeit ein. Als Anita das Geschirr abwusch, klingelte das Telefon. Manuel ergriff den Hörer, brummte seinen Namen und hörte nur zu. Schließlich sagte er: »Danke. Das war gut von dir. Ich kümmere mich um meine Freunde.« Danach legte er auf.

Fuentes konnte sehen, daß Manuel jetzt besorgt war. Sein markantes Gesicht war erstarrt. Als er sich an den Tisch setzte, rieb er sich den kahlen, schweißnassen Schädel.

Anita kam aus der Bordküche.

»Schlechte Nachricht«, sagte Manuel.

Anita straffte sich und wurde bleich.

»Pedro?«

»Nein. Sage ich dir nicht andauernd, daß Pedro wohlauf ist?« raunzte Manuel. »Denk doch nicht dauernd an ihn!«

»Ich habe nichts als meinen Mann, woran ich denken könnte. Was ist die schlechte Nachricht?«

»Die Polizei hat herausgefunden, daß du in dem Hotel arbeitest.«

Anita fuhr zurück, dann setzte sie sich an den Tisch.

»Was wird passieren?«

»Ich weiß nicht. Vielleicht wartet schon die Polizei auf dich. Sie werden dich befragen. Sie werden mit deinem Boss reden. Es ist eine gefährliche Situation.«

Anita überlegte, während Manuel und Fuentes sie beobachteten – beide in der Befürchtung, daß aus dem großen Geld nun doch nichts würde.

Anita sah hoch. Manuel wunderte sich über ihren ruhigen Gesichtsausdruck.

»Es wird schon gehen«, sagte sie. »Das Hotel hat Personal zuwenig. Ich bin die einzige, die weiß, wie das Penthaus zu betreuen ist. Heute abend kommt das Hotel nicht ohne mich aus. Die Befragung wird stattfinden, nachdem ich meine Arbeit getan habe. Da bin ich sicher, und dann wird es zu spät sein.« Sie stand auf. »Ich gehe jetzt. Ich habe keine Angst vor der Polizei. Genau um 12 Uhr 30 heute nacht schließe ich die Personaltür auf. Ich gebe dir mein Wort.«

Manuel starrte sie an und entspannte sich.

»Du bist eine feine, mutige Frau«, sagte er. »Wir werden genau um 12 Uhr 30 dort sein.«

»Es ist abgemacht, daß wir in etwa einem Tag mit Pedro nach Havanna fahren?«

»Es ist abgemacht«, sagte Manuel mit einem falschen Lächeln. Anita sah ihn direkt an.

»Ich vertraue dir«, sagte sie. »Ihr nehmt euch das ganze Geld. Ich will nur Pedro.«

Als sie gegangen war, entstand ein langes, unbehagliches Schweigen. Dann sagte Fuentes: »Die Frau macht mir Angst. Sie ist gefährlich. Sie darf keinen Revolver bekommen.«

Manuel schüttelte den Kopf.

»Das ist gar keine Frage.« Er zog etwas aus seiner Hüfttasche, das wie eine schwarze Wurst aussah. Diesen Gegenstand legte er auf den Tisch. »Ich habe eingehend darüber nachgedacht, seit ich euch allein ließ. Pedro liegt im Sterben. Es gibt keine andere Lösung. Ich bedaure es, doch wir müssen die Polizei aus der Sache heraushalten. Anita erwartet, daß ich dem Hotelier drohe, damit er den Bürgermeister überredet, ihren Mann freizulassen. Sie wird dabeistehen, während ich mit Dulac rede. Wenn ich das tue, wird Dulac die Polizei verständigen. Das aber müssen wir vermeiden. Ich bin sicher, daß wir ohne Pedro das Geld bekommen. Davon bin ich wirklich überzeugt, aber Anita muß ausgeschaltet werden.« Er ergriff den wurstförmigen Gegenstand. »Ein kleiner Schlag damit auf ihren Kopf, und sie stellt kein Problem mehr dar. Sie wird dabei nicht verletzt. Ich weiß genau, wie man mit einem Sandsack zuschlägt.« Er nahm eine Kleberolle aus seiner Tasche. »Sowie sie uns in das Penthaus gelassen hat, versetze ich ihr einen leichten Schlag. Wir fesseln und knebeln sie und schaffen sie hinaus auf die Terrasse. Bedauerlicherweise gibt es keinen anderen Weg. Wenn wir das Geld bekommen, lassen wir sie frei. Falls sie sich damit abfindet, daß Pedro so gut wie tot ist und nicht mit uns kommen kann, sie selbst aber bereit ist, mit uns zu fahren, dann gebe ich ihr etwas Geld. Sollte sie dumm sein, dann werde ich ihr bedauerlicherweise noch einen Schlag versetzen müssen, und wir lassen sie dort. Bis dahin haben wir das Geld und Warrenton als Geisel. Was kann sie, was die Polizei unternehmen? Eine andere Lösung gibt es nicht.«

Über Fuentes' Gesicht begann der Schweiß zu laufen. Erschrocken starrte er auf den schwarzen Sandsack, den Manuel in der Hand hielt.

Er überlegte haarscharf. Dabei stellte er sich die Situation mit Manuel und Warrenton, der Geisel, auf dem Boot mit Kurs auf Havanna vor.

»Ich weiß genau, wie man mit einem Sandsack zuschlägt.« Diese Worte Manuels gingen ihm nicht aus dem Sinn.

Stand ihm das auch bevor? Dann die Haie?

Manuel betrachtete ihn.

»Was liegt dir auf dem Herzen, mein Freund?« fragte er.

Mein Freund? Dieser Mann der Unwahrheit bezeichnet mich als seinen Freund, dachte Fuentes.

»Ich denke an das Geld«, sagte er mit einem gezwungenen Lächeln.

108

»Ich dachte daran, was es für mich bedeuten würde, eine Million Dollar zu besitzen.«

»Ja«, sagte Manuel ruhig, »aber erst müssen wir das Geld kriegen, mein Freund. Ist es nicht so?«

In Fuentes schwerfälligem Hirn erwachte ein Gedanke. Er würde ja einen Revolver haben. Er würde Manuel während der Reise nach Havanna nicht aus den Augen lassen. Wenn sie sich den Lichtern des Hafens näherten, würde er Manuel abschießen. Er hatte genug Erfahrung mit Booten, um das Boot in den Hafen zu bringen. An Bord wären fünf Millionen Dollar! Dann würde er Warrenton erschießen, am Kai anlegen und mit dem enormen Lösegeld verschwinden!

Das mußte noch überdacht werden, aber er hatte Zeit.

Fünf Millionen Dollar!

Sein Gesicht hellte sich auf, als er sagte: »Ja, du hast recht. Erst müssen wir das Geld kriegen.«

Ed Haddon saß am Ecktisch des Fisch-Restaurants, als Bradey zu ihm stieß.

Der Ober lungerte herum.

»Nimm die Currygarnelen«, sagte Haddon. »Sie sind gut.«

Bradey gab den Currygarnelen seinen Segen. Haddon bestellte noch einen trockenen Martini für sich und einen Scotch on the Rocks für Bradey.

Sobald der Ober sie alleingelassen hatte, sah Haddon forschend Bradey an.

»Was gibt's Neues?«

»Wir drehen das Ding heute nacht«, sagte Bradey. »Todsichere Sache, wie es aussieht. Erst den Safe, dann die Warrenton-Diamanten. Also wie geht's dann weiter?«

»Du hast deinen Teil völlig geklärt?«

»Ich sage dir doch: es ist todsicher.«

»Ich habe meinen Teil auch klar«, sagte Haddon. »Lu, wir nähern uns in Windeseile dem großen Coup.«

Zwei Kellner erschienen und servierten die Currygarnelen. Haddon sah an Bradeys Gesichtsausdruck beim Mustern seines Tellers, daß eine Fortsetzung des Geschäftsgesprächs nur Zeitverschwendung wäre.

Schweigend aßen die beiden Männer. Dann und wann gab Bradey einen beifälligen Summton von sich. Als er schließlich fertig war, wischte er sich mit seiner Serviette den Mund ab und lächelte.

»Das, Ed, war verteufelt gut.«

»Kannst du deinen gierigen Verstand jetzt dem Geschäftlichen zuwenden?« fragte Haddon.

»Essen wir noch den Apfelkuchen«, sagte Bradey. »Ich bin verrückt auf Apfelkuchen.«

Haddon zuckte die Achseln. Er bestellte zwei Stücke Apfelkuchen. Während sie warteten, stocherte Bradey in seinen Zähnen und summte leise vor sich hin. Haddon bezähmte seine Ungeduld mit Mühe.

Erst als Kaffee und Brandy serviert waren, wurde Bradey empfänglich.

»Wie erwähnt, ist auf meiner Seite alles klar«, sagte Haddon. »Ich habe mit Kendrick gesprochen. Er übernimmt die ganze Ware. Jetzt weiß ich, daß du heute nacht das Ding drehst. Ich gebe ihm Bescheid, daß er seinen Laufbuben um zwei zu deinem Pavillon schickt. Du holst das Zeug und kehrst in den Pavillon zurück. Kendricks Schatten übernimmt die Beute, und damit hören für dich die Probleme auf. Kendrick sagt mir, er verstaut das Zeug, wo es kein Mensch findet. Wenn die Aufregung sich legt, verkauft er den Kram. Es dauert vielleicht zwei Monate, bis wir das Geld kriegen, aber nicht länger.«

Bradey verzog das Gesicht.

»Was wird, wenn Kendrick nun behauptet, er habe die Beute nie gesehen? Ich traue der fetten Schwuchtel nicht.«

Haddon lächelte grimmig.

»Kein Problem, Lu. Ich weiß genug über Kendrick, um ihn aus dem Geschäft und ins Gefängnis zu werfen. Wir bekommen das Geld.«

Bradey nickte.

»Okay. Wenn du es sagst, Ed, dann kriegen wir das Geld.«

»Sobald du die Beute übergeben hast, setzt du dich wieder in den Rollstuhl. Du bleibst noch zwei Tage im Hotel. Es wird eine Überprüfung geben, aber dich werden die Bullen nicht mal verdächtigen. Deine Papiere sind narrensicher. Nach zwei Tagen reist du ab. Okay?«

»Ja. Das ist okay. Und mein Geld, Ed?«

»Kendrick zahlt deinen Anteil in zwei Monaten auf deine Schweizer Bank.«

»Was ist mit Bannions Geld – Fünfzigtausend?«

»Er wird auch warten müssen.«

»Hör mal, Ed«, sagte Bradey ernst. »Der Bursche braucht das Geld wirklich. Er hat unheilbaren Krebs und für ein schwachsinniges Kind zu sorgen. Damit er sich wirklich einsetzt, möchte ich ihm versprechen, daß er seinen Teil kriegt, sobald das Ding gelaufen ist. Legst du das Geld vor?«

»Was soll denn das heißen? Wem liegt daran? Wenn du so denkst, Lu, dann streck du ihm das Geld vor«, knurrte Haddon.

»Würde ich, wenn ich's hätte, aber ich scheine nie Geld zu haben«, sagte Bradey. »Nun komm schon, Ed. Was sind für dich fünfzigtausend? Versauen wir uns wegen fünfzigtausend doch nicht diese tolle Kiste. Ich will Bannion versprechen, daß er entlohnt wird, sowie die Sache gelaufen ist, und ich möchte das Versprechen halten.«

»Auf meine Kosten?«

»Du kriegst acht Millionen, womöglich mehr. Verdammt nochmal, Ed, sei ein Mensch!«

Haddon grübelte, dann zuckte er die Achseln.

»In Gottes Namen!« Er grinste Bradey an. »Du könntest einem Huhn ein Ei verkaufen. Okay, wenn Bannion gute Arbeit leistet, wenn du die Warrenton-Diamanten kriegst, wenn du die Beute aus den Kassetten kriegst, dann gebe ich dir fünfzigtausend für Bannion.«

Bradey lächelte.

»Abgemacht, Ed.« Er stieß seinen Stuhl zurück und stand auf. »Bannion wird gute Arbeit leisten und ich genauso. Danke für ein großartiges Essen. Bis dann«, sagte er und verließ das Restaurant, stieg in seinen Wagen und fuhr zurück zum Spanish Bay Hotel.

7

Maria und Wilbur Warrenton kehrten kurz nach 9 Uhr in die Penthaus-Suite zurück. Sie hatten den Nachmittag mit Wellenreiten verbracht, und Wilbur war angenehm entspannt. Er freute sich auf ein ruhiges Abendessen im Restaurant des Hotels und einen Spaghetti-western, da er den Rest des Abends vor dem Fernseher zu verbringen gedachte. Seine Hoffnungen wurden zerschmettert, als Maria sagte: »Hol bitte meine Edelsteine. Ich bin in Spiellaune. Ich spüre, daß ich eine Glückssträhne habe. Wir essen im Kasino zu Abend, und danach spielen wir.«

Vorbei mit dem Spaghettiwestern, dachte Wilbur; doch er sagte: »Aber Maria, ich dachte, wir hätten uns geeinigt, daß du deine Diamanten nicht außerhalb des Hotels trägst.«

Stirnrunzelnd hob Maria die Brauen.

»Wenn ich meine Edelsteine tragen möchte, dann trage ich sie! Warum habe ich sie denn?«

»Die Stadt ist voller hungerleidender Kuba-Flüchtlinge«, sagte Wilbur geduldig. »Deine Diamanten sind eine große Versuchung. Wir könnten überfallen werden.«

»Sei doch nicht so albern! Ich trage meine Edelsteine! Wir gehen um halb neun. Du solltest dich besser umziehen«, sagte sie unmißver-ständlich. Sie ging in ihr Zimmer und knallte die Tür zu.

Wilbur überlegte sekundenlang. Dann trat er an den Safe, drehte das Kombinationsschloß, öffnete die Tresortür und nahm einen ledernen Schmuckkasten heraus. Er legte ihn auf ein Tischchen, nachdem er den Safe wieder verschlossen hatte. Anschließend ging er zum Telefon und rief in Jean Dulacs Büro an.

»Hier ist Warrenton«, sagte er, als eine Frau sich meldete. »Ich würde gerne mit Monsieur Dulac sprechen.«

»Selbstverständlich, Mr. Warrenton.« Die Verbeugung in ihrer

Stimme gefiel ihm. Einen Moment darauf kam Dulac in die Leitung.
»Guten Abend, Mr. Warrenton. Kann ich etwas für Sie tun?«

»Wir gehen ins Kasino«, sagte Wilbur. »Mrs. Warrenton wird ihre
Diamanten tragen.«

Dulac, der eine unheimliche Begabung hatte, die Wünsche seiner
reichen Kunden vorauszusehen, sagte: »Ich verstehe, Mr. Warrenton.
Sie hätten gerne eine fähige Leibwache zu Ihrer Begleitung. Das stellt
kein Problem dar. Um welche Zeit möchten Sie gehen?«

»Ungefähr halb neun«, sagte Wilbur, verdutzt darüber, daß Dulac
die Situation augenblicklich erfaßt hatte.

»Dann wird um halb neun ein zuverlässiger Leibwächter in der
Halle auf Sie warten. Ich rufe Mr. Hendrick, den Leiter des Kasinos,
an. Eine Leibwache wird bei Ihnen sein, während Sie sich im Kasino
aufhalten, und sie wird Sie zurück nach hier begleiten. Sind Sie damit
zufrieden?«

»Das kann man wohl sagen, und vielen Dank, Monsieur Dulac. Sie
führen ein großartiges Hotel«, sagte Wilbur, und er meinte es ernst.

»Es ist mir ein Vergnügen, Ihnen dienlich zu sein, Mr. Warrenton«,
sagte Dulac geschmeichelt. »Einen recht schönen Abend«, und er
legte auf.

Josh Prescott hatte gerade im Personalrestaurant ein Abendessen
aus Steak und gebratenen Zwiebeln zubereitet, als ein Page zu ihm
stürzte und ihm sagte, sein Boss wolle ihn sprechen, aber fix.

Leise fluchend eilte Prescott in Dulacs Büro. Es war jetzt 19 Uhr 30.

»Sie werden Mr. und Mrs. Warrenton als Leibwache dienen«, erklärte ihm Dulac. »Die beiden wollen ins Kasino, und Mrs. Warrenton
trägt ihre Diamanten. Ich habe mit dem Kasinoleiter vereinbart, daß
ein Mann Sie dort ablöst. Wenn Sie Mr. und Mrs. Warrenton sicher
zum Kasino gebracht haben, kommen Sie hierher zurück und nehmen
Ihre Pflichten wieder auf.«

»Ja, Sir«, sagte Prescott hölzern und dachte: Diese verdammten
reichen Biester! Daß die mit ihren verflixten Diamanten immer so
angeben müssen!

»Sie gehen um halb neun«, fuhr Dulac fort. »Erwarten Sie sie in der
Halle. Daß Sie um acht dort sind. Man darf sie nicht warten lassen.«

Prescott fiel ein, daß er vorhatte, mit Anita Certes zu reden, wenn
sie zur Arbeit kam. Dadurch, daß er um acht in der Halle sitzen
mußte, würde er sie verpassen.

»Sir«, sagte er. »Sie sollten wissen, daß wir eine Halbtagskraft
haben, die Mr. Warrentons Suite versieht. Es ist eine Kubanerin. Ihr
Mann wird wegen Mordes in Haft gehalten.«

Dulac fuhr zusammen. Jemand von seinem Personal die Frau eines
Mörders!

»Es geht nicht, daß so eine Frau hier arbeitet«, sagte er. »Wie heißt
sie?«

»Anita Certes, Sir.«

»In Ordnung, Prescott. Überlassen Sie das mir.«

Als Prescott das Büro verließ, rief Dulac seinen Personalchef an. Dieser stöhnte, als ihm Dulac sagte, er solle Anita Certes sofort entlassen.

»Nicht heute abend, Sir«, bat er. »Ich habe kein Personal frei, das sie ersetzen kann. Sie leistet gute Arbeit. Darf ich vorschlagen, daß ich morgen früh mit ihr rede? Dann ist es mir vielleicht möglich, sie zu ersetzen.«

»Nun gut«, sagte Dulac, »aber loswerden müssen wir sie.«

Während diese Unterhaltung stattfand und während Prescott in seinem Büro seinen Revolver prüfte, bevor er sich in der Hotelhalle niederließ, um auf die Warrentons zu warten, traf Anita ein. Sie kam frühzeitig, in der Hoffnung, daß die Polizei nicht schon im Hotel wäre. Niemand sah sie, als sie die Personaltür aufschloß, sie zuzog und wieder absperrte. Lautlos und schnell ging sie in den Damenwaschraum und schloß sich in einer Toilette ein.

Sie setzte sich auf den Deckel der Toilettenbrille und richtete sich auf eine lange Wartezeit ein. Sie hatte nicht die Absicht, hinauf in die Penthaus-Suite zu fahren. Es war immerhin möglich, daß die Polizei oder Prescott da oben warteten. Sie würde bis halb eins ausharren, dann die Personaltür aufschließen und Manuel und Fuentes hoch ins Penthaus bringen müssen. Als sie darüber nachdachte, kam sie zu dem Schluß, daß die Polizei in Prescotts Büro warten würde, bis sie mit ihrer Arbeit fertig wäre. Das Spanish Bay Hotel, darüber war sie sich im klaren, würde es nicht dulden, daß umherstreifende Bullen die Reichen und Verwöhnten erschreckten.

Im Halbdunkel saß sie da und dachte an ihren geliebten Pedro. Wie schön würde es sein, wenn sie zusammen auf dem Boot wären, auf dem Weg in seine Heimat! Sie sehnte sich danach, ihn in den Arm zu nehmen und ihn zu trösten. Sie war sicher, daß sie ihn, wenn er erst bei ihr war, wieder gesundpflegen könnte. Sie würde auf den Zuckerrohrfeldern schuften und Geld verdienen. Er konnte im Haus seines Vaters im Bett liegen, bis er gesund genug war, an ihrer Seite mitzuarbeiten.

Sie glitt von der Toilette herunter und auf die Knie. Sie begann dafür zu beten, daß sie und Pedro in wenigen Tagen vereint sein würden.

Während sie betete, entschlief Pedro Certes aus einem schmerzgeplagten Leben in einen friedvollen Tod.

Bradey, Maggie und Bannion saßen im Pavillon und besprachen allerletzte Details für das nächtliche Unternehmen.

Bradey hatte Bannion erklärt, er habe mit dem großen Boss geredet.

»Wir kassieren die Beute, Mike«, sagte er, »und Sie bekommen fünfzigtausend Dollar. Sie müssen vielleicht zwei Tage warten, aber nicht länger.«

Bannion krümmte seine wuchtigen Schultern.

»Das ist eine tolle Nachricht«, sagte er.

Maggie tätschelte seine Hand.

»Es freut mich für Sie, Mike.« Sie sprach aus ihrem empfindsamen Herzen. »Ich hoffe wirklich, daß für Ihre kleine Tochter alles gutgeht. Damit ist es mir ganz ernst.«

Bannion hatte drei Schmerztabletten genommen. Obwohl er keine Schmerzen spürte, war er besorgt. Er bewegte sich nicht so locker wie sonst. Er merkte, daß seine Füße schleppten. Ihm fehlte die Elastizität. Er hatte den Verdacht, daß es nun doch schneller mit ihm zu Ende ging, als er geglaubt hatte.

»Sie haben einen Smoking bei sich, Mike?« fragte Bradey.

»Er ist parat.«

»Ich werde Ihr Gesicht so herrichten, daß Sie niemand erkennt«, fuhr Bradey fort. »Wir gehen beide gegen 2 Uhr ins Hotel. Niemand wird auf uns achten. Falls irgend jemand uns in den Weg kommt, legen Sie ihn mit dem Pfeil um. Denken Sie dran, der Schuß muß ins Fleisch gehen: Hand, Gesicht oder Hals. Die Warrentons könnten zu der Zeit, in der wir ins Penthaus kommen, dort sein. Sie betäuben sie. Die Sache dürfte nicht mehr als vierzig Minuten dauern. Wir kommen wieder her, übergeben die Beute dem Mann, den der Boss schickt, und rühren uns zwei Tage lang nicht vom Fleck. Sie kriegen Ihr Geld, und wir sagen uns Lebewohl. Einverstanden?«

Bannion nickte.

»Sie können sich auf mich verlassen.«

»Ich weiß, daß ich das kann. Ich weiß, was dieser Job Ihnen bedeutet.« Bradey wandte sich an Maggie. »Dir, Liebes, brauche ich nicht noch einmal zu sagen, was du zu tun hast. Du hältst uns den Hotelschnüffler vom Leib. Aber eins noch, und damit hast du Feierabend: Geh ins Restaurant und sag dem Oberkellner, daß ich mich unwohl fühle und nicht zum Essen komme.«

Maggies Augen wurden groß vor Bestürzung.

»Oh, Keule! Du fühlst dich unwohl?«

»Das sollst du ihm sagen!« raunzte Bradey. »Mir geht's prima! Wenn die Polizei mit der Überprüfung anfängt, soll sie wissen, daß ich kränkelnd im Bett lag. Kapiert?«

Maggie war Sekunden sprachlos, dann lächelte sie.

»Wie raffiniert. Im ersten Schrecken dachte ich . . .«

»Schon gut. Du solltest nicht denken, Maggie. Es bekommt deinem Verstand überhaupt nicht. Wenn du in das Restaurant gehst, schau mal nach, ob die Warrentons da essen. Versuch herauszukriegen, ob sie heute abend irgendwo auswärts sind.«

»Ja, Schatz.« Maggie warf Bradey einen bangen Blick zu. »Kann ich in dem Restaurant essen?«

»Du kannst dich blind vollschlagen«, sagte Bradey. »Nimm, was da ist.«

Maggie quiekte vor Entzücken.

Während sie sich unterhielten, dachte Bannion an seine Tochter Chrissy. Er hatte zweimal in dem Heim angerufen, seit er in Paradise City war. Die verantwortliche Schwester war freundlich und voll guter Worte gewesen. Chrissy sei glücklich, sagte sie ihm, würde ihn aber vermissen und ständig fragen, wann sie ihn denn wiedersähe. Bannion erinnerte sich an jene Wochenenden, als er immer bei Chrissy war, und fühlte einen Stich im Herzen. Er sagte der Schwester, es würde nicht mehr lange dauern. Sie versprach, es Chrissy auszurichten.

Eine halbe Stunde später ging Maggie in ihrem besten Partydreß, anzusehen wie eine Ausreißerin von der Crazy Horse Revue in Paris, in die Hotelhalle.

Sie sah Josh Prescott mürrisch in einem Sessel abseits der schnatternden Menge sitzen. Sie strich an ihm vorbei, schwang die Hüften und schenkte ihm ihr schärfstes Lächeln. Dann trat sie in das Restaurant.

Der Ober kam auf sie zu, während die älteren Herren, die schon beim Essen waren, innehielten, sie ins Auge faßten und sich wünschten, zwanzig Jahre jünger zu sein.

»Guten Abend, gnädige Frau«, sagte der Ober. »Mr. Vance ist nicht bei Ihnen?«

»Dem armen alten Mann geht's nicht gut«, antwortete Maggie, die großen Augen kummervoll. »Er hat manchmal Krisen, bestand aber darauf, daß ich essen gehe. Er ist so gütig.«

»Darf ich ihm ein Tablett schicken, gnädige Frau?« fragte der Ober, als er Maggie zu dem Ecktisch geleitete.

Maggie hielt inne. Sie sah die Warrentons in die Halle kommen. Sie sah, wie Prescott hastig aufstand und zu ihnen stieß. Sie sah die Diamanten. Dann verschwanden die Warrentons und Prescott außer Sicht.

»Darf ich Mr. Vance ein Tablett schicken? Irgend etwas ganz Leichtes?« fragte der Ober noch einmal.

»Nein, danke. Mr. Vance schläft. Ich habe ihm ein Beruhigungsmittel gegeben.« Sie setzte sich an den Tisch. »Waren das nicht Mr. und Mrs. Warrenton, die gerade fort sind?«

»Ja, gnädige Frau. Sie verbringen den Abend im Kasino«, erwiderte der Ober und klappte die umfangreiche Speisekarte auf. »Vielleicht darf ich Ihnen einiges empfehlen.« Er fand, daß diese Krankenschwester die bezauberndste, verführerischste Frau sei, die je in das Hotel gekommen war.

Maggie unterdrückte ein aufgeregtes Quieken. Sie warf ihm ihren

115

großäugigen, hilflosen Blick zu.

»Würden Sie das tun?« sagte sie. »Ich habe Hunger.«

Im Kasinorestaurant hatte Maria Warrenton einen sensationellen Auftritt, als sie, begleitet von Wilbur und dem Oberkellner, über den roten Teppich des von Tischen gesäumten Mittelgangs zu dem besten Tisch im Saal ging.

Die reichen Leute aßen schon. Das Dinner wurde im Kasino früh serviert. Das Hauptinteresse galt den Roulettetischen. Man beeilte sich stets, das Essen hinter sich zu bringen und zum eigentlichen Kern des Abends zu kommen.

Für viele der reichen Leute war es das erste Mal, daß sie die sagenhaften Warrenton-Diamanten sahen. Die Männer musterten zuerst Maria, dann die Diamanten und beneideten Wilbur. Die Frauen hatten nur Augen für das glitzernde Kollier, die Ohrringe und die Armbänder.

Maria war ganz besonders schwierig, wenn sie ihr Abendessen aussuchte. Mitunter konnte Wilbur, der mit einem guten Steak immer zufrieden war, nur schwer seine Ungeduld zügeln, da Maria stets darauf bestand, sich jede Einzelheit auf der Karte von unterwürfigen Obern aufschlüsseln zu lassen. Jetzt, wo ihr klar war, daß jede Frau im Saal sie beobachtete, legte sie die gereizte Arroganz eines verwöhnten Filmstars an den Tag.

Wilbur dachte: »Na ja, es sind ihre Flitterwochen. Laß ihr den Spaß. Ich hoffe zu Gott, daß sie sich nicht so benimmt, wenn wir nach Hause kommen!«

Josh Prescott, der mit dem Kasinodetektiv gesprochen und von ihm die Zusicherung erhalten hatte, daß er in der Nähe der Warrentons bleiben und sie zurück zum Hotel bringen würde, entschied, daß er seine Schuldigkeit getan hatte.

Er nahm ein Taxi zum Hotel und wandte seine Gedanken Maggie zu. Er sah auf seine Uhr. Es war jetzt neun. Mit Maggie war er um Viertel nach zwei verabredet. Er mußte noch über fünf Stunden warten! Maggie hatte ihn wirklich angemacht. Seine Gedanken waren so mit ihr beschäftigt, daß er Anita Certes ganz vergaß. Nicht einmal, als er seinen Rundgang durch die Hotelkorridore antrat, fiel sie ihm ein. Ständig prüften seine Augen die langsame Bewegung des Stundenzeigers seiner Armbanduhr. Er konnte nur an den Augenblick denken, wo er und Maggie auf dem weichen Rasen liegen würden, verborgen durch blühende Sträucher.

Aus dem Plastikbeutel holte Manuel zwei Revolver vom Kaliber 3.8 hervor und legte sie auf den Tisch.

»Die Zeit vergeht«, sagte er. »Wir dürfen uns nicht verspäten. Geh vorsichtig mit dieser Waffe um«, und er schob einen der Revolver zu

Fuentes hinüber. »Denk dran, daß es keine Schießerei geben soll. Die Sache kann ohne Einmischung der Polizei abgewickelt werden.« Er starrte Fuentes ruhig an. »Verstehst du? Wir schießen nur, wenn alles ganz schiefgeht.«

Fuentes befeuchtete seine trockenen Lippen, als er die Waffe annahm.

»Ich verstehe.«

»Es mag drei oder vier Tage dauern, bis der alte Warrenton das Lösegeld präsentiert«, fuhr Manuel fort. »Ich werde mit Dulac reden müssen. Wir brauchen ja alle etwas zu essen, während wir warten. Er wird nicht wollen, daß seine Küche zerstört wird, also wird er kooperieren. Wir beide wechseln uns mit Schlafen ab. Die Warrentons müssen gefesselt werden. Anita muß ebenfalls gefesselt und geknebelt werden. Leicht wird es nicht, mein Freund. Aber fünf Millionen Dollar zu verdienen kann niemals leicht sein.«

»Eine Million für mich, und vier für dich«, sagte Fuentes schnell.

»Ja. Das ist richtig.« Manuel lächelte, aber bei näherem Hinschauen sah Fuentes, daß das Lächeln nicht die schwarzen, steinartigen Augen mitnahm.

»Wenn wir drei oder vier Tage in dem Penthaus bleiben müssen, muß man diesen Leuten doch zu essen geben. Außerdem müssen sie sich doch erleichtern«, sagte Fuentes.

»Das Hotel wird das Essen stellen. Im Penthaus wird es Toiletten geben.«

»Wenn Anita sich von dem Schlag erholt«, sagte Fuentes, »wird sie gefährlich sein. Kann man ihr die Hände losbinden?«

»Das ist etwas, womit wir uns befassen, wenn wir alle miteinander in dem Penthaus sind«, sagte Manuel. »Schlag dich nicht mit Kleinigkeiten herum. Du mußt alles Nähere mir überlassen, mein Freund.«

Fuentes zuckte die Achseln.

»Ich bin ihretwegen nervös. Sie ist gefährlich.«

Manuel lächelte erneut. Es war ein böses Lächeln.

»Ich bin noch gefährlicher, mein Freund.«

Die zwei Männer starrten sich an. Fuentes spürte, daß ihm ein kalter Angstschauer über den verschwitzten Rücken lief.

Das Klingeln des Telefons ließ beide Männer zusammenzucken.

Manuel stand auf, ging zum Telefon hinüber und nahm den Hörer ab.

»Torres«, sagte er. Dann hörte er zu. Fuentes befingerte den Revolver und dachte, daß er dank dieser Waffe mit Manuel schon fertig werden könne. Die Kälte des Kolbens gab ihm Selbstvertrauen.

Manuel sagte in die Telefonmuschel: »Danke, mein Freund. Du wirst schon bald belohnt werden«, und er legte auf. Er drehte sich um und lächelte Fuentes an. »Wenn man Geduld hat, lösen sich die meisten Probleme von selbst«, sagte er. »Mit Anita haben wir jetzt

117

kein Problem mehr. Mein Freund im Krankenhaus sagte mir gerade, daß Pedro vor einer halben Stunde gestorben ist.«

Fuentes straffte sich.

»Er ist tot?« Sein Gesicht hellte sich auf. »Das hört man gern!« Er überlegte, während Manuel ihn beobachtete. »Wenn sie es weiß, läßt sie uns vielleicht nicht in das Penthaus.«

»Sie weiß es nicht. Sie ist schon im Hotel und wartet auf uns. Wenn wir in das Penthaus kommen, werde ich ihr sagen, daß Pedro einen Rückfall hatte und gestorben ist. Da kann sie nichts mehr machen. Wir werden im Penthaus sein. Die Polizei sucht nach ihr. Sie muß mit uns kommen. Ich werde ihr sogar etwas Geld abgeben.«

»Vielleicht glaubt sie, du lügst«, sagte Fuentes unruhig. »Nimm mal an, sie denkt, Pedro ist nicht gestorben. Dann könnte sie gefährlich sein.«

Manuel ging zu einem Spind und holte ein winziges Transistorradio heraus, das er in seine Tasche steckte.

»Ich brauche es ihr nicht einmal selbst zu sagen. Es wird in den Nachrichten kommen. Wir beide werden genauso überrascht sein wie sie.« Er steckte den Revolver und eine Handvoll Patronen in seine andere Tasche. »Wenn sie hysterisch wird, versetze ich ihr einen kleinen Schlag. Das Glück ist mit uns, Freund. Jetzt fahren wir zum Hotel.«

Manuel ging zuerst, dann folgte ihm Fuentes. Sie gingen über den belebten Kai zu Manuels Wagen.

Als Manuel den Motor anließ, tätschelte er Fuentes den Arm.

»Alles läuft«, sagte er. »Bald, mein Freund, werden wir reich sein.«

Während Manuel vom Kai abbog, befingerte Fuentes seinen Revolver.

Um 21 Uhr 45 fuhr Lepski, begleitet von Max Jacoby, zum Seiteneingang des Spanish Bay Hotels. Beide Männer waren übler Laune. Carroll hatte erwartet, an diesem Abend ausgeführt zu werden. Lepski, der sich keinen Geburtstag, nicht einmal seinen Hochzeitstag, je merken konnte, hatte vergessen, daß heute der Jahrestag ihrer ersten Reise nach Europa war. Obwohl die Reise ein Fiasko gewesen war, hatte Carroll entschlossen gesagt, sie wolle mit ihm in ein anständiges Restaurant und sich an die wenigen schönen Episoden erinnern, die sie erlebt hatten. Lepski, der Carrolls Reden kaum jemals zuhörte, hatte sein Einverständnis gemurmelt und die Abmachung sofort wieder vergessen. Er war in der Erwartung seines Abendbrots ins Haus gefegt und erstaunt gewesen, als er Carroll in der Badewanne fand.

»He, Baby!« brüllte er. »Was gibt's zu Abend?«

»Wir essen auswärts, Lepski«, sagte Carroll kalt und funkelte ihn an. »Wir sind verabredet.«

Lepski schloß die Augen. Jetzt fiel ihm ein, daß es irgend etwas zu feiern gab.

»Sieh mal, Liebes«, sagte er mit seiner schmeichlerischsten Stimme. »Ich habe einen Kriminalfall. Ich werde noch ein paar Stunden weg müssen. Ich muß die Frau dieses Mietkillers verhören. Wie wär's mit einem Abendbrot?«

Er bekam einen seifigen Schwamm mitten ins Gesicht.

Er und Jacoby aßen einen Schnellimbiß-Hamburger, wobei Lepski sich Jacobys Klagen darüber anhörte, daß er eine offenbar willige Blondine hatte vertrösten müssen. Auf der Fahrt zum Spanish Bay Hotel sagten beide nichts. Lepski parkte den Wagen und ging voran zu Josh Prescotts Büro, wo alles dunkel war. Sie machten Licht, nahmen sich zwei Stühle, zündeten sich Zigaretten an und warteten.

In mürrischem Schweigen saßen sie da. Lepski überlegte sich, wie er Carroll besänftigen könnte, wenn er nach Hause kam. Wenn Carroll sauer war, konnte sie überaus schwierig sein. Vielleicht würde er nach dem Gespräch mit dieser verflixten Kubanerin im Blumenladen des Hotels, der bis lange nach Mitternacht geöffnet war, einen großen Blumenstrauß kaufen. Ein Strauß erlesener Blumen aus dem Spanish Bay Hotel als Mitbringsel würde Carroll zweifellos beschwichtigen. Dann dachte er daran, was der Strauße kosten würde und fuhr zusammen. Nun, vielleicht kein Strauß. Er würde eine einzelne Rose erstehen, hübsch verpackt in einem Geschenkkarton. Jacoby dachte traurig daran, daß seine blonde Anvisierte viele Männerbekanntschaften hatte. Er konnte sie für immer verlieren.

Derart vertieft in ihre Sorgen, entglitt den beiden Detektiven die Übersicht über die Zeit. Plötzlich sah Lepski, dem die Zigaretten ausgegangen waren, auf seine Armbanduhr. Es war 22 Uhr 30, inzwischen. Er sprang auf die Füße.

»Was ist denn da los?« rief er. »Josh sagte, er hätte die Frau um zehn hier. Jetzt ist es halb elf.«

»Vielleicht wird er aufgehalten oder so was«, brachte Jacoby vor. »Wenn du eine Zigarette willst, nimm eine von mir.«

»Ich suche ihn mal«, sagte Lepski. »Bleib du hier für den Fall, daß er auftaucht.«

Er wanderte zum Schalter des Nachtportiers. Mehrere Männer und Frauen in Abendkleidung waren in der Halle, auf dem Weg ins Restaurant. Lepski stahl sich verlegen um sie herum und gelangte an den Portierstisch.

»Prescott gesehen?« fragte er, seine Marke gezückt.

Der Nachtportier, ältlich und dünn, betrachtete ihn, als wäre er eine große behaarte Spinne.

»Mr. Prescott macht zweifellos die Runde«, sagte er steif.

»Ja, aber wo? Ich möchte ihn sprechen: Polizeisache«, sagte Lepski.

»Kontrollgang«, meinte der Nachtportier. »Er könnte überall sein.«

119

Lepski lockerte seinen Schlips.

»Tja, falls Sie ihn sehen, sagen Sie ihm, Detektiv Lepski ist in seinem Büro.«

»Falls ich ihn sehe«, gab der Nachtportier zurück, der weder für Hoteldetektive noch für Bullen etwas übrig hatte. »Er könnte überall sein.«

Wütend stampfte Lepski zu Prescotts Büro zurück. Jacoby zündete sich eben eine Zigarette an.

»Der Knilch ist auf Rundgang«, knurrte Lepski. »Ich nehm' mir eine davon!«

Es war schon Viertel nach elf durch, als Prescott, in Gedanken immer noch bei Maggie, die Augen ständig auf dem Stundenzeiger seiner Uhr, sich entschloß, mal für einen Schluck Scotch und eine neue Packung Zigaretten in sein Büro zu schauen.

Er blieb jäh stehen, als er sich von Lepski und Jacoby angefunkelt sah. Dann fiel ihm schlagartig Anita Certes ein. Doch er war nicht umsonst ein harter Expolizist. Er setzte sich ein breites Lächeln auf und trat in das Büro.

»Hallo, Jungs«, sagte er. »Tut mir leid, die Sache. Lief 'was quer. Ich hatte einen Sonderauftrag und mußte die Warrentons zum Kasino eskortieren. Wie es so geht.«

»Wo ist die Kubanerin?« knurrte Lepski.

»Wird wohl inzwischen daheim sein.«

Lepski erhob sich. Er stieß einen Laut aus, um den ihn ein Donnerschlag hätte beneiden können.

»Daheim? Was soll das heißen? Sie haben versprochen, daß sie um zehn Uhr hier ist. Seit Stunden sitzen wir uns den Arsch ab und warten!«

»Ich sagte Ihnen doch, es war ein Mißgeschick. Ich mußte diesen Auftrag erledigen. Sie ist mittlerweile daheim.«

»Woher wissen Sie das?« brüllte Lepski.

»Sie kommt um acht her. Sie geht um zehn. Jetzt ist es halb zwölf«, sagte Prescott. »Und hören Sie, Lepski, Sie haben mich nicht anzu-brüllen. Sie mögen außerhalb dieses Hotels eine große Nummer sein, aber hier bin ich die große Nummer. Wenn Sie mit ihr reden wollen, gehen Sie zu ihr nach Hause.«

»Woher weiß ich denn, ob sie zu Hause ist?« fragte Lepski.

»Sehen Sie nach!« schnarrte Prescott. »Wo soll sie denn sonst sein?«

»Sie könnte im Penthaus tot umgefallen sein.«

»Und wenn nicht sie, dann Mickymaus. Ich sage Ihnen, sie ist nach Hause!«

Jacoby stand auf.

»Komm schon, Tom, sehen wir mal nach.«

Lepski schnaubte.

»Wenn sie nicht da ist, Prescott, komme ich zurück. Und dann

120

mache ich einen Ärger, daß Sie unheimlich alt aussehen!«

»Machen Sie in diesem Hotel Stunk«, sagte Prescott und funkelte Lepski an, »dann sorge ich dafür, daß Mr. Dulac, der Bürgermeister und Ihr Chef Sie wieder in Uniform stecken. Jetzt ziehen Sie Leine!«

Während dieses Spektakel ablief, rückte Anita Certes, die immer wieder auf die Uhr gesehen hatte, unruhig auf dem Deckel der Toilette herum. Würde es denn niemals halb eins sein? Wieder begann sie zu beten. Sie betete, wartete und betete nochmals. Sie konnte hören, wie der Lärm aus der Küche allmählich erstarb. Sie hörte, wie das Nachtpersonal nach und nach ging. Schließlich, eine Minute vor halb eins, verließ sie den Damenwaschraum. Sie blickte den Gang hinauf und hinunter, horchte, lief dann genau um 0 Uhr 30 rasch zum Personaleingang und sperrte die Tür auf. Manuel und Fuentes warteten draußen. Sie winkte sie herein und führte sie zum Fahrstuhl. Alle drei stiegen ein, als die Tür aufsurrte. Anita drückte den Kopf zum Obergeschoß. Als der Fahrstuhl sich in Bewegung setzte, sah sie Manuel an.

»Pedro?«

»Nichts Neues«, log Manuel. »Ich habe versucht, meinen Freund im Krankenhaus zu erreichen, aber er hatte schon Feierabend. Sei unbesorgt. Alles wird gutgehen.«

»Ich habe gebetet«, sagte Anita und schaute Manuel vertrauensvoll an. »In meinem Inneren spüre ich, daß alles gutgehen wird.«

»Ja«, sagte Manuel, voller Haß auf sich selbst. »Deine Gebete werden erhört werden.«

Im letzten Stock angekommen, prüfte Anita zunächst den leeren Korridor und führte die beiden Männer eine Treppe höher zum Eingang der Penthaus-Suite. Sie brauchte nur eine Sekunde, um die Tür mit ihrem Nachschlüssel zu öffnen. Alle drei betraten sie das geräumige, von der Terrassenbeleuchtung schwach erhellte Wohnzimmer.

Anita schloß die Tür und sperrte sie ab.

Während Lepski wutschäumend in Richtung Seacomb fuhr, kam die Nachricht von Pedro Certes' Tod über das Autoradio.

»Also ist das Miststück tot«, meinte Jacoby. »Tom, hör mal, müssen wir mit seiner Frau reden? Wozu denn noch?«

»Du hast noch deine blonde Verabredung im Kopf?« fragte Lepski, und er nahm Gas weg.

»Tja, ich könnte sie gerade noch erwischen. Sie bleibt lange auf, und morgen ist mein freier Tag. Ich kann lange pennen. Was erhoffst du dir von dieser Kubanerin? Was schwebt dir vor?«

»Sie könnte uns einen Hinweis auf Fuentes geben.«

»Na, wenn schon? Er ist in Havanna. An den kommen wir nicht ran. Fahren wir nach Hause, um Himmels willen. Es geht auf Mitternacht.

Wer schert sich um eine gottverdammte Kubanerin?« sagte Jacoby. »Der Mörder ist tot. Der Fall damit abgeschlossen. Wir haben noch jede Menge andere Arbeit, auch ohne uns um einen kleinen Killer zu kümmern, der jetzt tot ist.«

Lepski lenkte an den Bordstein.

»Ja. Wahrscheinlich hast du recht. In Ordnung, fahren wir nach Hause. Ich bring' dich hin. Alles Gute, Max. Ich hoffe, du kriegst deine Verabredung noch.«

»Das hoffen wir beide«, sagte Jacoby.

Als Lepski Jacoby an seinem Wohnblock abgesetzt hatte, fuhr er heimwärts. Erst als er seinen Wagen in der Garage hatte, fiel ihm ein, daß er vergessen hatte, Carroll eine Rose zu kaufen.

Mit den Gefühlen eines Mannes, der zu seiner Hinrichtung schreitet, trat er ins Haus, schloß die Tür ab. Vorsichtshalber zog er seine Schuhe aus, schlich sich zum Schlafzimmer und hoffte, Carroll würde schon schlafen.

Aber natürlich schlief sie nicht. Sie saß aufrecht im Bett und wartete auf ihn.

Anita sagte ein wenig atemlos: »Macht nicht das Licht an.«

»Nein. Mit dem Licht von der Terrasse sieht man gut genug«, sagte Manuel, während er sich umschaute. »Wie die Reichen wohnen!« Es schoß ihm durch den Kopf, daß auch er ein solches Penthaus haben könnte, wenn ihm fünf Millionen Dollar gehörten. »Tja, wir müssen uns hinsetzen und warten.« Er setzte sich in einen der großen Klubsessel, während Fuentes unruhig hinaus auf die Terrasse ging. Er war erstaunt über die Größe der Terrasse, die schweren Blumentöpfe, die Klubsessel, die Tische und die Cocktailbar.

»Wie spät ist es?« fragte Manuel und linste im Halbdunkel auf seine Uhr. »Ah! Bald kommen die Nachrichten. Ich habe Geld auf ein Pferd gesetzt, Anita. Ich fühle, daß heute mein Glückstag ist.« Er nahm das winzige Transistorradio aus seiner Tasche. »Wettest du manchmal auf Pferde?«

»Ich habe kein Geld für so etwas«, sagte Anita schroff.

»Du willst das doch wohl nicht anstellen? Es könnte jemand hören.«

»Niemand wird es hören«, sagte Manuel. »Ich muß wissen, ob mein Pferd gewonnen hat.« Er schaltete ein, wobei er den Empfang so regelte, daß der Ton leise aber deutlich war.

Fuentes kam an die Tür, den Rücken zur mondbeschienenen Terrasse. Schweiß lief über sein Gesicht. Würde diese dumme Frau anfangen zu schreien, wenn sie erfuhr, daß ihr Mistkerl von Mann gestorben war? Würde Manuel sie zurückhalten können? Einmal mehr befingerte er seinen Revolver.

Der Rundfunksprecher begann zunächst mit den Lokalnachrichten. Anita saß regungslos. Manuel wünschte, er hätte ihr Gesicht sehen können, doch das Licht in dem großen Raum war zu schwach. Er sah lediglich ihre Silhouette, wie sie dasaß, die Hände zwischen ihre Knie geklammert.

Dann kam die Meldung, auf die er wartete. Er straffte sich und beugte sich nach vorn, so daß er sich auf Anita stürzen könnte, falls sie zu schreien anfing. Auch Fuentes rückte vor.

Die Ansage war kurz:

Pedro Certes, Mörder eines Mietkassierers in Seacomb, der bei dem Versuch, mit dreitausend Dollar zu fliehen, von Polizeidetektiv Tom Lepski angeschossen wurde, starb, nachdem er kurz noch einmal das Bewußtsein wiedererlangt hatte.

Dann ging der Sprecher zu den Rennsportnachrichten über, doch Manuel schaltete aus. Er ließ das Radio auf den Boden fallen und blickte Anita scharf an, um das erste Anzeichen von Hysterie aufzufangen.

Nichts geschah.

Anita blieb wie eine Frau aus Stein.

Bis auf das Geräusch der Brandung und die fernen Rufe nächtlich Badender lag Stille wie ein feuchtwarmer, schrecklicher Dunst über den dreien in der Penthaus-Suite.

Manuel gab sich einen Ruck. »Lieber Himmel! Anita! Was kann ich nur sagen?«

Sie saß noch immer bewegungslos.

Jeden Augenblick, dachte Manuel, wird sie anfangen zu schreien. Er stand auf und trat zu ihr.

»Anita! So etwas Furchtbares!«

»Komm mir nicht nah!« Ihre Stimme war ein rauhes Flüstern.

Manuel zögerte.

Der Klang ihrer Stimme war so unheimlich, daß Fuentes zurückwich.

Eine kleine Tischlampe leuchtete auf, als Anita den Schalter drückte.

Manuel hielt den Atem an, als er in ihr direkt angestrahltes Gesicht sah. Er kannte sie nicht wieder. Er sah ein Gesicht vor sich, das eingeschrumpft, gealtert war, mit Augen, die in ihre Höhlen zurückgetreten waren.

Doch nichts wies auf Hysterie hin. Er hätte in das Gesicht einer Toten schauen können.

»Anita!« Er zwang sich zu lügen. »Das ist für mich so ein schrecklicher Schock wie für dich!«

Die toten Augen wurden plötzlich lebendig.

»Du hast mich also angelogen, du Mann der Wahrheit.« Ihre Stimme war wie das Rascheln dürren Laubs. »Du hast die ganze Zeit gewußt, daß Pedro im Sterben lag. Du hast mich belogen, damit ich die Türen aufschließe. Du hast mich belogen, um dieses schmutzige

123

Geld an dich zu bringen! Gott verfluche dich!«

»Anita! Nein!« Manuel schrie es fast. »Hör mich an! Ich habe dich nicht belogen! Ich schwöre es dir! Denk doch nach! Ich stehe wirklich zu meinem Wort! Ich habe dir deinen Mann versprochen. Wenn ich einem meiner Landsleute etwas verspreche, dann tue ich, was irgend möglich ist, um dieses Versprechen einzulösen! Nein, Anita, ich habe dir keine Lügen erzählt, sondern der Mann im Krankenhaus hat *mich* belogen! Warum hat er mich angelogen? Warum hat er mir versichert, Pedro würde sich erholen? Warum?« Theatralisch hämmerte sich Manuel mit den geballten Fäusten auf den Kopf. »Ich werde dahinterkommen! Das verspreche ich dir! Ich werde es aus ihm herauskriegen, warum er mich belogen hat, und ihn dafür bestrafen! Das schwöre ich dir!«

Anita schloß die Augen. Tränen rollten über ihr Gesicht.

»Pedro, mein geliebter Mann«, stöhnte sie leise, »ich habe dich verloren.«

Manuel warf Fuentes einen raschen Blick zu. Fuentes nickte und zwinkerte. Er fand, Manuels Rede sei meisterhaft gewesen.

»Wenn wir nach Havanna kommen«, sagte Manuel sanft, »werden wir eine Messe für Pedro abhalten. Ich weiß, wie du jetzt leiden mußt. Weine, meine arme Frau. Laß die Qualen in deinem Herzen heraus.«

Wieder trat eine lange Pause ein, dann wischte Anita sich mit dem Handrücken über die Augen und stand auf.

»Ich gehe jetzt«, sagte sie.

Das war das letzte, was Manuel zu hören erwartet hatte. Erschrocken starrte er sie an.

»Aber Anita, wohin willst du denn?«

»In eine Kirche. Wohin sonst? Ich muß Kerzen anzünden für Pedro. Ich muß beten.«

»Aber nicht jetzt«, sagte Manuel in seinem sanftesten Ton. »Diese furchtbare Nachricht hat dich erschüttert. Wenn wir beide in Havanna eintreffen, zünden wir viele Kerzen an und lassen eine Messe lesen, aber nicht jetzt.«

Sie strebte der Tür zu.

»Ich gehe.«

Er trat schnell zu ihr und ergriff ihren Arm. Er spürte, wie sie unter seiner Berührung erschauerte, aber er hielt sie fest.

»Nein, Anita! Denk nach! Die Polizei sucht dich. Sie wird herausbekommen, daß du es warst, die die Türen aufgeschlossen hat. Man wird dich festnehmen und in eine Zelle werfen. Denk nur! Wie viele Kerzen wirst du für Pedro anzünden, wenn du in eine Zelle gesperrt bist?«

Manuel beobachtete sie, während sie reglos dastand. Er sah einen resignierten, hoffnungslosen Ausdruck über ihr totenähnliches Gesicht huschen und ließ sie los.

»Wir gehen auf die Terrasse«, sagte er sanft. »Im Mondschein wollen wir für die Seele deines Mannes beten.« Er warf einen verstohlenen Blick auf seine Uhr. Es war fünf nach eins. Bis zur Rückkehr der Warrentons konnte es nicht mehr lange dauern. Irgendwie mußte er diese Frau beschäftigen, bis sie zurückkamen.

Wie ein Zombie ging Anita mit ihm auf die Terrasse. Er führte sie in eine dunkle Ecke, halb verdeckt durch einen eingetopften Orangenbaum, dessen goldene Früchte im Mondlicht glänzten.

Seite an Seite knieten sie nieder.

Fuentes, der zusah, staunte über Manuels Scheinheiligkeit.

Im Pavillon bearbeitete Bradey, schon zurechtgemacht als dunkelhäutiger, ziemlich jung wirkender Mann mit Kinnbart und angetan mit einem Smoking, das Gesicht von Bannion.

»Ihre eigene Mutter würde Sie nicht mehr wiedererkennen, wenn ich erst fertig bin«, sagte er gerade. »Falls die Warrentons Sie zu Gesicht kriegen, bevor Sie sie umblasen, gibt es keine Probleme. Eine Sekunde mal stillhalten, bis Ihr Schnurrbart sitzt.«

Bannion, ebenfalls im Smoking, hielt still. Er dachte an Chrissy, während Bradey ihn präparierte. Er fühlte sich innerlich leer. Die Schmerztabletten waren wie eine behagliche Wolldecke, doch er wußte, daß die Zähne seines Krebses ihm rapide die Organe zerfraßen wie ein hungriger Wolf, der den Kadaver eines geschlagenen Tieres zerriß.

»Bitte sehr!« sagte Bradey und lehnte sich zurück. »Eine schöne Arbeit. Gucken Sie mal.«

Mühsam stand Bannion auf und musterte sich im Badezimmerspiegel. Er sah einen großen, kräftig gebauten Fremden, der ihm so unähnlich war, daß er staunte. Wenn er nur in Wirklichkeit dieser zähe, stark aussehende Mann werden und ein neues Leben anfangen könnte!

»Ziemlich gut, was?« meinte Bradey grinsend.

»Ja«, sagte Bannion leise. »Ja: ziemlich gut.«

Bradey sah ihn unruhig an.

»Mike, Sind Sie in Ordnung?«

»Ich will und kann diese Aufgabe durchführen«, sagte Bannion. »Sie können sich auf mich verlassen.« Er drehte sich um und sah Bradey unverwandt an. »Wenn das vorbei ist und ich wirklich krank werde, kann ich darauf zählen, daß Sie sich um den Anspruch meiner Tochter kümmern?«

»Wir haben das doch schon beredet«, sagte Bradey. »Immer mit der Ruhe. Sie kriegen Ihren Anteil in zwei Tagen. Machen Sie sich keine Gedanken darüber.«

Bannion zog eine Karte aus seiner Tasche.

»Lu, hier ist die Adresse des Arztes, der sich um meine Tochter kümmert. Ich habe mit ihm telefoniert. Ich habe ihm gesagt, daß das

125

Geld kommt.« Er zögerte, fuhr dann fort: »Mir könnte etwas zustoßen, ehe ich das Geld bekomme. Würden Sie es für mich erledigen? Sie brauchen bloß eine Zahlungsanweisung zu schicken, wo draufsteht, daß sie von mir ist. Tun Sie das für mich?«

Bradey spürte, wie ihn ein leiser Schauer durchrann.

»Aber Mike . . .«

»Diskutieren wir nicht mehr darüber«, sagte Bannion schroff. »Tun Sie es?«

»Natürlich mache ich's.«

»Hand darauf, Lu.« Bannion streckte den Arm aus.

»Sie glauben, schon in zwei Tagen würde Ihnen etwas Schlimmes zustoßen?« fragte Bradey, als er die kalte, feuchte Hand in seine beiden nahm.

»Ich weiß es nicht. Nennen wir es eine Versicherung. Sobald die Sache gelaufen ist, reise ich ab, Lu. Ich möchte meine Tochter sehen, bevor irgend etwas passiert. Ich werde nicht auf das Geld warten. Haben Sie etwas dagegen?«

»Nein, natürlich nicht, Mike.«

»Danke.«

Bradey fühlte sich seltsam bewegt. Er sagte sich, falls irgend etwas schiefging und es kein Geld gab, würde er trotzdem zusehen, wie die kranke Tochter dieses Mannes fünfzigtausend Dollar kriegte, ganz egal, wo sie herkamen.

Maggie kam herein.

»O Mann! Was für ein Prachtessen! Jetzt bin ich für den Hausdetektiv aber startklar.« Sie gaffte die beiden an. »Lu, du bist fantastisch. Ich würde keinen von euch erkennen.«

Bradey blickte auf seine Uhr.

»Gehen wir, Mike«, sagte er, und zu Maggie gewandt: »Baby, du weißt, was du zu tun hast. Halt diesen Schnüffler in Trab. Wenn du wieder herkommst, wird Louis de Marney dich erwarten. Er ist Kendricks Mann. Halt ihn bei Laune, bis wir mit der Beute zurückkommen.«

»Ja, Keule«, sagte Maggie und küßte ihn.

Bradey ergriff einen großen Aktenkoffer, dann peilte er die Tür an.

Maggie warf die Arme um Bannion und gab ihm einen Kuß.

»Viel Glück, Soldat«, sagte sie. »Sie sind ein Süßer.«

Er lächelte sie an, tätschelte ihr die Schulter und folgte dann Bradey aus dem Pavillon.

Während die beiden auf das Hotel zugingen, meinte Bannion: »Da haben Sie ein tolles Mädchen, Lu.«

»Man hat manchmal Glückstreffer«, sagte Bradey. »Ich glaube, ich hatte mehr als Glück.«

Die beiden Männer traten in die Halle. Vereinzelt saßen noch ältere Leute herum und nahmen ihren Gutenachttrunk ein. Niemand

126

schenkte ihnen Aufmerksamkeit, als Bradey zu einem Ecktisch voranging. Zwei Männer im Smoking gehörten einfach dazu.

»Jetzt warten wir«, sagte Bradey, als sie Platz nahmen. »Wir tun, als ob wir ein Geschäft abschließen.« Er klappte den Aktenkoffer auf und holte einen Stoß Papiere heraus. Er teilte den Stoß und reichte die erste Hälfte Bannion.

Ein Kellner näherte sich.

»Etwas zu trinken, Mike?«

»Einen Kaffee.«

Bradey bestellte Kaffee und Räucherlachssandwiches. Als der Kaffee und die Sandwiches kamen, zahlte er und gab ein großzügiges Trinkgeld.

Bradey war gerade dabei, ein Sandwich zu verzehren, das Bannion abgelehnt hatte, als er Josh Prescott in die Halle kommen sah.

»Das ist der Hausdetektiv«, sagte Bradey. »Der Kerl, um den sich Maggie kümmern soll.«

Die beiden beobachteten, wie Prescott sich flüchtig umsah, dann das Hotel verließ und in Richtung Swimmingpool enteilte.

Kurz nach zwei sahen sie die beiden Wachleute hereinkommen und mit dem Nachtportier reden. Sie händigten Schlüssel aus und gingen.

»Läuft wie am Schnürchen«, sagte Bradey leise. »Die Beute ist jetzt im Safe. Wir warten, bis die Warrentons eintrudeln, dann legen wir los.«

Zehn Minuten später kamen Maria und Wilbur Warrenton herein. Während Maria schon zum Penthaus-Fahrstuhl ging, holte Wilbur beim Nachtportier den Schlüssel und eilte ihr dann nach.

Bradey starrte unverwandt auf die Diamanten, als Maria ungeduldig darauf wartete, daß Wilbur endlich käme.

»Schauen Sie sich mal die Klunkern an«, murmelte Bradey. »Das wird ein Kinderspiel, Mike. Wir lassen ihnen fünf Minuten, dann nichts wie rauf und den Safe knacken. Bis dahin dürften sie im Bett sein.«

In der Erkenntnis, daß er drauf und dran war, sich auf seine erste Straftat einzulassen, merkte Bannion, daß kalter Schweiß ihm auf die Stirn trat.

Seine erste und letzte, dachte er, während er zusah, wie Bradey die falschen Papiere in den Aktenkoffer steckte.

Bradey sah ihn an.

»Okay, Mike?«

»Ja.«

Sie saßen still, dann, auf Bradeys Nicken, standen beide auf und gingen zum Fahrstuhl.

Der Nachtportier, beschäftigt mit der Frühstücksliste, sah nicht in ihre Richtung.

Als der Fahrstuhl sie zum Obergeschoß brachte, tätschelte Bradey

Bannions Arm.

»Läuft traumhaft«, sagte er.

8

Manuel rieb seine schmerzenden Knie und kam von der Penthaus-Terrasse herein. Er hatte neben Anita auf dem Marmorboden der Terrasse gekniet und vorgetäuscht zu beten. Eine Viertelstunde lang war er mit gesenktem Kopf auf den Knien geblieben, dann, als er seine Ungeduld nicht mehr zügeln konnte, hatte er mit einem verstohlenen Seitenblick gesehen, daß sie sich immer noch nicht rührte, immer noch den Kopf in den Händen barg. Leise stand er auf, krebste davon, behielt sie aber in den Augen. Sie rührte sich nicht von der Stelle. Daraufhin ging er ins Wohnzimmer des Penthauses.

Fuentes saß in einem Klubsessel, eine Zigarette schief zwischen den Lippen, sein fettes Gesicht glänzend von Schweiß.

Die beiden Männer schauten sich an.

»Alles läuft gut«, sagte Manuel leise. »Keine Hysterie. Sie betet.«

Fuentes grinste höhnisch.

»Immer wenn gestorben wird, beten Frauen. Was nützt das denn?«

»Beten stellt sie ruhig«, sagte Manuel und lächelte. »Mit ihr haben wir keinen Ärger mehr.« Er blickte auf seine Uhr. Es war fünf nach zwei. »Die Warrentons werden jetzt bald erscheinen. Du kümmerst dich um den Mann. Ich kümmere mich um die Frau. Sie könnte schreien. Frauen sind unberechenbar. Ich sorge dafür, daß sie's sein läßt. Mit dem Mann wirst du keine Mühe haben.«

Fuentes nickte, aber er dachte an Anita. Sie machte ihm Angst. Hatte sie ihn nicht verflucht? Er wußte, daß sie ihm die Schuld an Pedros Tod gab. »Anita könnte gefährlich sein. Sie könnte unsere Pläne vereiteln.«

Manuel ging zur Verandatür und sah hinaus auf die mondhelle Terrasse. Er konnte Anita gerade noch sehen, halb versteckt hinter dem Orangenbaum, immer noch auf den Knien.

Er drehte sich um.

»Reg dich ab, mein Freund. Was könnte sie tun? Sie hat keine Pistole. Sie betet noch, und wenn Frauen für ihre Toten beten, dann beten sie sehr, sehr lange.«

Er wäre verblüfft und beunruhigt gewesen, hätte er gewußt, daß Anita nicht betete. Der Schock der Nachricht, daß Pedro tot war, hatte sie betäubt. Sie war wie ein Zombie mit Manuel in die dunkle Ecke der Terrasse gegangen. Sie hatte sich niedergekniet, weil er sich niedergekniet hatte. Sie hatte die Augen geschlossen und die Hände gefaltet, aber die Gebete, die sie so oft gesprochen hatte, waren Bögen leeren Papiers in ihrem Kopf. Sie konnte nur an ihren Mann denken.

Sie sah ihn in einem Krankenhausbett liegen mit irgendeinem knochengesichtigen Bullen, der bei ihm saß.

»Pedro Certes, Mörder eines Mietkassierers in Seacomb, der bei dem Versuch, mit dreitausend Dollar zu fliehen, von Polizeidetektiv Tom Lepski angeschossen wurde, starb, nachdem er kurz noch einmal das Bewußtsein wiedererlangt hatte.«

Die Worte des Rundfunksprechers brannten sich ihrem Gehirn ein. Pedro war gestorben, nachdem er kurz das Bewußtsein wiedererlangt hatte! Er hatte keinen Priester gehabt, um Trost zu bekommen und seinen Frieden mit Gott zu schließen! Pedro. Der Mann, den sie mehr liebte als das Leben! Sie dachte an die Monate, als Pedro, arbeitslos, sich darauf verlassen hatte, daß sie ihn ernährte, seine Kleider wusch, die Miete zahlte und ihm bereitwillig und freudig das gab, was von ihrem Verdienst übrig war, weil sie ihn liebte und verehrte. Sie dachte an die schönen Abende, wo Pedro mit ihr in irgendein kleines Restaurant gegangen war – nur wenige Male zwar, aber jetzt erschienen sie ihr wie ein Traum. Sie dachte an die Zuckerrohrfarm seines Vaters, an die langen Stunden, die sie in der sengenden Sonne geschuftet hatten. Damals war sie richtig glücklich gewesen, aber nicht Pedro. Er wollte weg von der Plackerei. Er hatte sie überredet, mit ihr nach Paradise City zu gehen. Sie hatte Glück gehabt, die Halbtagsstelle als Putzfrau im Spanish Bay Hotel zu bekommen. Pedro hatte ihr versichert, er würde bald einen guten Job finden. Er wollte viel Geld machen, aber der liebe Pedro hatte Pech. Es gab keinen Job und kein Geld, ausgenommen das, was sie verdiente.

Sie dachte an den furchtbaren Augenblick, als Pedro ihr eine Pistole gezeigt hatte und als er ihr erzählt hatte, daß sein guter Freund Fuentes und er eine Menge Geld machen würden.

Fuentes!

Sie dachte, wenn dieses Schwein von einem Mann nicht gewesen wäre, würde ihr geliebter Pedro noch leben.

Fuentes!

Dieses hirnlose Vieh, das Pedro in Versuchung geführt hatte! Dieses Vieh, das unmittelbar für Pedros Tod verantwortlich war!

Anita spürte einen plötzlichen Andrang heißen Blutes in ihrem Kopf. Es gab ihr das Gefühl, vor einer Ohnmacht zu stehen. Sie preßte die Finger an ihre Schläfen. Das Schwächegefühl erschreckte sie. Dann kühlte das heiße Blut ab und ließ sie erschauern.

Sie konnte es nicht wissen. In ihrer Heftigkeit und ihrem Zorn war ein winziges Blutgefäß in ihrem Gehirn geplatzt. Dieser Gefäßriß brachte sie in den Dämmerzustand des Wahnsinns.

Reglos kniend, hörte sie plötzlich eine Stimme in ihrem Kopf, die ihr deutlich sagte, daß Pedro nach Rache schrie. Die flüsternde Stimme sagte ihr, daß ihr geliebter Pedro niemals in Frieden ruhen könne, bis er gerächt worden sei.

Anita lauschte dieser heimtückischen Stimme und nickte.

»Ich werde dich rächen, liebster Pedro«, murmelte sie. »Zuerst Fuentes, der verantwortlich ist für deinen Tod, dann Manuel, der mich belogen hat, dann dieser Polizeidetektiv, der dich erschossen hat. Sie alle werden bestraft. Das schwöre ich dir.«

Jetzt ließ ihre Anspannung nach. Sie sah sich imstande zu beten. Während sie betete, liebkosten ihre Finger den Schaft des unter ihrem schwarzen Sweatshirt verborgenen Messers, so wie die Finger einer Nonne den Rosenkranz liebkosen würden.

Lautlos, ein schweißbenetzter Kahlkopf, der im Mondlicht glänzte, schlich Manuel hinaus auf die Terrasse. Er schob sich vorwärts, bis er Anita halb verborgen hinter den Orangen sehen konnte. Er beobachtete sie sekundenlang, dann kehrte er in der Gewißheit, daß sie noch immer betete, ins Wohnzimmer zurück.

»Sie betet immer noch«, sagte er. »Es gibt keine Schwierigkeiten.«

»Schau!« rief Fuentes aus und zeigte auf die Fahrstuhltür. Das Zeichen »Besetzt« leuchtete.

»Jetzt!« Manuel lächelte boshaft. »Die Frau wird zuerst rauskommen. Ich übernehme sie. Du hältst die Kanone auf den Mann, und denk dran, keine Schießerei.«

In dem Privatfahrstuhl, der von der Hotelhalle zum Wohnzimmer des Penthauses aufstieg, war Maria Warrenton in aufgeräumter Stimmung. Sie hatte zwanzigtausend Dollar im Kasino gewonnen.

»Siehst du?« sagte sie und gab Wilbur ein Küßchen. »Ich sagte dir ja, ich hätte eine Glückssträhne. Laß uns Kaviarsandwiches mit Champagner essen. Die Aufregung hat mich hungrig gemacht.«

Wilbur, der sich nach Bett und Schlafengehen sehnte, lächelte gezwungen.

»Wenn du das haben möchtest, sollst du es bekommen«, sagte er. Als der Fahrstuhl anhielt, stieß er die Tür auf und trat beiseite, um Maria vorbeizulassen.

Sie ging ins Wohnzimmer und blieb jäh stehen, als ein starker Arm ihre Kehle umschloß und sie ein schmerzhaftes Prickeln auf ihrer Wange fühlte.

»Schreien Sie, Lady, und ich steche zu«, knurrte eine tiefe, drohende Stimme ihr ins Ohr.

Der Geruch von Körperschmutz und männlichem Schweiß ließ sie zusammenfahren. Einen Augenblick war sie gelähmt vor Schreck, aber sie hatte Stahl in sich.

»Lassen Sie mich los!« sagte sie mit leiser, harter Stimme. »Sie stinken!«

Wilbur sah sich einem fetten untersetzten Mann gegenüber, der ein verdrecktes weißes Hemd und abgerissene Jeans trug. In der rechten Hand hielt er einen Revolver.

Wilburs Armeetraining half den Schock zu dämpfen. Als er aber den riesenhaften scheußlichen Gorilla sah, der seine Frau festhielt, bekam er doch Herzklopfen.

»Hören Sie nicht?« sagte Maria, immer noch leise. »Gehen Sie mir vom Leib!«

Manuel ließ sie los und trat lächelnd zurück.

»Machen Sie keine Schwierigkeiten«, sagte er und schwenkte ein glänzendes Stilett. »Niemand möchte sich schneiden. Immer mit der Ruhe. Hinsetzen, alle beide.«

Maria sah Wilbur an und zuckte die Achseln.

»Wohl ein Überfall.« Sie ging zum Sofa und setzte sich. »Wie langweilig!«

Staunend über ihren Mut und ihre Nervenstärke, vorwärtsgetrieben von Fuentes, ging Wilbur und setzte sich neben sie.

»Nehmen Sie das Geld«, sagte Maria verächtlich, »und gehen Sie wieder. Sie beide stinken.« Sie warf Manuel ihre Handtasche vor die Füße. Er kickte sie zu Fuentes, der sie aufhob, öffnete und auf den Haufen Geld glotzte, den Maria im Kasino gewonnen hatte.

»Schau!« sagte er zu Manuel. »Schau nur!«

Manuel beachtete es nicht. Er starrte Maria böse an.

»Ja, Lady«, sagte er. »Wir stinken, weil wir arm sind. Wir sind nicht wie Sie. Sie stinken für mich auch.« Er schoß so schnell vor, daß weder Maria noch Wilbur Zeit hatten zu reagieren. Die glitzernde Schneide des Stiletts schien über Marias Kleid zu streifen. Die rasiermesserscharfe Klinge schnitt über die Träger. Das Oberteil des Kleides fiel in Marias Schoß.

Maria starrte auf ihr ruiniertes Kleid, dann hoch zu Manuel.

»Sie Widerling!« rief sie mit blitzenden Augen.

»Ja, Lady.« Wieder lächelte Manuel böse. »Okay, also bin ich ein Widerling, aber Sie haben Glück. Anstatt Ihr hübsches Kleid aufzuschneiden, hätte ich Ihr hübsches Gesicht zerschneiden können. Ich hätte Ihnen Ihre hübsche Nasenspitze abschneiden können. Also haben Sie Glück.« Er trat vor. »Also, Lady, halten Sie von jetzt an Ihren Schnabel. Noch ein Wort von Ihnen, und Sie sind nie wieder so hübsch.«

Marias Schönheit bedeutete ihr mehr als irgend etwas sonst auf der Welt. Sie kühlte ab. Der Mut verließ sie. Sie packte Wilburs Hand.

Wilbur, der wußte, daß Fuentes mit erhobenem Revolver hinter ihm stand, bezähmte seinen Drang, auf Manuel loszustürzen. Dieser kahle, bärtige Gorillamensch war ihm unheimlich. Beim Anblick des boshaften Lächelns war er sicher, daß der Mann Maria bei dem geringsten Anlaß entstellen würde.

Hastig sagte er: »Maria, sie sind wegen der Diamanten hier. Leg sie ab und wirf sie auf den Boden. Dann werden sie gehen.«

Mit zitternden Fingern griff Maria nach ihren Ohrringen. Aber Manuel schüttelte den Kopf.

»Nein, Lady, behalten Sie Ihre hübschen Diamanten. Was sollte ein armer, stinkender Kubaner wie ich mit Diamanten anfangen?« Sein Blick wechselte zu Wilbur. »Wir wollen Geld, Mr. Warrenton! Wir wollen fünf Millionen Dollar! Wir gehen hier nicht weg, bis wir dieses Geld in Einhundertdollarscheinen bekommen!«

Wilbur starrte ihn an.

»So viel Geld haben wir nicht. Nehmen Sie die Diamanten und gehen Sie!«

Wieder lächelte Manuel böse.

»Ihr Vater hat es. Wir werden warten. Rufen Sie ihn an. Sagen Sie ihm, wenn wir nicht fünf Millionen Dollar in Hundertdollarnoten kriegten, würde ich Ihnen Ihre verfluchten Ohren abschneiden und Ihrer Frau das Gesicht zerschneiden.«

Lauschend stand Anita im Schatten. Ihre Finger liebkosten noch immer das Heft ihres Messers.

Im Tresorraum, wo die Safetür inzwischen offen war, schloß Bradey die Stahlkassetten auf. Er ging schnell und geschickt vor und pfiff dabei »Love Is The Sweetest Thing«. Das war seine Lieblingsmelodie, wenn er arbeitete. Jede geöffnete Kassette reichte er umgehend Bannion, der ihren Inhalt in den Aktenkoffer leerte.

Nach fünfzehn geöffneten Kassetten legte Bradey eine Pause ein und bog die Finger durch. Er grinste Bannion an.

»Traumhaft!« sagte er leise. »Mensch! Das geht besser als Äpfelpflücken.«

Bannion nahm einen ganz fernen stechenden Schmerz wahr. Er war verkrampft. Schweiß netzte sein Gesicht, doch er brachte ein Lächeln zustande.

Bradey wandte sich wieder dem Öffnen der Kassetten zu.

Dreißig Minuten, nachdem die beiden den Tresorraum betreten hatten, waren sämtliche Stahlkassetten geleert.

»Okay«, meinte Bradey, als er die leeren Kassetten zurückgestellt und die Safetür verschlossen und verriegelt hatte. »Jetzt zu den Warrenton-Diamanten. Lassen Sie den Koffer hier. Wir kommen auf dem gleichen Weg zurück.« Er sah auf seine Uhr. Es war 2 Uhr 50. »Sie dürften im Bett sein. Kanone klar, Mike?«

»Ja.«

»Dann mal los.«

Bradey zog die Leiter herunter, die sie aufs Dach bringen würde. »Ich geh' zuerst.«

Lautlos bestieg er die Leiter, stieß die Falltür auf und trat auf das Dach über der Penthaus-Terrasse hinaus. Bannion zwang sich, schwer atmend, die Leiter hinaufzuklettern. Beide Männer standen im Halbdunkel und schauten hinunter auf die beleuchtete Terrasse. Bradey straffte sich, als er sah, daß im Wohnzimmer Licht war.

»Langsam!« flüsterte er. »Sie sind noch nicht im Bett.«

Sein Flüstern drang in der Stille der Nacht zu Anita, die an der Terrassentür im Schatten stand. Mit der Behendigkeit einer Eidechse versteckte sie sich hinter einer großen blühenden Topfpflanze und starrte hoch zum Terrassendach. Sie erkannte zwei Männergestalten deutlich im Mondlicht. Das Licht strahlte von ihren weißen Hemden wider.

Bradey musterte die schwach erhellte Terrasse.

»Okay, Mike, wir können keine Zeit vergeuden. Sehen wir mal, was los ist.« Leise ließ er sich vom Dach auf die Terrasse herunter, gefolgt von Bannion.

Bradey bedeutete Bannion zu bleiben, wo er war, und schob sich lautlos zum Wohnzimmereingang. Anita, die sich tiefer in den Schatten duckte, beobachtete ihn, als er in Reichweite an ihr vorbeikam.

Er spähte in das erhellte Wohnzimmer, dann straffte er sich. Er sah den Rücken eines schäbig gekleideten Mannes. Er sah die Hinterköpfe von Maria und Wilbur, die auf dem Sofa saßen. Er sah ihnen gegenüber einen kräftig gebauten, kahlen und bärtigen Mann mit einem blitzenden Stilett.

In der Stille der Nacht hörte er diesen Bärtigen sagen: »Also, Mr. Warrenton, rufen Sie Ihren Dad an. Sagen Sie ihm, er soll fünf Millionen Dollar in bar bringen.« Die tiefe Stimme hob sich um einen Ton. »Haben Sie gehört?«

Bradey begriff die Situation sofort. Die Warrentons waren in der Gewalt von Lösegeldjägern. Als er den Blick auf einen großen Spiegel am anderen Ende des Raums richtete, konnte er die Warrentons nebeneinander in Vorderansicht sehen. Er sah, daß die Frau ihre fabelhaften Diamanten trug. Er mußte sich davon abhalten, »Love Is The Sweetest Thing« zu pfeifen. Das würde ein Kinderspiel. Er wandte den Kopf und winkte Bannion, der lautlos kam und zu ihm stieß.

»Nehmen Sie den Dicken zuerst«, murmelte Bradey. »Dann den Glatzkopf.« Seine Stimme war nur ein Hauch in Bannions Ohr. »Dann die zwei anderen. Schnell schießen, Mike.«

Bannion zog die starke Luftpistole aus ihrem Halfter. Immer noch im Schatten, die Waffe mit ausgestreckten Armen beidhändig haltend, den Körper eingekrümmt, zielte er auf Fuentes' Specknacken.

Wilbur sagte eben: »Um diese Zeit kann ich meinen Vater nicht anrufen.«

Bannion drückte ab. Wilburs Stimme übertönte das leise »Plop« der Pistole.

Fuentes fuhr zusammen, dann rieb er sich das Genick.

»Verdammte Mücken«, maulte er.

»Rufen Sie ihn an!« bellte Manuel, als Bannion zielte und erneut den Hahn durchzog. Der winzige Pfeil traf Manuel mitten in die Stirn.

133

»Hören Sie auf mich! Rufen Sie ihn sofort an!« Er rieb sich die Stirn und dachte, wie Fuentes auch, er sei von einer Mücke gestochen worden.

Bannion verlagerte sein Ziel und schoß den dritten Pfeil in den Nacken Marias, verlagerte dann das Ziel wieder und schoß den vierten Pfeil in Wilburs Genick. Beide klatschten sich gleichzeitig mit den Händen auf den Nacken.

Manuel riß die Augen auf, als er sah, wie Fuentes seine Waffe fallenließ, die Rückenlehne des Sofas ergriff und außer Sicht rutschte. Dann fühlte er selbst, wie ihm das Bewußtsein entglitt. Er machte zwei torkelnde Schritte nach vorn, krachte dann wie ein gefällter Baum auf einen Beistelltisch und legte sich lang auf den Boden.

Wilbur und Maria fielen ebenfalls der starken Droge zum Opfer und sackten auf dem Sofa zusammen.

»Sehr hübsch«, sagte Bradey. »Schön geschossen, Mike.«

Er bedeutete Bannion zu bleiben, wo er war, und trat in das Wohnzimmer. Schnell zog er die Ohrringe, das Kollier und die beiden Armbänder ab. Er warf sie in einen Waschlederbeutel, den er in seine Tasche steckte.

»Kommen Sie, Mike«, sagte er im Hinauslaufen auf die Terrasse. »Gehen wir. Was ich Ihnen sagte: wie geschmiert.«

Die beiden Männer hievten sich aufs Dach hinauf und hinunter in den Tresorraum.

Fünfzehn Minuten später waren der Inhalt der Stahlkassetten und die Warrenton-Diamanten unterwegs zu Claude Kendrick.

Bannion hatte seine Verkleidung abgelegt und wieder seine Chauffeuruniform angezogen. Maggie lag mit geschlossenen Augen auf dem Sofa und stöhnte leise vor sich hin. Bradey hatte kein Ohr dafür. Er ließ sich telefonisch mit dem wartenden Haddon verbinden.

»Perfekt, Ed«, sagte er. »Lief wie Zauberei. Keine Probleme.«

»Gut gemacht«, sagte Haddon und hängte ein.

Bannion kam mit einem Koffer ins Wohnzimmer.

»Lu, da geht ein früher Flug nach Los Angeles. Den muß ich kriegen.« Sein weißes Gesicht und die hohlen Augen sprachen Bände. »Ich kann nicht warten. Okay?«

»Klar«, sagte Bradey. »Der Portier wird Ihnen ein Taxi rufen.« Er trat zu Bannion. »Seien Sie unbesorgt, Mike. Sie haben tolle Arbeit geleistet. Das Geld geht an den Arzt. Sie haben mein Wort.«

Die beiden Männer schüttelten sich die Hände. Dann rief Bradey den Nachtportier wegen eines Taxis an.

Maggie richtete sich auf.

»Sie fahren Chrissy besuchen, Mike?«

»Ja.«

»Sie werden uns fehlen.« Sie glitt von der Sitzbank und küßte ihn. »Bleiben Sie mit uns in Verbindung. Lu, gib ihm unsere Telefonnummer.«

Bradey schüttelte den Kopf.

»Nein.« Wenn Bannion etwas zustieß und man die Telefonnummer bei ihm fand, könnte das zu Unannehmlichkeiten führen.

Bannion verstand.

»Schon in Ordnung«, sagte er. »Es ist besser so.« Er hörte das Geräusch des herankommenden Taxis. »Ich gehe jetzt.« Er schaute Bradey an. »Wiedersehen und bis dann.« Er gab Maggie einen leichten Klaps auf die Schulter. »Es war großartig, Sie kennenzulernen«, sagte er, nickte dann Bradey zu und verließ den Pavillon.

Sie lauschten dem Geräusch des Taxis, als es davonfuhr.

»Stimmt etwas nicht?« fragte Maggie. »Er sah so traurig aus.«

»Schlafen wir 'ne Runde«, sagte Bradey barsch. »Komm, Maggie! Ich bin müde, wenn auch vielleicht du nicht.«

»Aber Lu, daß er einfach so wegfährt! Er sieht so krank aus. Da stimmt doch was nicht, oder?«

Bradey legte den Arm um sie und schob sie in Richtung Schlafzimmer.

»Er ist besorgt wegen seiner Tochter. Jeder hat seine Sorgen heutzutage. Gehen wir pennen. Ich bin müde.«

»Du bist müde!« schnaubte Maggie. »Dieser Typ war wie ein sexuell ausgehungerter Stier! Müde? Ich bin tot!«

Von der Terrasse glitt Anita wie ein Phantom zur Tür des Penthaus-Wohnzimmers. Dort hielt sie inne und blickte auf die Körper von Manuel und Fuentes, die dalagen wie tot. Sie blickte auf die reglosen Körper der Warrentons auf dem Sofa.

Sie hatte Bradey und Bannion beobachtet, wie sie auf das Penthaus-Dach geklettert und verschwunden waren. Sie hatte beobachtet, wie Bannion eine Art Pistole benützte, die praktisch geräuschlos war. Hier war das Ergebnis!

Vorsichtig betrat sie das Wohnzimmer. Auf dem Boden neben Fuentes lag ein Revolver. Sie raffte ihn auf und wich zurück.

Ihr verworrener Verstand arbeitete langsam. Es dauerte über fünf Minuten, bis sie die Tatsache erfaßt hatte, daß diese beiden Männer, die Unglück in ihr Leben gebracht hatten, ihr auf Gedeih oder Verderb ausgeliefert waren. Sie näherte sich Fuentes und trat ihm brutal ins Gesicht. Als er nicht reagierte, entspannte sich, und ein grausames, irres Lächeln hellte ihr Gesicht auf. Sie legte den Revolver hin und betastete das Heft ihres Messers. Ein unwiderstehlicher Drang befiel sie, diesen Mann, der Pedro angestiftet hatte, zu töten. Dann zögerte sie und betrachtete das luxuriöse Zimmer und den kostbaren Teppich, den sie so oft gereinigt hatte. Es war ein schöner Teppich. Wie oft, wenn sie mit dem Staubsauger darübergegangen war, hatte sie sich gewünscht, solch einen Teppich zu besitzen!

135

Sie steckte das Messer zurück in die Scheide, packte Fuentes bei den Knöcheln und schleifte ihn hinaus auf die Terrasse. Sie ließ ihn dort liegen und kehrte ins Wohnzimmer zurück.

Nun stand sie über Manuel und starrte auf ihn. Hatte er sie angelogen? Sie war überzeugt, daß er es getan hatte. Aber nach seiner dramatischen Erklärung, daß sein Freund im Krankenhaus ihn belogen habe, schwankte sie.

Dann fiel ihr das Gerät ein, das die Bomben zünden sollte. Kniend durchsuchte sie Manuels Taschen. Kein Gerät! Also hatte er sie angelogen!

Sie hatte Mühe, Manuels mächtigen Körper zu bewegen. Doch Entschlossenheit verlieh ihr Kraft. Sie rang nach Atem, als sie Manuel schließlich neben Fuentes liegen hatte.

Sie baute sich vor den beiden Männern auf, die bewußtlos zu ihren Füßen lagen.

»Pedro, hör mich, wenn du kannst«, sagte sie weich. »Du sollst jetzt gerächt werden. Du wirst jetzt in Frieden schlafen können. Wo immer du bist, ich bete, daß du siehst, was deine Frau, die nie aufgehört hat, dich zu lieben, jetzt mit diesen beiden Tieren macht. Genauso würdest du es dir wünschen.«

Sie zog das Messer und kniete neben Manuels reglosem Körper nieder. Sie blickte mit Abscheu auf das bärtige Gesicht.

»Du behauptest, ein Mann der Wahrheit zu sein«, sagte sie leise. »Alle unsere Landsleute haben dir vertraut. Du versprachst mir meinen Mann. Du hast mit den Bomben gelogen. Du hast keine Maschine bei dir, um die Bomben zu zünden. Du hast mich überredet, große Risiken auf mich zu nehmen, um diese sogenannten Bomben zu verstecken. Es war dir gleichgültig! Das einzige, woran du dachtest, war Geld, du Mann der Wahrheit.«

Am dunklen Horizont wurde ein Lichtschimmer sichtbar. Die Sonne begann aufzugehen. In einer Stunde vielleicht würde der Morgen dämmern.

»Also bestrafe ich dich, du Mann der Unwahrheit,« flüsterte Anita. In ihrem verwirrten Verstand, der nur noch Rachegedanken zuließ, verlor sie alles Maß: Sie blendete Manuel.

»Wenn du blind bist, Mann der Unwahrheit, wird niemand zu dir kommen. Niemand wird von dir verraten werden, wie du mich verraten hast. Lebe in deinem Elend.«

Dann stand sie auf und kniete neben Fuentes nieder.

»Wärst du nicht gewesen«, sagte sie mit rauher Stimme, »würde Pedro jetzt noch leben.«

Das Heft des Messers in beiden Händen, stach sie in wahnsinnigem Zorn auf den bewußtlosen Körper ein.

Die ersten Sonnenstrahlen hellten den Himmel auf, als sie ins Wohnzimmer trat. Sie ging in Wilburs Badezimmer und wusch sich das

Blut von den Händen. Dann wusch sie das Messer ab.

Sie fühlte sich ruhiger, aber nicht zufrieden.

Pedro konnte noch immer nicht in Frieden ruhen, bis der Polizeidetektiv, der ihn erschossen hatte, tot war. Sie zögerte. Wie war sein Name? Sekundenlang befürchtete sie, sie hätte ihn vergessen, dann fiel ihr der Name deutlich ein: Tom Lepski.

Aber wo war er? Wie konnte sie ihn finden? Sie wußte nicht einmal, wie er aussah! Sie überlegte erneut, ging dann ins Wohnzimmer und suchte das örtliche Telefonbuch.

Sie brauchte wenige Minuten, um Lepskis Anschrift festzustellen.

Wieder zögerte sie. Dieser Polizist würde kein so leichtes Ziel sein, wie Manuel und Fuentes. Es wäre gefährlich, nahe an ihn heranzugehen und ihr Messer zu benützen. Sie lief zu der Stelle, wo sie Fuentes' Revolver zurückgelassen hatte. Sie raffte ihn auf, verließ das Penthaus, lief lautlos über die Servicetreppe hinunter zum Personaleingang und hinaus in die Morgendämmerung eines feuchtheißen Tages.

Um 7 Uhr 30 nahm Lepski gerade sein Frühstück aus drei Spiegeleiern und einem halben Zentimeter dickem, knusprig gebratenen Schinken in Angriff. Carroll saß ihm gegenüber und sah ihm mit wachsendem Neid zu.

Carroll achtete auf die schlanke Linie und erlaubte sich zum Frühstück nur eine Tasse ungezuckerten Kaffee. Doch wie sie an diesem Morgen Lepski essen sah, fühlte sie den Hunger geradezu schmerzhaft. Als eine Frau von beträchtlicher Willensstärke widerstand sie der heftigen Versuchung, Lepski den Teller zu entreißen und das letzte Ei samt Schinken selbst zu essen. Allerdings konnte sie nicht widerstehen, ihre Kritik anzubringen.

»Lepski! Du ißt zuviel!« sagte sie, als Lepski sein drittes Ei aufspießte.

»Ja«, sagte Lepski. »Das ist ein toller Schinken.«

»Du hörst mir nicht zu! Du brauchst nicht so ein schweres Frühstück. Schau mich an! Ich trinke nur Kaffee ohne Zucker!«

Lepski rührte mehr Zucker in seinen Kaffee, schnitt sich noch ein Stück Schinken ab und griff nach der nächsten Scheibe Toast.

»Ich muß einen guten Start für den Tag haben.« Er führte den Bissen zum Mund und schmatzte. »Immerhin, Baby, habe ich einen schweren Arbeitstag. Ich muß mich bei Kräften halten.«

»Du? Arbeit? Laß dir gesagt sein, Lepski, ich weiß, wie du arbeitest! Die meisten Tage sitzt du mit den Füßen auf dem Schreibtisch da und liest Witzblättchen. Wenn du das nicht tust, hängst du an irgendeiner Bartheke und behauptest, du wärst ein hoher Kriminalbeamter. Arbeit! Du weißt nicht mal, was Arbeit bedeutet. Wo bleib' ich denn? Ich, die das Haus sauberhält, dir dein Essen kocht, deine Hemden wäscht? Ich!«

Lepski hatte das alles schon einmal gehört. Er lächelte sie ölig an.

»Du hast recht, Baby. Ich wüßte nicht, was ich ohne dich tun würde.«

Carroll schnaubte.

»Das sagen alle Männer!« fauchte sie. »Wir fallen darauf nicht herein. Von jetzt an kriegst du um deiner Gesundheit willen nur noch ein Ei und einen Happen Schinken. Um so besser wirst du dich fühlen und aussehen.«

Lepski dehnte sein öliges Lächeln.

»Nein, Baby. Ich habe eine bessere Idee. Du ißt ein Ei und ein Stück Schinken, und ich krieg' mein gewohntes Frühstück.«

Carroll war im Begriff, den Gegenschlag zu landen, als es an der Haustür klingelte.

»Wer kann denn das jetzt sein?« sagte sie und schob ihren Stuhl zurück.

Lepski schnappte sich noch eine Scheibe Toast.

»Nur zu, Baby, befriedige deine Neugier«, meinte er und klatschte Butter auf den Toast.

»Warum gehst du denn nicht?« fragte Carroll. »Muß ich in diesem Haus alles machen?«

»Könnte der Postbote sein, Baby, mit einem dicken, fetten Präsent für dich«, sagte Lepski und klatschte Marmelade auf seinen Toast.

Mit einem entnervten Seufzer stand Carroll auf, ging den Flur hinunter und riß die Haustür auf.

Zu ihrer nicht geringen Überraschung sah sie sich einer stämmigen kleinen Kubanerin in schwarzer Hose und schwarzem Sweatshirt gegenüber.

»Ja?« Carroll. »Was ist denn?«

»Ich möchte Mr. Lepski sprechen«, erwiderte Anita. Ihre rechte Hand, hinter dem Rücken versteckt, umklammerte den Revolver, der Fuentes entfallen war.

»Mein Mann frühstückt gerade«, sagte Carroll steif. »Er läßt sich nicht gerne stören. Wer sind Sie?«

Anita betrachtete die gutaussehende Frau, die vor ihr stand. In ihren konfusen Gedanken fragte sie sich, ob diese Frau leiden würde, wie sie litt, wenn sie ihren Mann verlor.

»Ich bin Anita Certes«, sagte sie. »Mr. Lepski möchte mit mir über meinen Mann reden.«

»Sie hätten ins Revier gehen sollen«, beschied Carroll. »Warten Sie hier. Ich frage ihn mal.«

Lepski hatte seinen Teller blankgewischt. Er trank gerade seine dritte Tasse Kaffee aus, als Carroll ins Wohnzimmer kam.

»Da ist eine Kubanerin«, sagte Carroll. »Sie will mit dir sprechen. Sie heißt Anita Certes.«

Lepski sprang auf, kickte seinen Stuhl weg.

»Herr, mein Heiland!« platzte er heraus. »Nach der Frau haben wir gefahndet!«

Er stieß Carroll beiseite und stürmte den Gang hinunter und sah vor sich Anita, die bewegungslos dastand.

»Sind Sie Tom Lepski?« fragte sie.

Lepski überlief es plötzlich kalt, als er in die schwarzen versteinerten Augen schaute. Aus Erfahrung wußte er, wenn jemand gefährlich war. Und diese Frau war es. Es kam ihm zum Bewußtsein, daß seine Waffe im Schlafzimmer war.

»Sind Sie derjenige, der meinen Mann erschossen hat?« fragte Anita.

»Lassen Sie uns darüber reden, hm?« sagte Lepski sanft. Er begriff, daß diese Frau ihm gegenüber, vom Gesichtsausdruck und dem wilden Blick her, nicht bei Sinnen war. »Kommen Sie doch herein.«

Dann sah er den Revolver in Anitas Hand, auf sich gerichtet.

»So sterben Sie«, sagte Anita leise und drückte ab.

Lepski spürte einen Schlag gegen sein Herz. Er schrak zurück, blieb mit dem Absatz am Teppich hängen und stürzte schwer. Sein Kopf knallte auf den Boden.

Anita baute sich vor ihm auf und gab noch drei Schüsse ab. Dann drehte sie sich um und lief den Weg hinunter auf die Straße.

Sie konnte nicht wissen, daß die Waffe, die Manuel Fuentes gegeben hatte, mit Platzpatronen geladen war. Manuel hatte Fuentes ebenso mißtraut wie Fuentes ihm.

Als sie Lepski zu Boden gehen sah und Schüsse krachen hörte, schloß Carroll die Augen. Sie war nicht der Typ, der in Ohnmacht fiel. Sekundenlang blieb sie reglos, dann riß sie sich zusammen, kam nach vorn und kniete neben Lepski nieder.

Diese fürchterliche Frau hatte ihn umgebracht!

Sie barg seinen Kopf in den Armen und begann ihn zu küssen.

Lepski regte sich, dann umschlossen seine Arme sie.

»Mehr«, sagte er. »Viel mehr.«

Carroll ließ ihn los.

»Ich dachte, du wärst tot.«

»Das dachte ich auch.« Lepski setzte sich auf und rieb sich am Hinterkopf. »Bin ich tot?«

Carroll schaute auf sein Hemd.

»Man sieht kein Blut. Quatsch keinen Unsinn. Natürlich bist du nicht tot!«

Ein wenig furchtsam musterte Lepski seine Hemdbrust, die schwarze Pulverflecke aufwies. Dann öffnete er das Hemd und untersuchte seine Brust, worauf er mit einem Knurren auf die Füße sprang.

»Wo ist sie hin?« brüllte er.

»Wie kann ich das wissen? O Tom, mein Liebster, ich dachte wirklich, du wärst tot.«

139

»Nicht du allein.« Lepski stürzte ins Schlafzimmer, schnappte sich seinen Revolver, schnallte ihn im Halfter an seinen Gürtel und stürmte zurück durch den Flur.

Carroll packte ihn am Arm, als er die Straße anpeilte. »Geh da nicht raus! Sie ist gefährlich! Nicht, Tom! Bitte!«

Lepski entwand seinen Arm.

»Baby, das ist Polizeisache«, sagte er mit einem heroischen Lächeln, das ganz hart an Schmalz grenzte. »Also, ruf Beigler an. Hol die Jungs her. Okay?«

»O Tom! Wenn dir irgend etwas zustößt!« Tränen standen in Carrolls Augen.

Lepski genoß es. Er küßte sie.

»Drei Eier morgen?«

»Vier, wenn du möchtest. Aber paß auf dich auf!«

»Ruf Beigler an.« Dann nahm Lepski sich zusammen und schritt, die Hand am Revolverknauf, über die kurze Einfahrt auf die verlassene Straße. Hier zögerte er und schaute nach rechts und links. Weit konnte diese Irre nicht sein, aber in welcher Richtung? Dann sah er am anderen Ende der Straße den Zeitungsjungen Ted, der im Näherkommen den Leuten die Zeitungen vor die Haustüren warf.

Lepski lief ihm entgegen.

»Hallo, Ted!« brüllte er.

Der Junge, dünn, hochaufgeschossen und mit ewig offenem Mund, stutzte, winkte und kam dann, heftig in die Pedale tretend, auf Lepski zu.

Lepski wußte, daß der Junge nicht bloß einfältig, sondern auch geistig zurückgeblieben war. Er wußte, daß der Junge ihn anbetete. Ted hatte ihm erzählt, sein größter Ehrgeiz sei es, ein genauso feiner Polizist zu werden wie Lepski. Dem schmeichelte das zwar, fand aber doch, daß Teds Ehrgeiz um einiges zu hochgeschraubt war.

»Tag, Mr. Lepski«, sagte Ted und kam neben Lepski zum Stehen. »Was machen die Verbrechen?«

Lepski wußte, daß er Ted, um das Beste aus ihm herauszuholen, nicht durcheinanderbringen durfte.

»Tja, weißt du, Ted: sie kommen und sie gehen.«

Ted wog diese Bemerkung nachdenklich ab, dann nickte er.

»Sie haben völlig recht, Mr. Lepski. Und ob die kommen, und ob die gehen.« Er beäugte den Revolver an Lepskis Hüfte. »Erschießen Sie auch schon mal einen mit der Kanone, Mr. Lepski?«

»Hör zu, Ted, hast du gesehen, ob dir eine Frau in schwarzen Kleidern entgegengekommen ist?«

»Ich wette, Sie haben allerhand Gangster mit dieser Knarre erschossen«, sagte Ted versonnen. »Eines Tages werde ich selbst Polizist und erschieße auch Gangster.«

Lepski bezähmte seine Ungeduld mit Mühe.

»Klar, Ted, aber hast du eben auf der Straße eine Frau in schwarzen Kleidern gesehen?«

Der Junge riß die Augen von Lepskis Revolver los.

»Eine Frau?« fragte er.

Lepski scharrte mit den Füßen.

»Eine Frau in Schwarz.«

»Aber sicher, Mr. Lepski. Die habe ich gesehen.«

»Wo ist sie hingegangen?«

»Gegangen?«

»Richtig«, sagte Lepski, und sein Blutdruck stieg merklich an. »Wohin ist sie?«

»Ei, ich glaube, sie ist in der Kirche.« Der Junge überlegte, dann zuckte er die Achseln. »Haben Sie schon mal erlebt, daß jemand in die Kirche *rennt*? Mich muß meine Mami in die Kirche schleifen.«

Ganz am Ende der Straße war die Kirche St. Mary. Als Lepski ihr entgegenlief, erschien ein Streifenwagen. Zwei Uniformierte kletterten heraus, während Ted fasziniert die Augen aufriß.

»Die Kirche!« bellte Lepski. »Vorsicht! Sie hat ein Schießeisen!«

Lepski ging vornweg die lange Straße hinunter, gefolgt von den zwei Polizisten, die ihre Revolver gezogen hatten.

Augenblicklich wurden sie von den Nachbarn bemerkt, die sie von ihren Fenstern aus sahen. Als ein Streifenwagen eintraf, kamen Leute aus den Häusern. Zu guter Letzt raste noch ein Dienstwagen die Straße hinab und hielt mit quietschenden Bremsen an. Max Jacoby sprang mit zwei anderen Zivilbeamten heraus.

Lepski, jetzt im Brennpunkt aller Blicke, blieb stehen. Seit er in dieser Straße wohnte, hatte er seine Nachbarn zu Carroll sagen hören, er sei der beste und tüchtigste Detektiv bei der Polizei. Jetzt war der Zeitpunkt, diesem Lob die Glocken zu läuten!

»Was, zum Teufel, ist los?« wollte Jacoby wissen.

»Anita Certes«, sagte Lepski. »Sie ist durchgedreht. Sie hat versucht, mich umzubringen, aber die Kanone war wohl blind geladen. Sie ist in der Kirche.«

»Na, okay, holen wir sie uns«, sagte Jacoby und zog seinen Revolver.

Die Waffen in der Hand, näherte die Gruppe von Männern sich der Kirche. Das Portal stand offen. Aus der Kirche kam der Duft von Weihrauch.

Lepski, dicht gefolgt von Jacoby, betrat vorsichtig die Kirche und zögerte.

Am anderen Ende des Mittelgangs leuchteten brennende Kerzen. Der Altar war von flackernden Kerzenflammen erhellt.

Lepski rückte vor, dann blieb er stehen.

Vor dem Altar sah er die Kubanerin liegen. Blut rieselte die Altarstufen hinunter. Das Heft eines Messers ragte aus ihrer Brust.

Wilbur Warrenton erwachte langsam. Er schaute sich in dem luxuriösen Wohnzimmer um, schüttelte den Kopf, dann schnellte er hoch. Er blickte auf seine Frau neben ihm. Auch sie regte sich. Er berührte sacht ihren Arm, und ihre Augen gingen auf. Sie sahen sich an.

»Was ist passiert?« fragte Maria. »Sind sie fort?«

Sie setzte sich gerade, während Wilbur wacklig aufstand.

»Wir müssen betäubt worden sein.« Er sah sich im Wohnzimmer um. »Ja, ich glaube, sie sind weg.«

»Betäubt?« Maria starrte ihn an. »Wie sollen wir betäubt worden sein?«

»Was gibt's sonst für eine Erklärung? Jedenfalls sind sie weg. Hier ist niemand.«

»Es ist wie ein Alptraum.« Maria streichelte ihre Kehle. Dann stieß sie einen schwachen Schrei aus. »Gott! Die Kerle haben meine Edelsteine mitgenommen.« Sie sprang auf und wäre hingefallen, hätte Wilbur sie nicht aufgefangen. »Meine wunderschönen Edelsteine! Sie sind weg!«

»Maria!« sagte Wilbur scharf. »Werd nicht hysterisch. Setz dich hin!«

»Meine Edelsteine! Was wird mein Vater sagen? Sie haben zehn Millionen Dollar gekostet! Die Schweine! Ich habe meine Edelsteine verloren!« Marias Stimme hob sich zu einem schrillen Kreischen.

»Du hast sie nicht verloren«, sagte Wilbur. »Hör auf mit dem Unfug.«

Maria blitzte ihn an.

»Wie kannst du es wagen, so mit mir zu reden?«

»Du hast deine Diamanten nicht verloren«, sagte Wilbur ruhig und bestimmt.

Sie stierten sich an, dann fragte Maria unsicher: »Wo sind sie denn dann?«

»Wo schon? Im Safe.«

»Spinne ich oder spinnst du? Wie können sie denn im Safe sein?«

»Maria, du hast die Doubletten getragen. Ich mußte deinem Vater versprechen, daß ich dir, wenn du ungeschützt die Diamanten tragen wolltest, die Doubletten gebe.«

»Doubletten? Ich weiß nicht, wovon du redest!«

»Als dein Vater dir die Diamanten schenkte, nahm er mich beiseite und gab mir Nachahmungen davon, die er in Hongkong hatte anfertigen lassen. Dort, sagte er mir, können Fachleute Glas in täuschend echt wirkende Diamanten verwandeln. Das Kollier, die Ohrringe und die Armbänder, die diese Gangster gestohlen haben, bestehen aus Glas.«

»Himmel! Ich kann's nicht glauben!«

Wilbur ging zu dem versteckten Safe, öffnete ihn und nahm den

Lederkasten heraus. Er machte ihn auf und gab ihn Maria, die auf ihre schönen, im Sonnenlicht blitzenden Diamanten niederschaute.

»O Liebling!« Sie stellte das Kästchen hin, stürzte dann zu Wilbur und umarmte ihn. »Dankeschön! Verzeih mir, daß ich so ein Ekel bin. Ich weiß, daß ich eins bin. Hilf du mir, daß es anders wird.«

Wilbur küßte sie.

»Geh und leg dich hin. Ich muß die Polizei holen.«

»Hinlegen? Ich möchte Champagner und Kaviarsandwiches! Wir müssen feiern!« Maria wirbelte herum. »Sieh dir die Sonne an! Sieh doch den Himmel!«

Wilbur zuckte ergeben die Achseln. Er ging ans Telefon, um die Polizei anzurufen. Lächelnd beobachtete er Maria, als sie hinaus auf die Terrasse ging, wo das absolute Grauen in Gestalt zweier verstümmelter Männer sie erwartete.

Ullstein Krimis

»Bestechen durch ihre Vielfalt«
(Westfälische Rundschau)

Ross Thomas
Der Bakschischmann (10173)

Margot Bennett
Jemand aus der Vergangenheit (10174)

James Hadley Chase
Lotosblüten für Miss Quon (10175)

Hitchcocks Kriminalmagazin, Band 140 (10176)

Brian Freemantle
Abgesang auf Charlie Muffin (10177)

A. C. Baantjer
De Cock und das tödliche Komplott (10178)

Ellery Queen
Schön ist ein Zylinderhut (10179)

Hitchcocks Kriminalmagazin, Band 141 (10180)

Shelley Smith
Spiel der Konsequenzen (10181)

Ruth Rendell
Der gefallene Vorhang (10182)

Ed McBain
Clifford dankt Ihnen (10183)

Hitchcocks Kriminalmagazin, Band 142 (10184)

Dan Kavanagh
Airportratten (10185)

Jim Thompson
Getaway (10186)

James Hadley Chase
Falls Sie Ihr Leben lieben (10187)

Hitchcocks Kriminalmagazin, Band 143 (10188)

Richard Hoyt
Schweigegeld für Harry (10189)

Ellery Queen
Frauen um John Marco (10190)

Hitchcocks Kriminalmagazin, Band 144 (10191)

Ted Allbeury
Seitenwechsel (10192)

Robert B. Parker
Licht auf Dunkelmänner (10193)

Ed McBain
Bis daß der Tod euch scheidet (10194)

Hitchcocks Kriminalmagazin, Band 145 (10195)

Peter Schmidt
Augenschein (10196)

James Hadley Chase
Was steckt hinterm Feigenblatt? (10197)

Ross Thomas
Der Tod wirft gelbe Schatten (10198)

Hitchcocks Kriminalmagazin, Band 146 (10199)

ein Ullstein Buch